JN199164

高野公彦インタビュー
ぼくの細道うたの道

【聞き手】
栗木京子

本阿弥書店

『高野公彦インタビュー　ぼくの細道うたの道』＊もくじ

装画　水上比呂美
装幀　渡邊聰司

高野公彦インタビュー

ぼくの細道うたの道

聞き手
栗木京子

【第1回】

生いたちから上京まで

父の父は船乗り、母の実家は自転車屋

栗木——新しいシリーズが始まりました。高野公彦さんのインタビューです。私が聞き手を務めさせていただきます。今回は生い立ちから短歌とのふれあいまで、お伺いできればと思います。まず、ご両親のことから伺いましょうか。

高野——父親は愛媛県の喜木津(ききつ)という村の出身で、のち交通関係の会社（日通）に勤めました。母親は八幡浜(やわたはま)の生まれで、自転車屋の娘です。二人は見合い結婚だったんですが、日にちを決めて、父親が自転車に付ける懐中電灯を店に買いに行き、母親が懐中電灯を持っていって、店先で渡す。それだけの見合いだったそうです。最初から結婚することが決まっていたんでしょう。両方の親が決めるんじゃないですか、当時の結婚は。

父の父、おじいさんは船乗りでした。四国の山奥からいろいろな材木を馬車やトラックで運んだり、あるいは肱川の筏で下していくんです。僕も子どものころ、筏を見ました。河口に材木が集まると、祖父はそれを船に載せて、大阪まで運ぶ。エンジン付きで帆もついている船、機帆船ですね。大阪へ運んでいくと、どっとお金が入るんでしょう。最後は大阪の街でしたたか飲んで、酔っ払って、岸壁から船に乗る時に海に落ちたそうです。みんなと一緒だったのですが、みんなも酔っぱらっているから気が付かなかったんでしょうね。だから、うちのおじいちゃんは船乗りなのに水死したんです。昭和十九年のことです。

生まれは昭和十六年、真珠湾攻撃の二日後

栗木——そういうご両親の間で高野さんは一九四一年、昭和十六年十二月十日、愛媛県喜多郡長浜町、現在の大洲市長浜地区でお生まれになりました。巳年ですね。この年は十二月八日に真珠湾攻撃がありました。

高野——ええ。生年月日を覚えてもらうためによく言うんですよ、「僕と同年同月同日生まれの有名人が一人います。昭和十六年十二月十日生まれ、坂本九です」と。九ちゃんは残念ながら一九八五年八月十二日、日本航空の墜落事故で亡くなってしまいましたが。他に同年生まれでは萩本欽一、宮崎駿。この三人が多分、有名です。

栗木――歴史の中でも非常に印象的な年です。高野さんの短歌に〈真珠湾奇襲二日後生（あ）れし我れ宅配ピザを今宵食べをり〉（『水木』）、〈わが生まれし昭和十六年十二月十日真珠湾に沈艦いくつ〉（『渾円球』）があります。今は真珠湾攻撃の二日後にお生まれになったという意識をお持ちでしょうが、子どものころはそれほど戦争の影はなかったですか。

高野――ええ。戦争の直接の記憶はゼロですね。僕の生まれた長浜は小さな町で、しかも父親が出征し、父親の故郷の小さな田舎の喜木津村に疎開していたので、全く戦争とは無関係ですね。小さな漁村で、空襲もなし。

栗木――魚は獲れるでしょうから食糧難ということもなく。

高野――食糧難だったかどうか、小さかったから記憶はないですね。終戦の時は四歳でした。食べる物はあったと思います、田舎ですから。

栗木――佐佐木幸綱さんは千葉のほうに疎開されたそうですし、小高賢さんは昭和十九年生まれで、生まれてすぐに山梨に疎開し、ご本人はもちろん覚えがないのですが、のちのちお母さんが「乳飲み子のあんたを抱えて疎開先でずいぶん苦労をした。土地の人が冷たかった」って、まるで小高さんの罪みたいにおっしゃっていたとか。

高野――東京から田舎へ疎開した人はたいへんでしたね。小野茂樹さんの歌集に疎開の時のつらさを詠んだ歌がちょくちょく出てきます。あの人は信州のほうに疎開した。終戦の時は七歳、佐佐木さんと同じ年くらい。だから、記憶がはっきりしているんですね。

栗木――伊藤一彦さんは昭和十八年、戦中のお生まれですが、宮崎という土地柄か、疎開の傷跡とか、ひもじさとか、親戚がいっぱい来て一緒に暮らしたとか、そういう歌はないので、東京育ちとそうではない土地の育ちの違いでしょうね。

高野――大都市とか軍事工場があるようなところが集中的に空爆されましたが、それ以外の田舎はアメリカ軍は無視したんです。小さな町を攻撃しても効率が悪いんでしょう。長浜で戦争の傷跡がほんの少し残っていたのは、肱川の河口にあって、長浜大橋という赤い橋、開閉橋でわりに有名ですが、そこの鉄の欄干に戦闘機から攻撃した銃弾の跡が残っています。それが僕にとって唯一、アメリカの空軍が残した戦争の痕です。それ以外は全く知らないですね。

ただ、昭和二十年代の前半、子どものころ、何となくひもじかったのは覚えています。食べ物がやや粗末でした。干芋飯（かんころめし）というのを食べた記憶があります。米の中に干し芋を入れて炊くんです。「かてめし」と言うんですかね。あとは黒パンと言っていたかな、粗末なパンを食べました。あまりうまくない。でも、近所の人、みんな同じでしたから。

栗木――お父様は満州に行かれたというお歌がありますが、無事に帰ってこられた。

高野――そうなんです。関東軍の通信兵でした。トンツートンツーですね。

栗木――危ない思いもされたんでしょうね。

高野――どうなんですかねえ。そういう話は全くしなかったですね。

栗木――〈満洲に兵たりし父戦後なほ日の丸を秘む揚ぐる無けれど〉（『淡青』）というお歌がありますね。

高野――ええ。日の丸を箪笥の抽斗に大事にしまってありました。祭日にはときどき揚げてましたね。昔の人はそういう人が多かったですけど。栗木さんのところはどうでしたか。

栗木――いやあ、うちは揚げてないですね。

高野――やっぱり世代が違うんだな。

栗木――面倒臭かっただけでしょう（笑）。

カラシとお灸（きゅう）

栗木――高野さんがお生まれになった時、お姉さまが一人おられたんですね。

高野――そうです。姉がいたんですけど、昭和十九年ころに疎開先で病気で亡くなりました。写真で顔を知っているだけで、直接の記憶はないです。〈朝羽（あさは）振り姉は飛びゆき夕羽ふり帰りこざりきこの庭の上（へ）に〉（『水木』）という歌を作りました。

栗木――そのあと、妹さんがお生まれになって、ずっと二人兄妹で育たれた。高野さんはわりあい病弱だったそうですが。

高野——何となく弱くて。胃腸が弱かったみたいです。小学校の四年生の時、肺門リンパ腺炎という病気で、命にかかわるような病気ではないんでしょうが、三か月くらい学校を休んでました。家でゴロゴロ寝たり起きたりで。家にはあまり本がなかったのですが、地図帳がありまして、それをよく見ていたので何となく日本地理、世界地理に興味を持って、日本の各都道府県の県庁所在地を覚えたり、あとは世界各国の首都を覚えました。デンマークはコペンハーゲン、スーダンはハルツーム、リビアはトリポリとか、ひとりで覚えるんです。

栗木——通ですね。ふつう、大きな国しか覚えてないですから。語感に興味をお持ちだったんでしょうか。

高野——どうなんでしょうねえ。別に試験を受けるわけではないのですが、何となく覚えるのが面白かったのかな。言葉のひびきに興味があったのかもしれませんね。

栗木——歴史の年号を覚えるより、地理のほうがお好きですか。

高野——そういえば歴史のほうはやや苦手ですね。百年前と千年前の違いがよくわからない。江戸時代と鎌倉時代がどれくらい距離が違うか、あまりピンと来ないですね。

栗木——そのころのことでしょうか、「湿布薬代わりに塗られたからカラシが嫌いになった」と伺ったことがありますが。

高野——そうなんです。肺門リンパ腺炎で寝ていた時、治療法の一つとしてカラシを障子紙の片面に塗り広げて胸にペタッと貼るんです。二時間くらい経つとそれがカラカラに乾く。原始的な治療法です。カラシの成分が効くんでしょうか。母親が誰かから聞いてきて、それを何度かやったので、今でもカラシを見ると肺門リンパ腺炎を思い出して、おでんにカラシがついているとちょっと嫌な感じがします（笑）。

栗木——トラウマになっているということですね。

高野——もう一つの治療法が、お灸です。四国では「やいと」と言いました。弘法大師のお膝元だから、四国はやいとが盛んな地方です。弘法大師が広めたと言われています。四国の八十八か所にも弘法大師は関係していますしね。お灸は実際に効力があります。体の裏表にときどきお灸を据えられました。

栗木——お母さんがお灸をされるのを手伝ったりもされたんですか。

高野——ええ。母親にも据えました。こっち（関東）のお灸は金属板みたいなのを肌に置いて、その上に大きな艾を置いて火をつけるみたいですね。直接肌を焼かない。四国では墨を磨って、筆で肌に印をつけ、そこに細くした艾をちょんと乗せて線香の火をちょっとつける。チリチリッとくるくらいで、痛いというほどではないですね。「なんか、あたたかいな」という感じ。多少、跡が残りますけどね。でも、五年十年経つときれいに無くなりますから大丈夫です。松尾芭蕉も灸をやったと思うんです。（膝のあたりを指しながら）脚のここに。

栗木――『おくの細道』に「三里に灸すゆるより」と出てきますね。

高野――ええ。毎日せっせと歩く人は、脚を労るために据える「三里の灸」というのがあるんです。子ども時代は母親の影響で、弘法大師のことを意識しました。母親は弘法大師とは言わず、「お大師様」ですね。四国の人はみんなそういうふうに親しんで言ってました。

普通に幸福な少年時代

栗木――同じ四国の坪内稔典さん（歌人、俳人）は佐田岬のほうのご出身ですね。

高野――伊方町です。佐田岬の根元の伊方原発のところです。伊方町は、瀬戸内側に原発があって、人家があるのは宇和海に面した南側です。町の人たちは直接、原発のそばで暮らしているわけじゃないんです。距離的には近いんですが。

栗木――高野さんのお生まれになった長浜は瀬戸内側ですね。

高野――ええ、伊方原発から東に向かって二十キロくらいのところです。初めに言いましたが、父親の故郷は長浜と伊方原発の中間くらいの喜木津というところです。佐田岬の南側は宇和海、岬の先端部分が豊予海峡、いわゆる速吸の瀬戸です。

栗木――〈颪いでて波止の自転車倒れゆけりかなたまばゆき速吸の海〉（『水木』）ですね。

高野――あそこは海峡ですから流れが速く、船で渡ると揺れるんです。八幡浜、宇和島のあるリアス式海岸のあたりの海は宇和海です。

栗木——海峡に面しているか、穏やかな瀬戸内海に面しているかの違いで、ずいぶん人柄が違ってくると坪内さんが書いておられます。言葉遣いも長浜の方々はとてもおっとりとしていて、わーっと早口で喋ったりはしない。

高野——ええ。ゆっくりしているし、語彙がやわらかい感じがします。「そやけん」とか「ほやけん」とか。この「けん」は広島弁でヤクザ言葉にも出てきますね。「そじゃけんッ」となると、ちょっと危ない（笑）。

昔は陸路を行くのは大変でしたが、船があれば便利だったんです。瀬戸内海を囲んだ国々は、古代は船で人々がつながっていたんでしょう。「そやけん」「そじゃけん」という言葉があるのは瀬戸内文化圏でして、広島弁と愛媛弁は似ている。大分弁も似ている。でも、高知県は瀬戸内じゃないから、「そやけん」とは言わない。「そやきぃ」と言う。坂本龍馬が言っているでしょう。

栗木——そうですね。宮尾登美子さんの小説もそう。四国、特に愛媛県はおっとりという感じがありますけど、特に長浜はゆったりと。

高野——でも泥臭いんですよ。

栗木——いえいえ、弘法大師さまの影響でしょう。高野さんの『天平の水煙』に〈励ましてくれた人、ほめてくれた人その中でいちばん古い人、母よ〉があって、とても好きな歌です。愛情いっぱいに育んでくださった。

高野――そんなことないです。普通ですけど。ただ、ちょっとでもいいことをすると褒めてくれましたね。そういう考えだったんでしょう。父親は口やかましくもないし、あまりごちゃごちゃ言わなかった。

栗木――お父様は海運関係のお仕事をされていたそうですね。いわゆるサラリーマンですか。

高野――僕が小学校のころは日本通運に勤めてました。しばらくして、住吉海運という小さな海運会社を作って、事務所が長浜港にあったので、そこへ一種、勤めるような感じで出勤してました。社員全部で二人か三人くらいの小さな会社でした。

松山工業高校に汽車通学

栗木――小中高は地元の学校ですね。

高野――小中が地元で、そのあと(昭和三十二年から)松山工業高校です。汽車で通学しました。蒸気機関車で、六両編成くらいでした。まだ自動車が普及してなかったから、松山へ通勤通学の人はみんな汽車利用でした。長浜から松山まで一時間くらいです。三年間通いました。

栗木――商業高校ではなくて工業高校を選ばれたのはどうしてですか。

高野――当時は普通校は地元の学校へ行かなくてはいけなかった。長浜には長浜高校があって、別に僕はどこでもいいんだけれど……、そのころ機械が好きになったんですね。手塚治虫の影響かなあ。栗木さんは理数系がお好きだったのでしょうが、僕は中学校の時、数学の石川という先生の教え方が上手で、数学が面白くなったんです。それと、理科関係の科目が好きになったんじゃないかと思います。もう一つ、当時は工業高校が「はやり」というか、戦後の成長期でしたから、工業高校は一つの行く道だったのです。同じ中学校から四人受けて、みな合格し、一緒に通学しました。僕は機械科で、他の友だちは土木科、繊維科とかいろいろでしたが、仲良く。

小学校２年生のころ
前列左から３人目が高野少年

栗木――将棋をさしながらとか。

高野――ええ。汽車が長浜始発なので、早めに行くといつも同じ席がワンボックス取れるんです。四人で座って、膝の上にボール紙で作った将棋盤を載せて、二人ずつ将棋をするんです。一時間だからちょうど一局できますね。後から乗ってくる人たちが、「オッ、また将棋をやっとる」って。通勤する人はいつも同じ汽車に乗るし、同じ車両に乗ってくるから。

栗木——そういう時、のちに文学をやる人は孤独に本を読んでいたりすることが多いと思うのですが、高野さんはそうじゃないんですね。

高野——全然違います。

栗木——わりあい社交的。でも、自分で仕切るというタイプではない。

高野——ええ。普通に人と交わる。孤立もしないし、人を引っ張っても行かない。いてもいなくても同じような人。ま、仲良くやるということですね。

栗木——今もその感じはありますね。威張るわけでもなく、孤立するわけでもなく、溶け込んでいらっしゃる。

高野——ええ、目立つのがいやなんです。力がある人が誰かを引っ張っていくのも目立つし、人と交わらないで一人でいるのも目立つ。目立つことが僕は嫌いです。

で、高校時代、行きはみんな一緒です。帰りは科が違うからバラバラで帰る。よく見ると汽車の中で勉強している人がいる。制服でわかるんです。私立の愛光学園の生徒でした。一人で、孤立してて、僕からすると「おー、すごいな、勉強しよる」とかって、違う種族の人を見るような感じでした。

栗木——高野さんの通われた工業高校は女性はほとんどいないんですか。

高野——科によって違うのですが、機械科はゼロでした。電気科も男ばかり。繊維科、化学科は女性が半分くらい。

初恋の子も今は七十三か

小学校6年生の修学旅行
前列右端が高野少年

栗木——初恋はもう少し前ですか。

高野——初恋と言えるものではないのですが、胸がときめいたのは中学校のころで、僕より学年が一つ下の女の子です。ある日、水道がいくつかある運動場の水場で、その子が水を使っていて、栓を締めようとしたけど締まらなくなった。見てれば事情がわかるので、「締めてやる」と言って、僕が締めてあげた。それがたまたま前から可愛いなと思っている女の子でした。だけど、ただそれだけでね。都会の子だったら、「大丈夫?」とか言ったりするんでしょうけど。そのうち、その子が住んでいる家もわかりました。よく、本を借りに行く貸本屋があって、その近くに彼女が住んでいました。昔は家に本がなく、貸本屋さんで借りたものですが。
栗木——ええ。私も借りました。
高野——貸本屋の近くの家の入口のところにその女の子がぼんやり立っている。あ、ここに住んでる子かと思ってね。その時、サカイという苗字を知ったんです。そのうちどこかに引っ越しちゃったみたいで、残念ながら居なくなってね。今はどこに住んでいるのか。僕より一つ下ということは、もう七十三くらいですね。
栗木——相手は案外覚えていて、陰ながらご活躍を喜んでいらっしゃるかも。
高野——いや。僕のことは全く知らないと思いますね。口もきいてないし、こっちは「あ、居るな」と思って見ていただけですから。
栗木——純情ですねえ。今でも中学、高校の同窓会などあると行かれるんですか。
高野——いやあ、中学校は同窓会の知らせもないです。地元に残れる人は町役場に就職する人、家業を継ぐ人とかくらいで、卒業すると大半は松山か、関西へ出て行ってしまう。だから、同窓会は一度もやってないと思います。
栗木——高野さんは校歌を作詞されたことはないのでしょうか。
高野——全然ありません。
栗木——そのうちきっと、母校から依頼がありますよ。

高野――いやいや。長浜中学校も松山工業高校も、僕のことは知らないと思います。だいいち、ペンネームだから本名と違うしね。友達も地元に残ってないし。だけど、今でも当時の中学校の校歌は覚えてますよ。海辺の町だったから、「白砂清く光る長浜、桜にその名、高き沖浦、岸に学び舎そびえて高く……」。よく歌っていたんです。でも、小学校と高校の校歌は思い出せないですね。

栗木――宮柊二先生は校歌をたくさん作詞されていますけど。

高野――ええ。宮先生はたくさんあります。新潟県の学校が多いですね。中越高校の校歌も作詞なさっています。高校野球で甲子園に出て、テレビの画面に校歌が出るんですが、いつか、先生のが出ましたね、「作詞宮柊二、作曲だれそれ」って。

栗木――そのうち、母校でなくても、松山のどこかの学校から依頼が来るんじゃないですか。

高野――さあ。愛媛の人って、僕のこと、あまり知らないですよ。二十年くらい前ですが、愛媛新聞の人が唯一、僕のことを知っていて、そのころは少し愛媛新聞と接触がありました。その後は知り合いもいなくなって、あまり地元の人と交流がないですね。

横顔の自画像

栗木――中学校のころは美術部にもいらしたそうですね。

高野――ええ。なぜか絵が好きでね。そのころ父親が「週刊朝日」を購読していて、当時の表紙は日本で実力があり人気もあった画家が描いてたんです。小磯良平、安井曾太郎、梅原竜三郎とか、そういう絵を見て影響を受けたのかもしれないですね。美術部に入って、放課後、静物画などを描いていました。海辺だから、近くで拾ってきた蛸壺を描いたりしていたんです。

栗木――やはり写生ですか。

高野――そうですね。ごく普通の絵です。抽象画なんかまったく知らなかったですね。ただただ写実的な絵を描くだけでした。

栗木――今もお上手ですもの。ファックスを頂いてもイラストが入っていて。

高野――あれは僕が描いたのもありますが、二人の娘が描いたのも混じっています。僕が描いたのはＴＫと書いてあります。

栗木――あみだくじの絵もありました。

高野――ええ。ＡＢＣＤＥくらいの選択肢があって、大吉、吉、小吉、凶、大凶とかに当たる。でも、大凶や凶に行かないように作ってあるんです。それなのに間違って、ちゃんと進まない人は「大凶だった」って落ち込まれたりして（笑）。

栗木――高野さんの自画像は横顔ばかりですね。

高野――そうですね。大学時代に描いたのが一枚、残ってます。（『シリーズ牧水賞の歌人高野公彦』二十三ページ）大学時代、帰省した時、家の鏡を見て写実的に描きました。多少、似てなくちゃいけないと思って。

栗木――正面は恥ずかしいんでしょうか。

高野――正面なんて思いもよらないですね（笑）。

栗木――そういうところ、高野さんの作風と通じるものがあって、とてもリアルだけれど横顔だというところに、ものの見方が出ているのかなあと。

旧仮名の振り仮名で覚えた「般若心経」

栗木――「般若心経」の暗記をなさったそうですね。それはお小さいころですか。

高野――ええ。中学校一、二年のころです。夏はよく海で泳いだんですが、河口なので流れが速く、潮の満ち引きもあるし、危ない。実際、海の中は複雑な流れがあって、下手をすると溺れ死ぬことがあるんです。中学生のころ、泳いでいると、沖のほうで高校生が「おーい」と叫んでいるのでどうしたのかなと思ってたら、ズボッとそのまま沈んでね。船が助けに行ったんだけど水死しました。それを見て怖くなった。

母親が「そういう時はお経の文句を唱えればいい」と教えてくれました。溺れるのは、あれは悪霊が足を引っ張るんだと母親は思っていたんですね。（古い経典を出して）これはその時

（六十年くらい前）のお経です。家の仏壇の下の引き出しにあったお経をときどき取り出して覚えたんです。もうボロボロになって、ちぎれちぎれですけどね。このころ、僕は中学生でしたから、振り仮名がないと読めないのですが、旧仮名づかいの振り仮名なんです。「くわんじーざいぼーさーぎやうじんはんにやー……」ですよ。「くわん」のルビの字は「観」だから、「くわん」は「かん」と読むのだろうと自分で判断して、振り仮名を頼りに暗唱しました。意味は分からないんですが、言葉を一種の音（おん）として読むという感じで無我夢中で覚えました。泳いでいて、怖くなった時、これを唱えるんです。

栗木――ああ、いいかもしれない。「耳なし芳一」（小泉八雲の『怪談』の一つ）の魔除けになるかも（笑）。

高野――ええ。「耳なし芳一」の話は小学生の時、夏の夜、ラジオで聴きました。それも蚊帳の中で。両親と妹が出かけていて一人だったたんです。聴いているうち怖くなって、トイレにも行けなくなってね。あの時、経文がいかに魔力があるかを知りましたね。

栗木――お母さんは講談とか琵琶法師とかお好きだったたんでしょうか。

高野――いいえ、全然。母親は無趣味の人でした。朝から晩まで家のことをしているという感じですね。

栗木――〈母をおもふ、さうではなくてむらきもののこころに母が来て縫物す〉（『河骨川』）という歌があります。

高野――ええ。よく縫物をしてました。朝の食事の支度をして、昼ごはんを作り、その間は洗濯をしたり縫物をしたり。少し休憩時間があると刻み煙草を吸ってました、煙管の先に刻みを入れて、咥えて火をつけて、スパスパ吸うんです。父親は吸わなかった。

栗木――「般若心経」ですが、私、父の祥月命日には一人で秘かに小声で「魔訶般若波羅蜜多」って唱えます。なかなか、毎月はお墓参りに行けなくて。

高野――毎月お墓に行くのは大変でしょう。僕は仏を「拝む」ということが苦手ですね。ウソっぽくてダメなんです。何もしないのも世間に背いているみたいですが（笑）。仏に対して日本人の態度は過剰な感じがするんです。

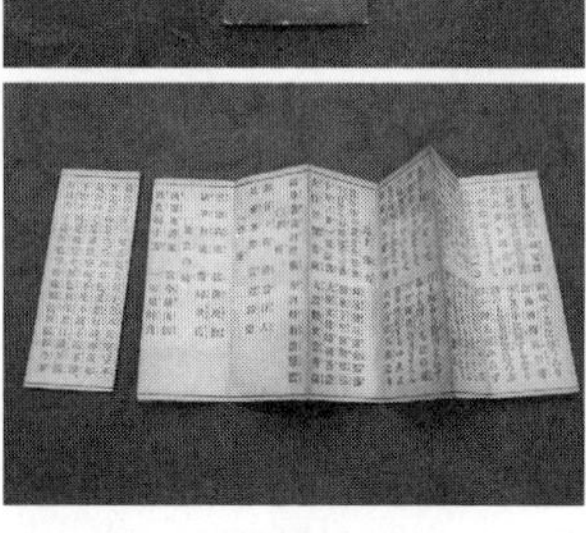

自宅にあった般若心経

栗木――儀式になってしまうんですね。

高野――ええ。でも子どものころは親に言われて、仏壇のお茶を下ろして捨てて、新しいお茶を入れて、供えて、線香に火をつけて、拝む、というのはやってたんです、形式的にね。日本人として日本の社会で生きているから、外から見たら普通のことをやっている。それでこの世をしのいでいこうって考え方です（笑）。でも、心の底から何かを信じているかというと、別に信じていないから、空しいことをしているなという感じですね。

栗木――初詣とかそういうのも行かないんですか。

高野――ええ。全くしないですね。博打もやらないし、占いもやらない。

意味のないものを覚えるのが好き

栗木――「般若心経」のように、あまり意味を考えずに覚えたものは他にもありますか。昔の男の子だと、軍艦の名前を覚えるとか、戦闘機の名前を覚えるとか、ありましたが、そういうほうへはいかなかったんですね。

高野――そうですねえ。僕に限らず、愛媛の子どもはでたらめな歌を歌って遊んでました。例えば語彙を逆さまにするんです。「出た出た月が〜」の歌を、逆さ言葉で歌うんです。「たでたでがきつ、いーるまいーるまいるまんま」って、でたらめを歌って楽しむんです。

栗木――それは初めて聞きました。とっさに反転させて、頭の体操になりますね。

高野――子どもたちの間で、昔からそういうような風習があったんじゃないかと思うんです。普通に歌ったら面白くないから、ふざけながら歌う。ふざけるのが好きだった。

「青葉茂れる桜井の〜」という唱歌がありますね。元歌は知らないのですが、僕らより年上の子どもたちの誰かが作った替え歌だと思うのですが、とんでもない歌詞に替えて、それを上の人から受け継いで、遊びながら歌ってました。意味があるようなないような歌詞です。「青葉茂れる昨日(さくじつ)は、いろいろお世話になりました。わたくし、今度の日曜日、東京の学校へまいります。皆さんよくよく勉強して、お偉いお方におなりなさい」と。

栗木――ちゃんとメロディーに合ってますね（笑）。

高野――そんな唄が子どもの間で伝統として受け継がれたんですね。ビー玉、めんこ、愛媛ではパッチンと言ってましたが、ああいうのをやる時、でたらめな歌を歌いながら遊ぶんです。

栗木――歌謡曲などは歌わないんですか。

高野――うーん、そういえばラジオ放送でよく歌われた曲は少し覚えましたね。伊藤久男の「イヨマンテの夜」、大津美子の「ここに幸あり」、織井茂子の「黒百合の歌」、菅原都々子の「月がとっても青いから」など、当時よく流行った唄を歌いました。子どもの歌えるような唄が昔はたくさんありましたね。ラジオの「とんち教室」「二十の扉」なども楽しみでした。それから連続ラジオ小説の「君の名は」。あのころはラジオ文化の時代でしたね。子どもだけが聴く連続ドラマに「笛吹童子」があって、毎日、夕方五時過ぎになるとみんな家に走って帰って、昨日の続きを聴くんです。「赤胴鈴之助」もあったと思います。

栗木――「ひゃりーこ、ひゃらりーこ」ですね。何となく覚えてます。

高野——そうです。あと、栗木さんのご出身地でも歌われていたかもしれませんが、ざれ歌がありました。「一かけ二かけ三をかけ、四かけて五かけて橋を架け、橋の欄干手を腰に、遥か向こうを眺むれば、十七、八のねえさんが、花と線香手に持って、もしもしあなたは誰ですか、私は九州鹿児島の、西郷隆盛娘です、明治十年三月に、切腹なされた父親の、お墓参りに参ります、お墓の前で手を合わせ、南無阿弥陀仏と唱えれば、お墓の中から魂が、ふわりふわりとジャンケンポン」で、ジャンケンをする時の前歌です。延々と歌って、ジャンケンをする。

栗木——それは知らないですねえ、名古屋で育った私は。今、すらすら歌えるのがすごい。そんな調子ではジャンケンがちっとも進まないですね（笑）。

高野——そう。しかも中身が間違ってる。西郷隆盛は「明治十年三月」に切腹してないんです。語呂合わせで日にちが変更された（笑）。

栗木——九州発祥というわけでもないんですね。

高野——関東で育った人でも知っています。このざれ歌は、全国に飛び飛びにあるみたいです。青山女子短大に勤めていた時、学生たちにこの歌を知っているかと聞くと、知らないと言うので、お母さんたちにアンケートのかたちで訊いてもらったら、「知ってます」と言うお母さんがたくさんいました。地方によって歌詞が少しずつ違ってますが。

栗木——金田一京助のアイヌ語の調査のようですね（笑）。

高野——柳田国男だったら面白い論文でも書いたんでしょうけれど、僕はそれっきりでした。

モンゴル出身力士の本名を覚える

栗木——言葉への興味ですね。今、覚えておられるのはもっぱらモンゴル出身のお相撲さんの本名ですか。

高野——音（おん）を楽しむということですかね、言葉を覚える共通点は。

栗木——歌集『流木』の〈ムンフバト・ダバジャルガルはひたむきで強き横綱、妻は日本人〉、このお相撲さんはだれですか。

高野——白鵬（はくほう）です。最初、モンゴル力士の本名に興味を持ったのは朝青龍（あさしょうりゅう）です。朝青龍がまだ現役だったころ、本名をたまたまどこかで知った。「ドルゴルスレン・ダグワドルジ」です。これはすごい難しいなあ、と思った。家族同士でどういう風に名前を呼ぶんだろう。どこか一部分を取って愛称で呼ぶんでしょうけれどね。では、他の力士はどうなんだろうと思って、見たら、ドルジがときどきある。日本で言うと太郎に当たるようなものかなと勝手に判断していますが、まあ、とてつもなく日本語と違う言語なんです。よし、覚えてやろう、わが脳味噌も老化が始まっていて手遅れかもしれないが、とりあえず小結以上のモンゴル力士の本名を覚えるということで、今、五、六人の名前を覚えています。

栗木――逸ノ城は本名から取っているんですよね。

高野――本名はアルタンホヤグ・イチンノロブです。

栗木――すらすら出るのがすごいですね。

高野――そのイチから取って、「逸ノ城」。「逸」は本当はイッとしか読まないはずですが。日馬富士の本名はダワーニャム・ビャンバドルジ、やはりドルジです。これを覚えるのに繰り返し繰り返し何か月もかかります。たいへんなんですよ、短歌なんか作る暇がない（笑）。

栗木――やはりモンゴル人の名前は面白いですか。

高野――覚えるために覚えてます。何の役にも立たないんですが（笑）。

栗木――そこがいいですよね。韓国語を覚えて韓国に遊びに行こうとか、何かの利用のためではなくて。昔、医学生がラテン語で骨の名前を覚えさせられたそうですが、「それがすごいムダみたいに感じたけれど、あとから考えるとムダではなかった気がする」と年老いたお医者さんがおっしゃってました。今は英語と日本語でしか覚えないようですが。ムダなようだけれど非常に難解なものを覚えるのは意味があるのかなあ。

日産自動車に入社――モータリゼーションの幕開け

栗木――さて、（昭和三十五年に）高校を卒業なさって、上京されます。関西に行かれる方が多いと思いますが、いきなり横浜へ行かれた。

高野――そうなんです。大まかな数字ですが、松山工業高校機械科を出て就職する先は、地元と関西、合わせて八割くらいでしょう。関東へ出る人は一割くらいですかねえ。

栗木――それは東京へ行きたいと思われたからですか。

高野――いいえ、僕は大事な時にあまりものを考えないんです。深く考えて選ぶのではなくて、「ここと ここがありますよ」と、学校の就職係の先生がいくつか紹介してくださった。受けたのが日産自動車と大阪の住友金属、その二つです。住友は大きな会社で、受かれば住友に行くつもりでした。関西ですから近いし。でも、そっちは落ちて、日産は受かった。受かったほうに行くということで、流されるままに横浜に出てきました。いろいろ考えたという記憶がないです。主体性のない人生でして（笑）。

栗木――いえいえ。ご長男でしたから、親御さんとしては思い切って出されたということでしょう。

高野――でも、うちはサラリーマンですから家を継がなくていい。そこはわりあい自由です。

日産に入って、仕事は面白いことは面白かった。

日産の独身寮にて

研究部研究課というところで働きました。実際の生産ラインではなくて、何年か先に実現するような何か新しいシステムを開発するという部署ですね。でも、僕がアイディアを出すわけではなくて、東大の機械工学科とか航空学科を出たような人たちが優秀な頭脳を絞っていろいろなことを考えて、それを実現するためにいろいろな実験をするんです。

栗木――テレビドラマの「下町ロケット」みたいな感じ。

高野――そうかもしれない。僕はその中のエンジン関係の部門です。新しい車を開発するのは車両（シャシー）関係とエンジン関係と二つに分かれるんです。タイヤ、ハンドルの具合、ギアチェンジのところ、クラッチの新しい仕組みとか、そちらが車両関係で、エンジン部門はエンジンそのもの、いかに出力を上げるか、いかに排気効率を高くするか、そういうことを研究します。実際に新しいエンジンを作って、いろいろな実験をするんです。

僕がやった仕事で覚えているのは、エンジン内で爆発した燃料の排気ガスを排気管を通して出すんですが、その排気管をどういう形にしたらいちばんスッと効率よく排気が行われるか。いろいろな形の排気管を作って、エンジンの回転を上げて、管の中の気圧を測る。結果は、もっと頭のいい人たちが分析するんですが、実験の現場ではいろいろなことをやりました。まだ電卓もない時代で、タイガーというくるくる回す計算機がありました。

昭和三十五年に入社しました。自動車産業が急成長していた時代です。

栗木——会社の寮に入られたんですね。

高野——日産は大きな会社なので横浜市戸塚区に独身寮がありました。十代、二十代から三十代の人もいて、百人くらい住んでいたと思います。一部屋二人、畳の相部屋です。木造だから廊下をどすどす走っていく人がいると、うるさいんです。朝はみんなが出勤するからいいけれど、夜は酔っぱらって走る人もいた。

栗木——賄い付きですか。

高野——そうです。朝ごはんと晩ごはんはその寮の食堂で食べます。夕食はテレビを見ながら食べた。「ララミー牧場」など、やっていましたね。みんながそれを見るんです、楽しみでね。

栗木——高野さんは集団生活に違和感なく入り込める方ですね。

高野——ええ。人に迷惑をかけないように。

栗木——相部屋でもあまり気にならず。

高野——ええ。それは仕方がないことだから、別に。

栗木——関東にいらしたということで、すべてがガラッと変わるわけですね。

高野——もしも住友金属に入っていたら、穏やかな人生を送っていたでしょうねえ。短歌のほうに進むことはなかったと思います。おそらく定年後は若狭湾あたりへ行ってサバでも釣ったり（笑）。

機械好きの乗り物好き

栗木――高野さんは機械にお強いんですね。自動車会社に入られたくらいだから。整備もされるんですか。

高野――いや、できません。整備はなかなか難しいんです。僕は単に自動車の構造を知っているだけですから。

栗木――乗り物ついでに伺いますが、のちに高野さんはバイクに乗られますね。

高野――ええ。四十過ぎて自動二輪の免許を取りました。二五〇ccのオートバイに乗って、一番北は青森まで、一番西は愛媛まで行きました。

栗木――お母さまの具合が悪い時もバイクでお帰りになったとか。ライダーですね。

高野――そうですね。「コスモス」の全国大会の時も何度かオートバイで行きました。信州の松本、愛知県の三ヶ根山もオートバイで行きました。オートバイといってもおとなしく乗っている人もたくさんいます。僕もおとなしく走っていました。高速道路でも八十キロくらいで、一番左の車線を走ります。長距離トラックが走るところです。トラックは一定の速度で無理をしないで走っているので、それについて行くと非常に楽なんです。

ああ、先ほど言い忘れましたが、高校時代は機械ならぬ器械体操をやっていたんです。逆立ちが出来たので器械体操部に入ったけれど、仲間のレベルが高いからついていけなかったですね。でも、平行棒の上で倒立するくらいのことは出来ました。

栗木――エッ、そんなことができる歌人はいないですよ。写真は残っていませんか。

高野――試合に出たことがないので写真は残ってないんです。今は腕力が落ちて、かつ体重が増えたから、逆立ちもできない。五十代までは出来たんですよ。

栗木――けっこう体育会系なんですね。初回から意外なお話をお聞きしました。次回が楽しみです。

（如水会館　２０１６・２・17）

【第2回】

宮柊二との出会い「コスモス」に入会

日産自動車を退社、予備校、大学へ

栗木——前回の続きを伺います。高校を卒業後、せっかく入社された横浜の日産自動車ですが、大学へ行こうと決意され、予備校へ行かれるわけですね。

高野——ええ、そうです。日産自動車の同じ独身寮にいる人で、横浜国大の夜間に通っている人がいたので、じゃ、僕もと。さほど勉強好きではないんだけれど、もうちょっと何かしたいという気持ちがあって。そして機械工学科に入ることは入ったんですけど、実際に授業に出ると難しいんですよ、特に数学が。「行列式」というのがあるでしょ。あれが難しくて、こりゃあ、あかん、理科系の脳味噌がちょっと不足しているな、とりあえず出直そうと思って、日産自動車を辞めたんです。それも、誰にも相談もせず。父親には「辞めることにした。大学を受ける」という手紙を出しただけです。日産に入って、次の年の七月くらいに辞めました。
それから一人で東京に出てきて、文京区に下宿して、予備校に通うことにしました。でも、どの予備校に行ったらいいかわからない。まず水道橋の研数学館へ。名前は聞いたことがあるし、ここがいいんじゃないかと思って、受付に行って「入学したいんですけど」と言ったら、「試験があります」と言われて、これで落ちたら大変だと思ってあきらめたんです。その近くをうろうろしていたら、東京学院という小さな予備校があったので、そこに行ったら、「どうぞ」と言われて（笑）、そこに入った。それからはもう一生懸命、勉強しました。午前中から予備校に行って、午後まで、何時間くらい授業を受けただろう。家に帰ってからも勉強しました。一日八時間以上勉強してました。

栗木――立派ですね。当時は今と違って大学へはみんながみんな行かなかったですね。

高野――そうですね。高校は工業高校機械科ですから、大学を受験する人はクラスに一人いただけでした。その人は一生懸命勉強してましたが、僕らは就職組だから全然関係ない。予備校に入って、生まれて初めて猛勉強しました。何でもかんでも無理やり覚えてね。例えば国語だと助動詞「る、らる、す、さす、しむ」って、何のことかよくわからず、ただ覚えた。のちに短歌を作り始めて、しばらくして、動詞の未然形につく助動詞にはこういうものがあるという意味なんだなと、あとで本当のことは理解できたんですが、受験の時は単なる棒暗記でしたね。

大学で短歌研究会を立ち上げる

栗木——そして、東京教育大学国語国文科に入学される。短歌研究会を立ち上げます。一年生に入ってすぐに始められたのですか。

高野——すぐでもないですね。大学の購買会で『文芸読本　石川啄木』という本を買って、読み始めて、「あ、これ、いいな、自分も作ってみよう」と思って、ひとりで啄木もどきの歌を作り始めたんです。そのうち、国文科の友達と話していると、短歌を作るのに興味がある、あるいは作ったことがあるという人がいて、人数は正確には覚えていませんが、四、五人くらいで、お互いに作った歌をガリ版刷りで印刷して、週に一度、批評するということをやり始め、そのうちに、短歌研究会という名前をつけた。その時はもう三年生かなあ。教育大の国文科の教授で、『新古今』の研究者でいらした峯村文人という先生は「潮音」で実作も出していらしたみたいで、そのころは作品は見たことはないのですが、「こういう短歌研究会をやってますので、週に一度、先生の部屋で短歌会をやりたいんですけど批評をしていただけますか」と言ったら、「いいですよ」というので、四、五人で行って。

栗木——そこで、「潮音」を見せてくださったり勧誘されたり。

高野——いえ、それは全くありません。「潮音」を欠詠なさっていた時期だったみたいです。

峯村先生は歌集もないんです。信州の峯村国一という人の弟さんです。峯村三兄弟がいるという話を聞きましたけど。

『文芸読本　石川啄木』との出会い

栗木――高野さんが石川啄木と出会われたのは、偶然、手にされた『文芸読本　石川啄木』からだそうですが、啄木の歌で特にいいなと思われたのはどれですか。

高野――二十歳前後の人が読むと、いいなと思う歌がいっぱいありますね。ロマンチックで。例えば〈砂山の砂に腹這ひ／初恋の／いたみを遠くおもひ出づる日〉とか、自分もうっとりして似たような歌を作ったりして。でも、一、二年経ってみると、赤面の至りで、ものすごく恥ずかしい歌を作っていましたね（笑）。そのころのノートは残ってないんですけどね。

しばらくは『一握の砂』を惚れ惚れと読んでましたけれど、その後、『悲しき玩具』を読んだら、もうちょっと人生の悲しさを感じさせる歌がいっぱいあった。啄木はもっと深みのある人なんだなという感じがしました。

大学の購買会で購入した『石川啄木』（河出書房新社　文芸読本　荒正人編　昭和37年初版発行）
この5年後に河出書房に入社することになる

例えば今でも覚えているのは、子供が生まれて間もなく亡くなった時の歌で、〈真白なる大根の根の肥ゆる頃／うまれて／やがて死にし児のあり〉と、淡々と歌っていますけれど、悲しい歌だなと思いましたね。これは『一握の砂』の最後あたりの歌ですが、そういう歌が『悲しき玩具』には多いんです。

栗木――長男の死を詠んだ歌は『一握の砂』に〈おそ秋の空気を／三尺四方ばかり／吸ひてわが児の死にゆきしかな〉がありましたね。やはり虐げられたものの悲哀というか。病気の歌もありますし。

高野――「文芸読本」は『ローマ字日記』が入っているのが売りだったと思うんです。この『石川啄木』を編集した人は誰だろう。後年、僕が河出書房に入社した時にいた日本文学編集部の課長は藤田三男という人で、「槻の木」で短歌をやっていましたが、その人が担当したのかなあ。確かめてはいないんですが。

栗木――やがてその方が上司になるんでしょう。運命というものを感じますね。

高野――ええ。この『石川啄木』所収の啄木の似顔絵は僕が描きました。啄木の詩で気に入ったものをスケッチブックに写しました。その詩は、唯物論者である、一人の無名の工場労働者が、デモがあったらいつでも自分は立ち上がるという意志を持ち、そういう議論にも参加していたけれど、非常に無口な人で、若くして病死する、その人の墓碑銘を歌ったものです。当時、幸徳秋水事件がありましたが。

栗木――大逆事件ですね。

高野――ああいう思想を持っていた人が労働者階級にいた。実在した人を歌ったのか、半ば創作が混じっているのか、よくわからないのですが、その人を悼む詩です。なぜか、この長い詩がすごく気に入って、全文を下手な字で写しています。今でも下手なのに、当時はこんなひどい字を書いていたのかと愕然としました。

啄木の詩を写したスケッチブック

栗木――いえいえ、レタリングみたいな感じで、全体のバランスもよく。文字そのものもデザインの一部のようですね。

高野――その詩は、「彼の遺骸は一個の唯物論者として彼の栗の木の下に葬られたり。我ら同志の選びたる墓碑銘は左のごとし。我には何時にても立つことを得る準備あり」で終わっています。文語の詩です。

もう一つ好きなのは「ココアのひと匙」という短い詩です。「我は知るテロリストの悲しき心を」というやつですね。啄木の詩は『一握の砂』とは違って、ロマンチックな、感傷的な要素はあるけれど、思想的なものが非常に濃い。詩のほうではそれにも惹かれました。

国語学から見た啄木、茂吉の語法の誤用

栗木――啄木の歌では〈かにかくに渋民村は恋しかり／おもひでの山／おもひでの川〉がよく引用されますが、「恋しかり」は誤用なのでは？

高野――間違いでしょうね。でも、当時は間違いだとは言われてなかったんだと思います。その後、国語学が発達して、「かり」は、「楽しかりけり」のように、後ろに「けり」をつけるためのつなぎのパイプの役をする活用であって、それ自体で終止する例はない、だから、あれは終止形ではないという説が出て来た。啄木のころはその説はなかったと思います。だから、啄木が悪いのではなくて、当時の国語学が遅れていた、多分。

栗木――歌会の時など、「かり」は終止形ではなく、ここで終わらないと言うと、「いや、啄木の歌にいっぱいあります」と言われてしまうんです。

高野――啄木の影響があるから、あれでいいと思ってしまうんですね。ただ、啄木のころは誤用ではなかった。例えば「ぞ」という助詞がありますね。『万葉集』の〈田児の浦ゆうち出でてみれば真白にそ不尽の高嶺に雪は降りける〉みたいに、古代は「そ」と言ったが、茂吉は「ぞ」と使っている。では、茂吉が間違っているかというと、そうではなくて、その当時は濁

って「ぞ」と言っていた。国語学の進歩によって、ある時代の用法が後から見ると間違いだと指摘されますが、だけど、その当時は間違いではないということがよくあります。「久々に」だと字余りになる場合、「久に」と言う人がいる。だけど、「久に」は「久々に」という意味はなくて、「ずっと、永久に」という意味です。その間違いの例は茂吉にも二つほどある。でも、茂吉に用例があるからいいとは言えない。茂吉もうっかりしたんです。「誰それがやっているからいい」というのはダメなんです。

短歌と俳句、両方を作るのは無理

栗木――短歌研究会と前後して、俳句をやっているお友達に会われるんですね。

高野――ええ。短歌研究会に入ってきた人で、一学年下ですが、内野修という人がいて、金子兜太さんの「海程」に入って俳句も作っていたんです。僕も誘われて「海程」に一年くらい所属して、俳句を出してました。

栗木――当時は兜太さんが選をしてくださったんですか。

高野――選はなかったような気がするんです。わりに先進的な結社で、選をしない主義だったんじゃないか。毎月五句くらい出したような気がするんです。

栗木――一年間、出し続ければ五、六十句になりますね。

高野——ええ。当時、昭和三十九年くらいは、兜太さんを始めとする前衛俳句が盛んなころで、僕もすぐ影響されて、兜太さんみたいなちょっと前衛っぽい俳句を作ってまして、今読むと恥ずかしい。

栗木——季語はあるんですか。

高野——季語はないというか、拒否はせず、必要とも言わない。「超季」と言ってました。無季ではない。僕の俳句が「海程」に載ったのは昭和三十九年八月号、これが最初かなあ。そして、最後が昭和四十年十月号ですから、一年ちょっとくらい、本名の日賀志康彦で出してました。わりに最初のころ、〈昼顔へ沈艦今もさざ波押す〉という句を詠んだ。浜辺に昼顔が咲いていて、沖の海底に沈んだ軍艦があって、そこから昼顔に向かって波が寄せているという瀬戸内海の風景です。昔、瀬戸内海の伊予灘に「伊号潜水艦」という潜水艦が沈んでいるという話を聞いていて、それが記憶に残って、こんな句を作ったんです。

栗木——昼顔と沈艦、二つが独特の迫力で向き合ってますね。

高野——戦争が終わって十九年くらいですから、まだ戦後の空気が少し残っていた感じのころです。

栗木——金子さんの作風の影響もありますしね。

高野——この句を堀井春一郎という人が「俳句研究」の時評で取り上げて、ほめてくださった。

そうしたら、「俳句研究」から俳句の注文が来て、初めて僕の俳句が総合誌に掲載されたんです。

栗木——高野さんは短歌ではなくて、俳句のほうが先に総合誌に掲載されたんですね。

高野——ええ。そうなんです。思い出のある俳句です。

栗木——結社誌の句にそうやって光を当ててもらえるのは相当なものですね。べつに兜太さんがプッシュしたわけではなくて。

高野——よくわからないんですけどね。しかし、短歌と俳句の両方作るのは結構難しい。俳句を作って、すぐ短歌は作れない。似ているけれど全然違うという感じで、なかなか両方を作っていくのが困難になって、途中で俳句の実作はやめたんです。ただ、その後、ずーっと俳句は読んできてますけどね。

例えば正岡子規も両方をやった人ですが、両方、同じくらいの比重でやった時期はないんです。ある時期は俳句に力を入れ、ある時期は短歌に力をそそいだ。

栗木——坪内稔典さんも。でも、俳句が主ですね。高野さんは愛媛県のご出身で、正岡子規、高濱虚子も愛媛県の人だから、俳句には親しんではおられたのではないですか。

高野——そうですね。俳句も内野君たちと実作もやるんだけれど、例えば中村草田男の句を誰かがピックアップして、それを読むという、現代俳句を読む勉強もしてたんです。だから、読む方は短歌と俳句の両方出来るんです。でも、両方作るのはちょっと難しい。

栗木――では、早めに俳句に見切りをつけて、よかったですね（笑）。

高野――ええ。本気でずっとやるということではなくて、友だちづきあいで入っただけだったので。やはり最初から短歌が中心でした。

朝日歌壇に投稿、終生の師・宮柊二との縁が

栗木――昭和三十八年八月から翌年十二月まで朝日歌壇に投稿をされた。このころ、朝日歌壇は毎週で、選者は三人だったそうですね。読売歌壇は土屋文明が選者だったと思うのですが、朝日歌壇にされたのは共選だったからですか。

高野――いや、それもべつに何も考えずに。たまたま、僕は学生だったけれど朝日新聞を取ってたんです。そこに歌壇があるのを知っていたから投稿しただけです。

栗木――宮先生の作風がお好きだったとか。

高野――いえ、まだよく知りませんでした。大学の図書館に「短歌」「短歌研究」があって、ある時、正確に覚えていませんが、「短歌」の特集で「冬の作家、宮柊二」というのがあって、宮柊二という人がいるということは、知っていました。それに、トウジではなくシュウジと読むということくらいは知ってましたけど、作品は読んだことがない。ただ、単純に自分が取っ

ている新聞の歌壇に投稿するという感じで。

栗木――そこが運がいいというか、それで宮先生と出会って終生のご縁ができるわけですから。

高野――一年後くらいに宮先生から電報が来るんです。

栗木――今みたいに個人情報とか何とか言わない時代だったので、投稿葉書から住所がわかる。電話もないし。

高野――ええ。そのころの僕の住所は「東京都豊島区東長崎〇〇、松本様方」。家主の松本さんのお宅に三つか四つ、下宿部屋があったんです。宮先生は電報が好きな人で、何でも電報です。その時は、非常に簡単な電文で「デンワクダサレタシ、ミヤシュウジ」で、その後ろに電話番号が書いてある。用件は何の事かわからなかったですね。緊張して電話したら、「よかったら、うちに遊びに来なさい」と言われた。

栗木――「こういう結社をやっているから入りなさい」とかいうのではなくて。

高野――ええ、細かいことは一切なしで「一度、うちにいらっしゃい」という感じでね。暇だから翌日すぐ行きました。夏休みだったんです。暑い時でした。

栗木――宮先生は有望な人には「いらっしゃい」と声をかけるタイプだったのですか。

高野――いや、そんな話は聞いたことがないですね。その時は必要があったんです。留守番にアルバイトの学生を探しているということでした。

栗木――でも、投稿歌を読まれて、この人は才能があるということで。字もきれいだし。

高野――まあ、朝日歌壇の投稿歌で名前を記憶したんじゃないでしょうか。宮英子さんの話では、宮先生は十首採るのに五十首くらい、予備で採っていたんです。当時は手書きで写すので、手伝いの人が大変なんです。歌だけではなくて、住所も全部書くんですから。それを宮英子さんはあるころなさっていて、「高野さんの歌は本当によく、宮は予選で採ってましたよ」って。それで自然に何となく名前が印象に残ったんでしょうね。そのころの歌は、バイトをする、デモに行く、教室でどうのこうの、という歌を幾つか作っていたので、学生だとわかっていたのでしょう。

宮柊二の「澄んだ目」

栗木――そこで初めて、宮先生、英子さんと出会われたわけですが、第一印象はどうでしたか。

高野――昭和三十九年の夏でしたが初めてお宅にお邪魔して、その時、宮英子さんは四十代の後半くらいですか。とてもきれいな人だなと思いました。

栗木――ええ。最晩年までとても肌が輝いておられた。

高野――宮先生は真面目そうな人。前髪が垂れている人で、壮年期という感じ。富士製鉄は昭和三十五年にお辞めになっていたから、四年後くらい。まだお元気でしたね。

栗木――「コスモス」は十年目くらいですか。

高野――創刊十年目くらいです。一年前に創刊十周年記念号というちょっと厚いのを出しています。ぐんぐん「コスモス」が成長していく時代ですね。宮先生が成長させていった。

栗木――いろいろな意味で『坂の上の雲』みたいな時代だったんですね。『水木』に〈低き灯にもの書きいます宮柊二の額(ぬか)垂り髪を真夜おもふなり〉があって、折々に宮先生の額を詠んでいらっしゃる。

高野――ええ。宮先生は額が広い人なんです。かつ、髪の毛が長くて、何か書く時に垂れるんです。それが印象的でね。カッコいいんです。今村寛という人から聞いたんですが、宮先生は若い時から女性にもてたんだそうですね。文学青年的な印象が強くて、内向的で、どこか憂いを含んでいるような感じで、かつ、いい歌を作っているということで、短歌を作る若い女性からすると、スターという感じだったんでしょう。

栗木――影のある感じがいいんでしょうね。

高野――そう。若いころ宮先生は好きな人がいたんですけれど、その人とはうまくいかなかった。そのあと「多磨」に入ってからは、周りの、けっこうたくさんの若い女性が宮先生に好意を持っていたそうです。その人たちよりちょっと遅れて滝口英子さんが「多磨」に入ってきた。

栗木――十何年も前ですが、「ＮＨＫ歌壇」で高野さんが選者をやってらした時、私が進行役をやらせていただいて、尾崎左永子さんも選者として出てらして、三人で番組の特別バージョン「わが師を語る」を放映したことがあります。高野さんが宮柊二、尾崎さんが佐藤佐太郎、私が高安国世で、その時、高野さんは宮先生の第一印象として「とても目が澄んできれいな人だと思った」とお話しになった。すべて言い得てますね、「目がきれい」というところで。

高野――人を見る時、澄んだ目で人を見るという感じでしたね。人柄が真面目で、誠実な人でした。自分から人を笑わせることはあまりない。

栗木――聞き役という感じですか。

高野――聞き役というわけでもなく、いろいろなことをしゃべるんですが、笑いと無関係の人でした。自分から駄洒落を言ったりしないし、周りで面白いことを言って僕らが笑っていても、宮先生は笑わないですね。笑いに無関心な人でした。宮英子さんは駄洒落を飛ばすんですが、宮先生はムッとした顔をされてました。「何言ってるんだ、君は」みたいな顔をしてね（笑）。

大森のコスモス編集分室初代住み込みとなる

栗木――そして、大森のコスモス編集分室に住み込まれる。

高野――電報が来た直接の用件はそれなんです。今、「コスモス」は自分の家が発行所だけれど、「コスモス」の会員のMさんという人からマンションの一室を「書斎として使ってください」ということで無料で提供された。宮先生はそれを書斎ではなく、「コスモス」の編集分室として使うようにした。編集会と校正の時、ひと月に五、六日、そこを使うんです。あとの期間は無人です。「無人というのも用心が悪いから、君、そこに住んでいてくれないか。そして編集と校正を手伝ってほしい」ということでした。

栗木——初代の住み込みですね。

高野——ええ。そこはもちろん家賃なしです。立派なマンションで、2LKでしたが、昔の建物ですから広々していました。

栗木——当時の学生の住まいは、トイレは共同、お風呂は銭湯に行ってましたからね。

高野——そう。でも、そこはお風呂があって、電話があって、洗面所があって、寝室があって、リビングルームがあって。宮先生はそれをご自分で使わないで、コスモスの編集会で使っていた。だから、僕はラッキーなんです。

栗木——高野さんという人物を見込んでのことですから。

高野——電報が来て、行って、初めて会って、いきなりその話が出た。

栗木——まだ会員にもなってないでしょう。

高野——ええ。でも、成り行き上、では、「コスモス」に入りますということになって、すぐ入りました（笑）。運がよかったんですよ。どこかの結社に入ろうかな、とぼちぼち思っていたころでしたからね。

栗木——それまでもアルバイトはなさっていたのでしょう。

高野——ええ。いろいろなアルバイトをしましたが、教育大学だから何となく家庭教師の口が多かったですね。家庭教師が一番安定して、報酬もいいのですが、最初のころはいろいろなことをやりました。力仕事のようなことも。例えば郊外に新しい団地ができて、みんな日曜日に引っ越してくる。その近くの新聞配達所の人がアルバイトの学生を雇って、引っ越しの荷物が来たら、「どこの部屋ですか。お手伝いしましょう」と言って、二、三人で勝手に手伝って、冷蔵庫やタンスを担ぎ上げるんです。当時は五階建てでもエレベーターはないですから、人力で運ぶ。だから、学生が必要なんです。最低二人はいないとね。搬入が終わったら、新聞配達所の人が「うちは何々新聞ですが、ひとつ購読していただけないでしょうか」と言う。売り込みのためのサービスなんです。そんなアルバイトをしましたね。なかなか面白かったです。二十歳過ぎというのは元気でしたねえ。それ以外にも引越しの手伝いはしましたから、重いものをよく運びました。

歌集『水木』の巻頭八首を作ったころ

栗木——さて、朝日歌壇に投稿されて、十三首入選した中の八首が実質的な第一歌集『水木』

の巻頭です。朝日歌壇では新仮名遣いですが、歌集の段階で旧仮名遣いにされています。『水木』は十年ぐらいたってから刊行されますね。

高野——そうですね。最初、昭和五十一年に『汽水の光』を出して、その後で、それ以前のものを集めたのが『水木』という歌集で、昭和五十九年に出しましたが、これが一番初期の歌を収めた歌集です。

コスモス全国大会　昭和40年　新潟にて
右から３人目が高野氏、後ろに柏崎驍二氏

栗木——かなり手を入れられた部分もあるとは思いますが、巻頭歌の〈夏まひる木を挽きつくししんしんと丸のこぎりは回りけるかも〉、巻頭にふさわしい鮮烈な歌だなあと思うのですが。

高野——それが朝日歌壇に一番最初に投稿して入選した歌なので、僕にとっても記念になるから、それを巻頭に置きました。選んでくださったのは五島美代子さんです。五島さんが一番、僕の歌を数多く選んでくださった。宮先生が二番目です。近藤芳美さんの選にはあまり入っていないんです。

栗木——近藤さんはどうしても政治的な歌になりますね。

この〈夏まひる〉という初句、普通、初心の者だと「夏の午後」「夏の昼」とかになってしまいますが、俳句の影響があるのかな、〈夏まひる〉とはなかなか言えそうで言えない出だしだと思うんです。

高野——初心者だから言えたのかもしれません。あのころは今ほど推敲してないかもしれない。今はいろいろやるんです。中身を変えたり。

栗木——高野さんの推敲の跡はすごく参考になります。

高野——いや、歌集に収める時、あまり推敲しすぎると、読者ががっかりすることがあるみたいです（笑）。

栗木——鈴木竹志さんが『高野公彦の歌世界』で非常に細かく、原作をこう変えたというのを追跡されています。あれを読むと惚れ惚れと感心するような推敲過程ですね。

高野——そうですか。よくなってますか。

栗木——参考になります。次回、伺いたいと思います。それと、「のこぎり」八首の〈青春はみづきの下をかよふ風あるいは遠い線路のかがやき〉、高野さんの初期を代表する名歌です。これが宮先生の？

高野——ええ。宮先生の選に入りました。それまで作っていた歌と少し毛色が違う。短歌よりやや現代詩に近いような歌い方をしてみて、それが採られたので非常にうれしかったですね。

栗木——名詞の選択が絶妙です。動詞は〈かよふ〉だけで、名詞でつないでいくのは斬新な感じです。〈夏まひる〉の歌では〈丸のこぎり〉、〈青春はみづき〉の歌では〈線路のかがやき〉とか、硬くて冷たい光が一首の底の部分にあって、それが錘になって、歌がただ軽やかだけに流れていかないというところがある。それは高野さんの歌に今でも通じているところかなあと思うんです。一種、酷薄な感じ。むごい感じ。

高野——ああ、できればそういう歌を作りたいという気持ちはあるんです。今の言葉でいうと「ぬくもり」のある歌とか、特に人情的な歌、そういうのはあまり好きじゃないんです。

〈丸のこぎり〉は実際、見ました。中学校のころ、夏休みの間、製材工場というか、木のサンダルを作る工場でアルバイトをやっていたんです。原木を切って、だんだんサンダルの形になったのにニスを塗る仕事です。外では、丸のこぎりがしんしんと回っている。そこに木材を当てるとシャーンという音がしてスーッと切れていくんです。昼休みになると、のこぎりが木を全部挽いた後、しんと止まっている。その実景が歌の元にあるんです。だから、〈まひる〉は午前中から午後の間の印象だったと思います。その歌を作った時は中学生のころから十年くらい経ってますから、見たものを描写したわけじゃないんです。記憶の中にあったものを詠んだという感じです。

栗木——イメージがとても鮮烈に浮かびます。〈回りけるかも〉という語法は？

高野――それ、やってみたかったんです。大学で『万葉集』を勉強し始めて、よし、これだ、と（笑）。

釈迢空の歌を読み、文語が好きになる

栗木――この一連の中でも〈吊革の白き環(わ)の揺れながめつつバイト帰りはひもじかりけり〉の〈ひもじかりけり〉とか、文語を駆使されていて、さすが国文科。

高野――むしろ、文語を使うのは楽しかったですね。

栗木――口語のほうが日常的だから口語で行こうとか、そういう発想はないわけですか。

高野――ないですね。口語である必要はない、文語のほうが面白いという気持ちでしたね。そのころ、釈迢空の歌を読んでいたんじゃないかと思うんです。迢空の歌を読むと文語が好きになります。古語がね。

栗木――〈ながき夜の　ねむりの後も、なほ夜なる　月おし照れり。河原菅原〉に心酔したとおっしゃっていました。難解な歌ですね。わかるような、わからないような。〈河原菅原〉は呪文みたいで。

高野――信州の夜の風景だと思います。目が覚めて、ふと見ると、まだ夜である、永遠にこの夜が続くような、そんな気持ちがあって作った歌ではないかと。

栗木――輪廻転生みたいな。

高野――いつまでも闇が続く無明長夜ですね。

栗木――非常に根源的なものを詠んでいる。後に高野さんは『雨月』という四十代後半の歌集で、〈長夜にゐる思ひせり酔醒めの水飲みてまたねむりを継げば〉と詠んでおられます。あ、

高野――そうですね、本歌取りというほどじゃないですが、影響を受けていますね。本歌取りをなさったなと思ったんです。

栗木――沼空のこの〈河原菅原〉があって、でも、それを〈酔醒めの水〉に引き付けたところが高野さん流のこなし方ですね。〈長夜〉と書いて「ながきよ」とルビを振った、こういうところ。

高野――そういうことをやっているんですか。今見ると、小賢しい感じもしますね。

栗木――いえいえ。そんなことないです。ここでコクの深さが出ているなあと感心して拝見しました。

宮先生が命名されたペンネーム

栗木――ペンネームは「コスモス」に入ると同時に、宮先生がつけられたのですか。

高野――ええ。雑誌の最後に詠草用紙が入っていて、それを切り取って、歌を書いて、出すわ

けです。その時はもちろん本名で出したんです。ところが、最初に歌が掲載されたのが、昭和三十九年十一月号ですが、「高野公彦」という名前になっているので、アレッと思ったら、宮先生が「君、この名前にしたからね」と言われて。何が何だかわからないので、「ああ、そうですか」と（笑）。

栗木——お名前の由来はおっしゃってくださらなかったんですか。

高野——ええ。宮先生は何もおっしゃらないんです。その時聞けばよかったんですが聞きそびれちゃってね。偉い先生だと思っているから、「したからね」と言われたら、もう聞けないんですよねえ（笑）。

栗木——宮英子さんが、角川「短歌」（平成十九年七月号）の「高野公彦を解剖する」という特集に文章を書いておられて、「高野という名字はわりとありそうでいながら、文学者には、俳人の高野素十とか、国文学者の高野辰之とかあっても、他はあまりない名字だから」と。それと、朝日歌壇であれだけ頻繁に入選をすると、日賀志康彦さんという名前が一種、朝日歌壇のスターみたいになっていて、そのイメージを払拭するというか、新たに結社に入って、いわゆる投稿作者という形ではなくてやっていく時に餞（はなむけ）としてこの名前をつけたのではないかと書いておられて、すごく深い洞察だなと思ったのですが。

高野——そうかもしれません。でも、じゃ、なぜ高野になるか、理由はわからないですね

（笑）。それはそれとして、公彦のほうで、ちょっといいイメージで得をしているんです。

栗木——高貴なイメージですから。

高野——河出に勤めていたころ、國學院の学生が大学祭で話をしに来てくれと言ってきたので、近くの喫茶店で会うことになって、向こうは五、六人来たんです。会って、挨拶したら、みんな僕の後ろの方を見て、どこに高野公彦がいるんだろうとキョロキョロしていました（笑）。だから、あるイメージを持ってきたわけですよ。僕の顔を見て高野公彦だとは思わなかったみたいでね。

栗木——あまりに若いので。もっと年配だと思ったのでしょう。

高野——いや。「公彦」に、あるイメージを持っていたんでしょうね。それとずれが大きかったんでしょう。

栗木——でも、宮先生は日常的には「日賀志くん」と呼んでいらしたそうですね。

高野——じつは僕がペンネームになじみにくくて、自分では数年間、「日賀志です」と言ってたんです。宮英子さんも遠慮して、「日賀志さん」とおっしゃってた。今考えると、宮先生に失礼だったし、申し訳ないと思うのですが。

「自分に慄く」まなざし

栗木――当時の朝日歌壇の選者のお一人、近藤芳美さんの選について。このころは六〇年安保が沈静化し、その後、ベトナム反戦運動が起こって来る時期です。朝日歌壇に投稿された歌で、近藤さんの選に入った〈粛々たるデモにこそ真の怒りありと思いてよりは振返り見ず〉〈「憲法」を読みつつ泣かゆ幸福はここに今なお記されいたり〉など、熱い思いを表現した歌が光ります。スタンスとしてはどうだったんですか。大学はあまり政治運動に燃えているというような感じはなかったですか。

高野――ええ。燃えているほどではないのですが、教育大学そのものが小さな大学で、国文科は一学年三十人いるだけなんです。そのうち三分の一が女子、三分の二が男子という割合です。その女子の中に民青（共産党下部組織の民主青年同盟）に入った人がいたんです。その人は民青の運動に熱心で、クラスの人がよく誘われたんです。「今度は横田基地にデモに行くから、一緒に行きましょう」と。僕もその人に言われて、あちこち、国際反戦デーみたいなデモとか、何度か参加しました。そういう感じで、自分で積極的に何かをするということはないんです。

栗木――〈スクラムを組みつつ触れしひとの乳房やはらかかりき罪のごとくに〉、これは横田基地ですね。高野さんにしか詠めない歌です。そこで声をまっすぐに放つというだけではなく。

高野――基地のことより横にいる女性のほうが気になっている（笑）。

栗木――いや、それはやはりリアリティだと思うんです。〈デモ集ふ夜の衢に向き交番のなか明るくて花の鉢あり〉は一九六六年の作です。

高野――国際反戦デーのデモの時です。新橋（虎ノ門）のあたり。

栗木――相対化のまなざしがあると言いますか。

高野――何かの思想を大声で叫ぶとか、正面から何か言うとかは詩歌としては空しい、そういう歌は作品としてはレベルが低くなると前から思っていたので、そういうことはしないで、実際に見たリアルなものを必ず歌の中に入れる。そういう考えで、歌を作っていました。

栗木――観念的になってないですね。

高野――ええ。観念的なことは短歌じゃなくて別の表現方法でやった方がいいと。

栗木――小島ゆかりさんが雁書館の『高野公彦の歌』で、〈スクラムを組みつつ〉の歌にすごく的確な評をしておられます。「静かに考える者として、客観的に見つめる者として、あるいはこの歌のようにデモの最中にあっても集団の熱とは別の自分に慄くものとして、作者は孤独な表情をもつ」と。「自分に帰るまなざし」というか、「自分自身への慄きがある」というか、〈罪のごとくに〉という言い方が独特です。外部に向かって糾弾するだけではなくて、そういう渦中にいる自分に慄く、〈罪のごとくに〉と思う自分の発見があります。そういう社会的なまなざしがごく初期のころから高野さんの中にあったんだなあと思うんです。

高野——デモに行っても、あるところで「シュプレヒコール！」と先導するような、リーダー的な人がデモのあいだ、あいだにいるんです。でも、僕はその時、シュプレヒコールには同調しない。黙っているんです。大声を出すのが嫌いなのです。野蛮なというか、恥ずかしい。

栗木——恥ずかしいですね。

高野——万歳三唱も嫌いです。政治家が当選するとすぐ万歳三唱をするけど。

栗木——わかります、わかります（笑）。ただ、その一方で、近藤さんの選に入った〈真の怒りあり〉とか〈読みつつ泣かゆ〉とか、こういう生な感情の発露も好きだなあ。

高野——近藤さんの選を見てて、こういう傾向の歌をよく採る人だ、歌の良し悪しではなく、中身の素材で採る人だと何となく思うようになって、そういう選者には採られたくないと思うようになった。近藤芳美を否定する気持ちがあって、それで歌集から外したんです。まあ、今なら歌集に入れてもよかったかなと思うんですが、当時、まだ若かったんですね。

栗木——歌集の中の歌は、小島ゆかりさんが書いていらっしゃるように「客観的に見ている」というか、作者と対象との距離がわかるというところで、格段に歌としては優れていると思うのですが、何か、つい叫んでしまったみたいな歌も一、二首あってもいいかなという気がするのですが。

高野――ああ、「叫ぶ」ね。僕は「叫ぶ」より、ユーモアに転じるほうが好きですね。難しいんですけど。

栗木――シニカルより。

高野――ええ。シニカルもいいんですけどね。あまりにまともなことを大声で言うのは恥ずかしいという感じです。

友人の婚前旅行に付き添う

栗木――含羞というか、その感じはわかります。高野さんをデモに誘ったのは、セツルメントの活動をしていたという女性ですか。

高野――そうです。

栗木――牧水賞の歌人シリーズ『高野公彦』で、加納重文さんがエッセイを書いておられて、「どうも日賀志さんはこの人に好意を持っていたらしい」と。

高野――ええ、その人です。僕だけがその人に好意を持っているのではなくて、加納君も好意を持ってたんです。

栗木――加納さんが、結核と診断されてサナトリウムに入っていらした時、『源氏物語』や『古今集』など、加納さんが読みたいと言った本を高野さんが図書館で借りて、持って行ってあげたそうですが、うるわしい話ですね。加納さんの婚前旅行にもついていらしたとか。

高野——ええ。でも、ついて行ったと言われると、ちょっと……。

栗木——「なぜか、いた」と書いてありますが（笑）。

高野——「お前も来い」と言われたから行ったんですよ。勝手について行ったわけじゃないんです。「今度、鎌倉にあいつと一泊旅行で行くから、君も来いや」と言われて。

栗木——サナトリウムの看護婦さんと恋仲になられて、二人で行くのは照れ臭いから誘ったんでしょうね。ちょっと気を利かせて、夜になったら消えてくれるかなと思ってたら、夜になっても一緒にそのまま泊まっていたということでしょうか。

高野——ああ、そのことを恨みに思っているんだなあ（笑）。僕はサナトリウムに何度も行って彼女を知っているから。二人は結婚するかもしれないけれど、こっちとしては知り合いなので、それで鎌倉に行ったんです。しかし、それにしても邪魔だったかなあ。今から詫び状を出しておこう（笑）。

コスモス編集室で編集見習い

栗木——それで、「コスモス」に入会され、編集会議に参加されるようになるんですね。

高野——ええ。入会して、すぐ編集部に入っています。編集部見習いみたいなものですが。仕事を直接教わるわけではないけれど、皆さんがやっている例えば活字の割り付け、校正とか、それを見よう見まねで、結局、習得したんです。大学を卒業する時、出版社に入る人間として必要な、実践的な技術を習得しました。学業だけで出版社に入るのではなく実務が出来るということで、非常に運がよかったんです。

栗木——宮先生はそういうこともいろいろ考えながら、高野さんに住み込みをさせたのでしょうか。

高野——どうでしょうかねえ。大学三年生の時「コスモス」に入会して、その後、卒業する時に出版社に入れようなんて、そこまで考えないんじゃないですか。成り行きでそうなったんでしょうね。たまたま河出書房の日本文学全集が売れて、それも僕は運がよかったんですが、業務を拡大しつつあった時で、社員がたくさん必要になったんです。途中採用で募集していて、その時に宮先生が、河出にいた「コスモス」会員の人、営業部長の内島隅一さんに紹介してくださった。

昭和四十年代は日本文学全集は出せば売れる時代でした。夢のような時代です。講談社、新潮社、筑摩書房、小学館、河出も、それぞれみんな日本文学全集と世界文学全集を全三十巻、四十巻なんかで出しました。もっとも、全集を買う人々は、読むのではなくて家具として飾っておくようなものでしたが。あのころは文学全集が各家庭に売れたんです。

栗木――百科事典も並べてましたね。インテリアの一つというか。そのころはまた、どこの大学にも文学部国文学科はありました。教職課程はお取りになったのですか。

高野――いえ、取ってないです。教育大学にいる学生としては珍しいほうですが、教員になる気持ちはなかったから。といっても、編集者になるという気持ちもそんなに強くはなくて、ただ漠然とその日暮らしをしていただけで。

栗木――学生の多くは安全パイの形で教職を取っておこうかと考えますが。

高野――僕は、教員にならないんなら教職は取らないと、こういう考えです。あまり将来のことを考えないで行動しているんですね。明日のことは考えないで、今日のことしか考えてない。気楽に生きてきたんです。それでも結果的に、本当に運がよかった。幸運の連続みたいなものです。

栗木――巡り合わせがすべて次の布石になっていくわけですね。でも、それは企んだものではなくて、風に吹かれているうちにという感じ。

高野――ええ。好きなようにやってきたら、何となくうまいことといったみたいな感じで。

栗木――宮先生はそういうところを見抜かれて高野さんをかわいがられたのでしょうね。

高野――宮先生は面倒見のいい人でした。誰か、就職口がないと、どこか知り合いに口をきいて、世話をするということはおありでした。

栗木――高野さんには「取り入ろう」とか、そういうお気持ちがないですね。高野さんが宮先生の「百首鑑賞」(『鑑賞・現代短歌　五　宮柊二』)を書かれていますが、それだけ編集の場にいて、出発点から宮先生に可愛がられた人だと、もう少し内輪で、こんなふうに自分は特別だったとか、宮先生のこんなところも知っているとか書きたくなるんだけれど、そこが一切ないんです。宮先生のその時の気持ちに即し、表現に即し、礼節を守りながら書いておられる。

高野――ええ、僕は編集部に入ってから、一度も特別扱いをされたということはないんです。宮先生は分け隔てなく皆さんに接しておられました。だから、というわけでもないんですが、僕は宮先生と二人で撮った写真が全くないんです。それは今でもちょっと残念です。どうしても集合写真で、中央に宮先生がいて、僕が端っこにいる。二人で撮っておけばよかったのに、そんな写真は全くゼロです。

栗木――初めて会われた昭和三十九年ごろ、宮先生は『藤棚の下の小室』あたりですね。

高野――作品としてはその歌集に入るものを作っていらした。『多く夜の歌』が昭和三十五年くらいまでの作品を入れています。

栗木――年齢は三十歳くらい違うんですね。

高野――ええ、そうです。親子くらい。

栗木――そのくらいの開きもよかったんでしょうね。

高野――うーん、他に経験がないからよくわからない。先生があんまりおじいさんだと、接し方に悩んだかもしれませんね。

栗木――では、編集分室でのエピソードは次回、伺いたいと思います。

（如水会館　２０１６・３・10）

【第3回】

『水木』の推敲について

「コスモス」編集に携わる

栗木――昭和三十九（一九六四）年に大森のコスモス編集分室に住み込んで、編集作業にも加わり、かたがた留守番をされるようになった。編集分室に編集部の方々が集まって校正とか発送作業をなさるんですか。

高野――発送は違いますが、編集会が月に一回あって、それから一週間ぐらいで校正ゲラが出ます。初校と再校あわせて四、五回見ます。僕は編集も校正も大体手伝ってました。編集日に宮先生以下、葛原繁さん、田谷鋭さん、島田修二さんといった主要メンバーが集まってこられます。その他に、大まかに年齢順に言いますと、川辺古一さん、間島定義さん、人見忠さん、小野塚保さん、それから守屋一郎さん。もうちょっと若い人で杜沢光一郎さん、奥村晃作さん、それから僕。僕はまだ学生でした。

栗木――男性ばかりですか。

高野――女性は田中比沙子さん。田中さんがみんなにお茶を出したりしていたかな。

栗木――編集企画会議もなさったんですか。

高野――編集会は午後早くから始まって、まず、選歌の終わった詠草の割り付け、歌数を数えたり、ナンバリングを打ちます。それから散文の割り付けをして、夕食をしながら編集企画です。新しい企画の相談とか。

栗木――高野さんは「編集と校正」も執筆されてますね。

高野――ええ。わりに初めのころから、他の人たちと同じように。

栗木――そういう意味では平等に、貴重な戦力として扱われていらした。そういう時にはどちらかというと葛原繁さんがリーダーシップをとられるんですか。

高野――いや、昭和四十年代のころは宮柊二でした。まだお元気でしたから。葛原さんと田谷さんが、言い方はうまくないのですが宮先生の弟分くらいの感じですね。ちょっと下に島田修二さん、その四人が編集部の中心です。葛原さんと田谷さんは集まった原稿に目を通す。散文、評論の内容はこれでいいかとか。僕は、技術的なことはその編集会で勉強しました。活字の大きさ、割り付け、レイアウト、校正も。

栗木——教えてもらえるんですか。

高野——いや、見ながら習う。「門前の小僧」みたいなかたちです。わからないところは教わるわけですが。昭和三十九年の十月くらいに編集部に入って、そこで編集と校正の実務を自然に習得しました。

「グループケイオス」の活動を経て「群青」へ

栗木——そういう編集部としての活動と並行して、「グループケイオス」という有志の勉強会にも加わられた。「ケイオス」は「カオス」ということですか。

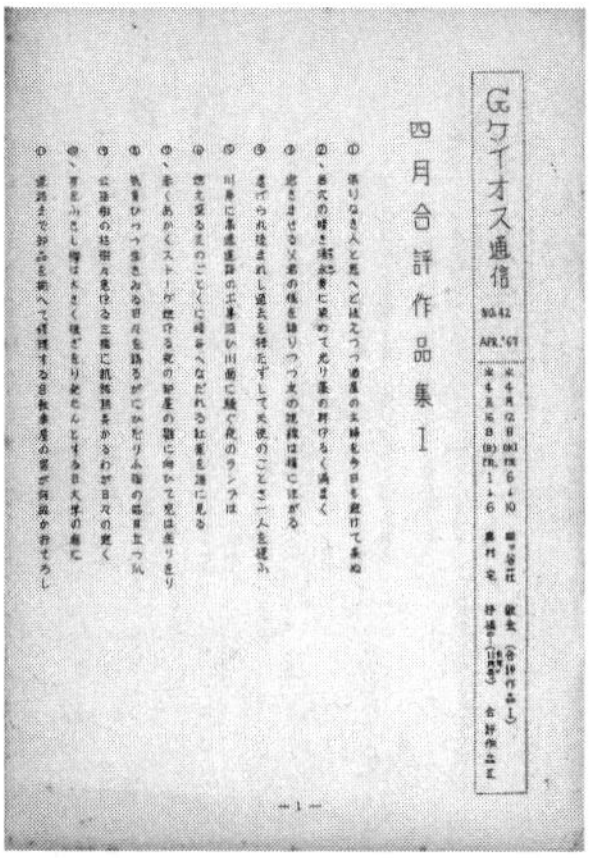
Gケイオス通信
No.42
APR.'67
四月合評作品集 1
— 1 —

Gケイオス通信 No.42　APR '67
B5版　作品・評論・鑑賞が掲載されている

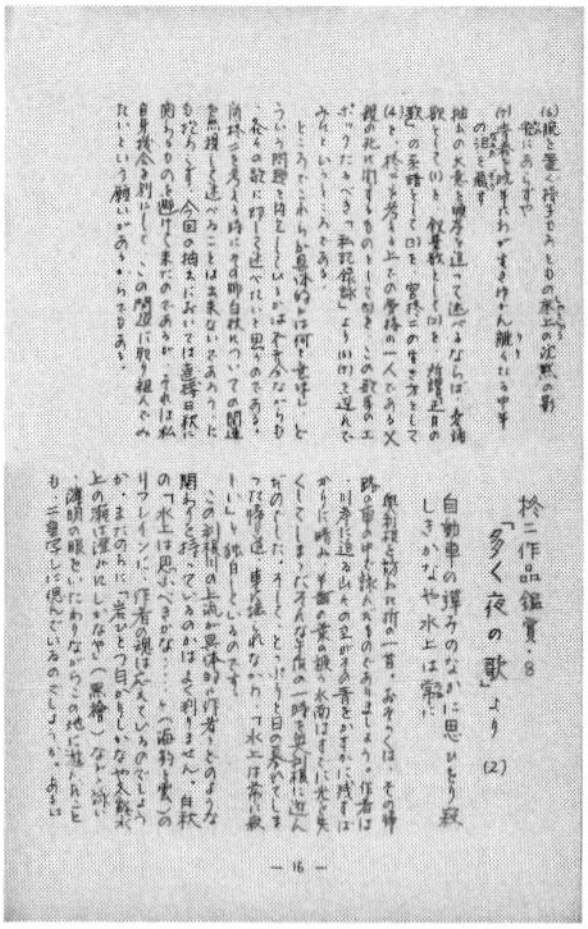
柊二作品鑑賞・8
「多く夜の歌」より (2)
— 16 —

柊二作品鑑賞・8 「多く夜の歌」より (2) 一人目の執筆者は幸田明子氏

高野――そうです。奥村晃作さんの命名だったと思います。奥村さんが昭和三十六年に「コスモス」へ入られてすぐだと思うのですが、若い人を、「コスモス」の会員ではない人も集めて、勉強会みたいなのをやっていて、その機関誌として「Gケイオス通信」をガリ版刷りで出していたようです。奥村さんは無邪気な人ですから自分が思った通りのことをやる。それが「コスモス」の組織を崩すような結果を生むようになったので、宮先生にすごく怒られた。宮先生からすると危ない感じがしたんでしょうね。奥村さんが叱られて地下に潜伏しているという感じの時に僕が入った（笑）。僕は穏健な人間なので、実作を中心に内輪の勉強会をしました。だから、「Gケイオス通信」はそのまま続行しました。僕が入ったころは歌会の詠草しか載ってないような薄い雑誌でしたが、それを土台にして、評論とか合評もやろうということで、奥村さんと相談してだんだん内容を充実させていったんです。

栗木――そこで「コスモス」の先輩歌人の作品研究などを。

高野――ええ。例えば、先輩にあたる三木アヤさんのことを書いたり、白秋のことを書いたり、要するに「コスモス」および「コスモス」の系譜の人々の歌を読んでいった。それで、宮先生からも信頼されるようになりました。

栗木――この活動が一九六六年に第三回桐の花賞を受賞していらっしゃる。

高野――ええ。グループ活動としてよくがんばったということです。

栗木――お墨付を得たという感じで。「Ｇケイオス通信」は何号まで出されたんですか。

高野――うーん。歌会の詠草集みたいになっていったのかな。奥村さんの家で批評会をやっていました。「Ｇケイオス」をなぜやめたのかはちょっと覚えてないけれど、何となく無くなって、代わりに武田、杜沢、奥村、高野の四人で「群青」を始めます。

栗木――内部分裂とか、そういうのではないんですね。

高野――ええ。僕が「コスモス」に入って、「Ｇケイオス」を立て直したみたいな感じで、その後、「群青」を出して、その後、「桟橋」を出した。全部、内部分裂ではないんです。自然に

昭和41年２月
尾鷲の竹林を見に行った折に
左、高野公彦　右、宮柊二

尾鷲にて。寒ブリ漁を見学する
寒そうな宮先生

次のものに移行していくということでね。だから、「Gケイオス」がいつの間にかなくなったのは、なぜか、よく覚えてないんです。「Gケイオス通信」はガリ版をホッチキスで留めただけでしたが、「群青」はガリ版刷りではありますが、ちゃんと製本して、表紙を付けました。最初から、十号出したら終わりにするという計画でした。「群青」を出すようになったのはなぜかなあ。

栗木――「群青」が昭和四十七年からですから、「Gケイオス」で八年くらいはやってらした。最初の時点から高野さんは結社内同人誌活動に力を注いでこられたのですね。

高野――そうです。「棧橋」は奥村さんと僕がもう少し広く呼びかけた。結社内同人誌です。よその人を入れると難しいんじゃないかと思って。ごたごたが起こりそうで。

宮先生の渾身の選に寄せる信頼

栗木――昭和四十一年から「コスモス」の「選歌余録」を担当されるようになります。入って二年目くらいですか。これは宮先生がボツにされた歌の中から何首かを高野さんがピックアップなさって、それについて「この歌はいかがでしょう」とお聞きして、口述筆記されるんですね。

高野――ええ。「どこがよくないんでしょうか」と。

栗木――これは会員にとってはものすごく勉強になるコーナーだと思うんですよ。

高野――そうですね。編集会の時に詠草の割り付けをしていて、宮先生が〇をされたのと、落ちたのがあるので、この歌はよさそうなのになぜ落ちているのかを質問するんです。僕自身も勉強になりました。

栗木――そういう歌を選ぶのが大変ですね。箸にも棒にもかからないような歌だったら勉強にならないし。

高野――そうなんです。それだったら宮先生もしゃべることがないですね。「つまらないからだ」で終わってしまいます（笑）。

栗木――見どころはあるけれど、助動詞とか接続詞に難点があるとか、テーマを決めて抽出されるんですか。

高野――どういうふうにしたかなあ。僕自身、表現面でいろいろ興味のある歌をピックアップしました。

栗木――土屋文明も落ちたものからいいのを拾い上げることはやってましたが、懇切丁寧に、ここが問題だとか、そこまではやってないと思うんです。

高野――僕が編集会で詠草の割り付けをしていた時、選者を育てるという意味もあって、葛原さん、田谷さん、島田さんとかが選者でしたが、その人たちの選を宮先生はもう一度見直して、ときどき選者が採った歌を×にして、違うのに○をつけてあったりするんです。それを見るのが一番勉強になりました。

栗木――結局、宮先生は詠草を全部把握しておられるということですね。すごいエネルギーが要りますねえ。

高野――ええ。人数が増えてからはそれが出来なくなったのですが、会員が千人くらいまでのころは一人十首ですから合計一万首ですね。選が済んだものをもう一度、全部見直しておられました。

栗木――日数が限られた中で見直すんですから。

高野――そうです。宮先生は、編集会の前の二日間は徹夜です。単に読むだけでも一万首は大変ですが、そのよしあしを判断しながら、しかも直しながら。選歌が終わった宮先生は、目の周りにクマができてるんです。ああいうことで寿命を縮められたんですね。戦争で肉体を酷使したこと、戦後、あまりよくない酒をたくさん飲んだことと、そして選歌でね。

宮先生がお元気なころは、誰かが選をして、それをもう一度、宮先生が見直しておられるということを会員の多くの人たちは知ってました。

栗木――それが会員の心の支えですね。宮先生が絶対、見てくださっていると思えば。

「アララギ」を超えるのが宮先生の目標

高野――あまりおおっぴらにはおっしゃらなかったけれど、「アララギ」を超えるというのが目標なんです。歌では勝っていると言ったってしようがないんです。勝つのは会員数が超えた時です。それを目指していらした。だから、それこそ「命を削る」という感じで選歌もやっていらした。そのもとになるのは、白秋が「アララギ」に押されて、昭和十年に「多磨」という雑誌を出したけれど、なかなかうまくいかない。白秋という人は詩人であって、雑誌の経営者としてはあまりふさわしくない。「多磨」は立派な雑誌だけれども、「アララギ」を追い抜いたという印象は全然ない。白秋は病気で五十七歳で亡くなります。結局、「多磨」を一生懸命やったから命を縮めたのではないか。「多磨」を創刊して、七年後に亡くなっていますから。だから、白秋先生がやろうとしてできなかったことを実現しようという気持ちがおありになったんじゃないかと思います。

栗木――それには、やはり支部の充実ということも必要になってきますね。

高野――そうです。だから、よく支部に出かけて、会員と会って、話し合っておられました。全国大会は年に二回くらいやって、そこに集まってきた人たちと接して、いろいろな話をするんです。宮先生の天才的なところは、田中角栄と同じで一度会った相手のことをよく覚えていることです。脳味噌の中に三千人くらいの家族構成が入っているんです。

栗木――名前をフルネームで覚えてくれたりするとうれしいですから。

高野――そう。そして「やあ、奥さんは元気かね。息子さんは大学に入ったかね」とか言われるから、もう地方の人は大感激なんです。地方の会員との交流が非常に密接でした。人間的な接し方なんです。

栗木――英子夫人も非常に細やかな方ですね。影山一男さんからうかがったのですが、会費が納入されると領収通知の葉書に必ず一言、添えるそうですね。

高野――ええ。事務室に勤めている人たちが「会費を受け取りました」という葉書を書くんですが、必ず一言、書き添える。同じ文章ではダメで、毎回、変えるんです。これは宮先生の命令です。相手を見て、この人だから、こういう文章を書く。別の人には別の文章をと。事務室の人は会員一人一人のことを頭に思い浮かべるという習慣が、ある程度、ついていたんじゃないですか。

卒論は「枕詞の発生」

栗木――高野さんの個人的な歩みでは、次の昭和四十二（一九六七）年はいろいろな節目が重なった年となりました。まず、三月に大学を卒業される。

高野——本当はそれより一年前が卒業でしたが、英語の単位が取れなくて、そのためだけに一年留年。だから、五年かかって卒業しました。

栗木——卒論は?

高野——「枕詞の発生」というタイトルで、一番古い枕詞にはこういうのがある、枕詞はなぜ発生したか、なぜ枕詞として定着したのか。そんな内容です。でも、研究書はありましたから、それを読んで、勉強して、自分なりに書いたので、べつに大したものではありません。

栗木——でも、「分類」ではなくて「発生」ですからね。

高野——「発生」にはいろいろな説があるんです。古代の日本人が思う神が自然の中に存在して、その神に捧げる褒め言葉、挨拶の言葉みたいなものが「枕詞」の本質である。だから、神様の名前とか、地名にかかる枕詞が初期は多い。「ちはやぶる神」とか。地名では「葦が散る難波」「そらみつ大和」とか。

栗木——「うまさけ三輪」とか。

高野——そうですね。地名および神の名前に付ける褒め言葉、あるいは神の怒りを鎮めるための言葉。そういう神に対する言葉として発生したのではないかと土橋寛さんという人が書いています。土橋さんのそういう説の源流は釈迢空です。迢空の考えが土橋さんに受け継がれた。古い枕詞の実例を自分なりに探すために読んだのが『風土記』です。特に『常陸風土記』、それから『古事記』です。『万葉集』はそれよりももっと後の時代ですから、完成されていまして、出来上がった枕詞が多く登場します。初期の、枕詞かどうかはっきりわからないようなのが、『風土記』や『古事記』にちょこちょこ出て来るので、古代歌謡をよく読みました。それが僕の短歌を作る時何となく役に立つ。万葉より古い言葉がいっぱいあるので面白いんですよ。日本語としてたどたどしい面もあるけれど、古拙という面白さがありますね。

栗木――もっと現代短歌にも生かしてもいいかなというものがありますね。

高野――そうですね。例えば「霰降り」という枕詞があります。「霰降り鹿島」は霰が降るとパラパラッと姦(かしま)しい音がするから「かしま」に掛かる（笑）。それで僕は「霰降り鹿島」みたいな駄洒落の枕詞をたまに作るんです。たとえば富田林(とんだばやし)というところは「シャボン玉とんだばやし」（笑）。だから、「富田林」にかかる僕の手製の枕詞は「しゃぼん玉」です。

栗木――富田林市のＰＲに使えそうです（笑）。

河出書房新社に入社

栗木――大学を卒業されて河出書房新社に入社されます。

高野――ええ。「日本文学全集」「世界文学全集」が売れていた時代で、河出も「カラー版日本文学全集」「カラー版世界文学全集」を出して、売れていました。会社として大きくなっていく時で、途中、必要に応じて人を採っていたんです。僕の場合は河出の営業部長をなさっていた内島隅一さんが「コスモス」の会員で、その人に宮先生が話してくれました。そして、内島さんが社長の河出朋久さん（まだ二十代後半の若い人でした）に話してくれたんです。「じゃ、明日、面接しましょう」と。

栗木――他の出版社の入社試験は受けなかったのですか。

高野――二つほど受けましたが、高校の時に住友金属を落ちたのと同じで、今度は毎日新聞と筑摩書房、両方とも書類審査で落ちました。大学の成績があまりよくなかった。

栗木――あら、それは惜しい人材を逃しましたね、毎日新聞も筑摩書房も（笑）。

高野――仕方がないんです、成績がよくなかったから。A、B、Cの採点で、Aがたまにあったかもしれないが、だいたいBかCです。だって、大学までは行っても教室にあまり行かないで、学生の控室や、大学の近くの「セルパン」という喫茶店に行って長時間ダベッているんですから、成績がよくないのは当然ですね。成績表などの書類を送っただけで落ちたんです。当時は人気の新聞社や出版社は成績のいい人がいっぱい受けますから、まず、落ちます。

それで宮先生が、「君、就職は決まったかね」と心配してくださった。「いえ、まだ。二つほど落ちました」と言ったら、「じゃ、河出書房に知り合いがいるから話してみよう」と言って世話してくださった。面接は二十分か三十分の対面で、社長の河出さんが「明日から来てください」と言って、すぐ終わったんです（笑）。

　僕が入った時、佐佐木幸綱さんは「文芸」の編集長でした。二、三年先輩です。佐佐木さんとは席も離れているし、話すということはあまりなかったですね。小野茂樹さんは世界文学編集部にいました。僕は日本文学編集部に配属されました。小野さんからいろいろ教わりました。

栗木——平出隆さんもいらしたとか。

高野——ええ。彼は僕よりもう少し後に入ってきました。詩人の三木卓さんが世界文学編集部に、歌人の中村純一さんが児童文学編集部にいらっしゃいました。詩人の清水哲男さんは「文芸」の編集部。創作をやっている方がわりにいましたね。

栗木——河出は昭和四十四年に会社更生法が適用されます。

高野——ええ。会社が膨張しすぎて。例えば企画の上で講談社と抵触してしまうことがあるんでしょうね。具体的なことはわからないけれど、叩かれて、要するに資金繰りがうまくいかなくなって一度倒産しました。

　倒産すると会社更生法で、会社の立て直し案ができるまで社員は出社して待機しているんです。方針が決まらないあいだ仕事はストップだけど、何かあるといけないから、例えば著者から電話が来ることがあるので出社していますが、やることはないから小野さんとよく将棋をしてましたね。でも、上のほうの人は大変です。これからどうしようかとカリカリしている。重役クラスの人は責任を取って退社しますし。

栗木——佐佐木さんはお辞めになって、退職金で第一歌集の『群黎』をお出しになった。

高野——ええ。編集長ですから。重役とか日本文学編集部の部長とか、そういう責任ある立場の人は辞めました。僕は退社するまで二十六年、ずっと平社員でした。自慢じゃないけれど。出版社はあまり役職はないんです。一人一人が仕事をしてますから。

明子夫人とご結婚のころ

栗木——その年（一九六七年）の五月に結婚をされます。明子夫人に初めて会われたのはいつごろですか。

高野——大学時代です。宮先生がある時、「君の学校に幸田明子さんという人がいるから、一度会ってみたら。いい歌を作る人だよ」と言われてね。「幸田明子」という名前で朝日歌壇にときどき投稿していたんです。そこに「教育大四年」とか、書いてあったんでしょう。

栗木——運命ですねえ。

高野——ええ、運命ですよ、本当に。

栗木——教育大学の後輩ですね。

高野——そうです。齢は三つ違いますが、投稿していたのが四年生の時かな。文学部の西洋史学科の学生控室を訪ねて初めて会ったんです。

栗木——影山さん情報だと「初めてのデートでサンドイッチを食べた」そうですが。

高野——それは作り話だと思います（笑）。初めてのデートは大学で会って、その後、「有楽町でも行きますか」とか言ったんだろうなあ。というのは、僕が学生のころ、ずっと宮先生の朝日歌壇の選歌の手伝いに行っていて、そのころは有楽町に朝日新聞社があったので、お昼前に有楽町の駅で宮先生と待ち合わせて、近くの喫茶店で宮先生はサンドイッチを食べたんです。で、デートの時、どこへ行っていいかわからないから、宮先生と一緒に行った喫茶店に行ったんじゃないかと思うんです。

栗木——わからないお店に連れて行くというのもね。

高野——多分そういう流れだったと思います。影山君はそれを面白おかしく勝手にシナリオを書いてしまうんです。その時僕はまだ影山君と会ったこともないのに、「幸田さん、サンドイッチを食べませんかと高野さんが言った」なんて、見ていたように（笑）。

栗木——影山さんは奥様にもとても可愛がっていただいたそうですね。しょっちゅうお宅に伺っていたとか。

高野——影山君と親しくなったのは結婚して二、三年経ってからだと思います。ほとんど毎週、土日に遊びに来たんです。

栗木——よほど居心地がよかったんですねえ。

高野——僕は卒業と同時に大森の編集分室から市川の国府台に引っ越しました。木造ボロアパートの2K。六畳と四畳半とキッチンでした。ダイニングキッチンではないんです。

栗木——初デートの時に結婚を申し込まれたのですか。

高野——いやあ、申し込んだという記憶もなくて、どういうあれなのかなあ。

栗木——最初からお互い気持ちは一つだったということですか。

高野——僕が宮先生に言われて会いに行った。向こうもそのことを知っているから、まあ、多少は安心というところはあったんでしょうかね。

栗木——同じ大学の先輩後輩ですし。奥様は東北の方ですか。

高野——ええ。津軽です。

栗木——そうすると味付けなどはずいぶん違いますね。

高野——ああ、違いましたねえ。味噌汁がしょっぱかったです。大森分室にまだいるころ、卒業直前に、彼女のお姉さんが様子を見に来てました。僕を怪しい男じゃないかって（笑）。

栗木——素行調査ですか（笑）。

高野——ええ。お姉さんと僕が同じ年で、津軽の同級生と結婚して東京に住んでいました。後で管理人さんから、「あなたのことを聞きに来た人がいる」って聞いたんです。

栗木――奥様はその後、「コスモス」には在籍していらしたんですか。

高野――ええ。「コスモス」に入って一年くらいやってました。ときどき、いい歌を作っていましたが、卒業して、私立の高校に勤めたんです。社会科の先生です。そこの勤めがけっこう厳しかった。歌がなかなかできなくなったので、きつそうだったし、「欠詠するのもよくないから、もし歌ができないなら、やめたら？」と僕が言ったんです。まあ、無理にやめさせたわけではなくて、楽になったらまた作ればいいということですが、やめてそのまま、再開することはなかったですね。

栗木――奥様は高野さんの一番のファンとして。

高野――さあ、ファンということはないですね。あまり読んでないですから。いや、読まれると大変ですよ。読まれるという意識があると自由に作れない。

栗木――それはよくわかります。

高野――僕の場合は家族が、娘たちも、あまり読まないので安心なんですよ。歌集が出来たら家内にも娘にも渡すんですが、あまり読んでないですね。楽ですよ。

栗木――うちも全く同じです。

高野――永田和宏氏と河野裕子さんはお互いに熱心に読んでいたようですが。

栗木――そうですよねえ。最初に○×△をつけあってたわけですから、大変だったろうと思いますけどね。

河野裕子さんとの出会い

栗木――そして六月に、今度は個人で第四回桐の花賞を受賞されます。

高野――ええ。桐の花賞は、応募するのではなく、一年間の作品に与えられる賞です。編集部の人たちが、若い人でよさそうな人を選んで、宮先生が決める。第一回の受賞者が柏崎驍二さんでした。

栗木――翌々年の八月に屋島の「コスモス」の大会で河野裕子さんと初めて会われた。

高野――ええ、屋島の大会で会いました。

栗木――裕子さんの『私の会った人びと』には「昭和四十二年に屋島で初めて会った」とありますが。

高野――その時は会ってじっくり話すということがなかったんです。河野さんが来ているということは知ってましたけど、百五十人とか二百人くらい集まるので、話すこともなかなかできない。

栗木――その後、ゆっくり会ったのは？

高野――御茶ノ水で。永田氏が連れて来たんです。河野さんが第一歌集を出すから跋文を書いてくれと依頼するために来たんだったと思います。

栗木――お二人はほぼ同時に「コスモス」に入会されたんですね。

高野――ええ。入会は昭和三十九年の秋です。そのあと河野さんは角川短歌賞を受賞しましたから、それで注目され、歌集も早く出して、なぜか僕に跋文を。

栗木――高野さんが歌集を出していらっしゃらない時点で跋文を書くのは異例と言えば異例です。それだけ、信頼感が篤かった。

高野――永田氏が思いついたのかもしれません。永田氏も僕より早く歌集を出しています。僕が最初の歌集を出したのはずっと後で、三十五歳の時です。

栗木――河野さんの歌集『森のやうに獣のやうに』の跋文で、高野さんは裕子さんの第一印象を「小柄で可愛いお嬢さんであること、関西弁で朗らかに話すこと、椅子に坐るとき背すぢを真直ぐ伸ばし」「人の歌をよく覚えてゐてそれを楽しさうに讃める」とか、裕子さんの人となりを言い当てていらっしゃる。

高野――あの人は人の歌をよく覚えていました。「コスモス」では小島ゆかりさんもそうです。

栗木――小島さんは正確に覚えてくれていますが、裕子さんは電話がかかってきて、「これ、高野さんの歌だと思うんだけど、どの歌集なのか教えてほしいの」と言われ、調べようにもどうやって調べたらいいかわからなくて、二人で知恵を出し合って、上の句はこうだったんじゃないですかとか、そういうことがありましたね。

高野――もしかすると、その後かもしれませんが、僕のところに一度だけ、電話が来たことがあります。「高野さんにこんな歌ありませんか」って。あの人はよく電話をする人ですか。

栗木――ええ。電話自体を楽しむみたいなところがありました。

高野――でも、僕は裕子さんと二人きりで会ったことはないんです。

栗木――永田さんといつもセットでしたか。

高野――それは一回だけ。あとは、いつも多くの人と一緒でした。

栗木――『水行』に〈能面の近江をんなに少し似る河野裕子よ火酒(くわしゅ)を生(き)で飲む〉という歌があります。

高野――ああ、その時のことは覚えています。裕子さんはウイスキーをショットグラスに入れてキュッと飲むんです。あれには驚きました。小紋潤氏と辰巳泰子の結婚式を神保町でやった時、終わった後、すずらん通りの浅野屋という安い居酒屋の二階に上がって、河野さんがウイスキーを頼んだんです。見たら、そういう飲み方で、びっくりしたのを歌にしたんです。

栗木――裕子さん、うれしかっただろうな、こんなふうに詠んでもらって。

テーマ詠「楕円思想」三十首発表

栗木――昭和四十二年、短歌総合誌角川「短歌」十一月号に大作を発表されました。「楕円思想」三十首。主題制作で、二・二六事件のことを詠まれた。

高野――ええ。河出に入る前、昭和四十二年の一月か二月じゃなかったかな、「文藝」に磯部浅一（二・二六事件を起こした青年将校の一人）の手記が載ったんです。それが強く印象に残っていて、磯部という人のことをモデルにして詠みました。

栗木――磯部さんの手記は「獄中日記」でしたね。

高野――ええ。その人に成り代わってみた詠み方で三十首を作りました。二・二六事件に興味があったので。

栗木――宮先生の『群鶏』にも、例えば「悲歌」、日本武尊に成り代わって詠んだものがあったり、当時、馬場あき子さんが『無限花序』で橋姫を、塚本邦雄さんが『水銀伝説』でランボーとヴェルレーヌを、といった形で主題制作として詠むというのが昭和六十年代は流行ったと思います。そういう影響もあったんですか。

高野――うーん。宮先生の「悲歌」は何度も読んでますから一番影響を受けたのがそれでしょうね。空想、想像でうたった部分もたくさんありますから。何かをモデルにして、あとは想像の部分をたくさん入れて作るのが面白いと思って、あの一連を作ったんですね。

栗木――時代を忠実に辿るだけではなくて、「楕円思想」は例えば、〈ある日我れ生きてゐる感じなくなれば耳たぶを裂き血にまみれたり〉はゴッホみたいな感じがあったり、〈平家びとの滅べる海になほ浮び生きむとせしよ敗将宗盛〉で『平家物語』の世界と重ね合わせたり、自在です。

高野――思いついたことを自由に入れて作るという感じで。

栗木――せっかくの三十首の場だから、淡々と日常を詠むだけではなくて、一つのテーマを持ちたいということですか。

高野――そうですね。まだ若かったので、雑詠を集めて三十首という考えは浮かばないですね。勢い込んでますからね。何かやってやろうという気持ちで、挑戦です。

栗木――『水木』には「牛、馬、ひつじ、象、駱駝などから見られてゐる人」、「あのやさしい夜の中におとなしく入つてゆくな」などの連作もあります。

高野――ええ。その三つが割りに数の多

四六版上製カバー装
短歌新聞社
昭和59年２月７日初版発行
解説　坂井修一
『汽水の光』『淡青』に先立つ
実質的な第一歌集

い連作で、空想を交えた歌い方です。やはり、前衛短歌が作り出した時代の空気を僕も呼吸してたんですね。
栗木――坂井修一さんが『水木』の「解説」を書いておられます。坂井さんは「あのやさしい夜の中におとなしく入ってゆくな」が一番完成度が高いと書いておられますが、それでもどの一連も熱量の高さという点を高く評価しておられます。
高野――若い時って、心が熱いんですね。勢い込んで作るんです。そして、時代もあったんでしょう。

歌集『水木』推敲例・1

栗木――歌集『水木』の歌の推敲について伺います。高野さんは歌をよく推敲される歌人という印象があります。
高野――ええ。時には、やり過ぎなんですよ。
栗木――いえいえ。『短歌練習帳』に「推敲の大事さ」を説いた章があります。そこでも小野茂樹さんの推敲、芥川龍之介の小説『羅生門』の推敲、松尾芭蕉の推敲、北原白秋もかなり推敲をしていると書いていらっしゃいます。そこから受け継がれたのか、宮先生もわりあい…。
高野――激しいです。

栗木——そういう師系の伝統があるのかもしれません。鈴木竹志さんの『高野公彦の歌世界』に、とくに『水木』の推敲について細かく、初出と歌集収載時とを比べて書いてありまして、とても参考になります。これは短歌を学ぶ方々も読まれるととても勉強になると思います。例えば、

はてしなき思ひは湧きぬ夕光に鹿をどしまた上りゆく見れば

（「コスモス」昭和40・3月号）

時の淵のぞきし思ひ夕光に鹿をどしまた上れる見れば

高野——これは京都に行った時の印象です。庭の水が筒の中に入っていって、重くなるとこぼれ出て、筒がポンと戻って、コーンと音がする。あれの繰り返しです。それを時間が果てしなく過ぎていくと捉えて、〈はてしなき思ひ〉が出てきたのですが、後で〈はてしなき思ひ〉は少し甘いし、ちょっと俗っぽい。あるいは過去の短歌にありそうな感じがして、考え直したんです。時間の中で、ある事柄が無限に繰り返されるということを詠むのは、別の見方をすれば時間というものの淵、深い、深淵を覗くようなものだ。時間がそういうことを繰り返し行っていると、捉え方、見方を少し変える。ということからこんな言葉が出て来たんだと思います。昔のことですから細かく正確には思い出せないのですが、そんな感じでしょうね。

栗木――〈時の淵〉が、隠喩ですね。私の第二歌集『中庭(パティオ)』に〈白あぢさゐ雨にほのかに明るみて時間(とき)の流れの小さき淵見ゆ〉があって、その時は何となく作ったのですが、後になって高野さんの歌集を読んだら、ああ、高野さんの歌の真似をしている、やはり刷り込まれていたんだなあと思ったんです。時間には淵もあれば瀬もあるということですね。時間の流れの中に淵を発見したという発想がすごいなあ。それで真似したくなったんだと後から思いました。それと、〈上りゆく見れば〉が八音で、それを〈上れる見れば〉と定型に収めたという微調整もあります。

高野――これはわりに早いころの作品です。昭和四十年ですから、「コスモス」に入って、次の年ですね。推敲したのはそれから十年以上経ってからです。

推敲例・2

栗木――次の推敲は、

池の水冷ゆべくなりて朝々を黄金の鯉ふかく沈みたり見ゆ（「コスモス」昭和40・12月号）

池の水冷ゆべくなりて朝々を緋鯉、黄金(きん)の鯉沈みをり見ゆ

〈ふかく〉という修飾語を〈緋鯉、黄金(きん)の鯉〉と、もう一つ違う鯉を持ってくるという推敲で、空間が立体的になって、なかなかこういう推敲は出来ないと思います。〈ふかく〉をほかの形容詞に代えるのは出来ますが。

高野――最初の〈黄金の鯉〉も、振り仮名はないけど「きんの鯉」と読みます。でも、なぜこういうふうに変えたのかな。〈緋鯉〉を添えると色彩が華やかな歌になりますね。そうしたかったのかなあ。

栗木――広がりも出ますね。棲み分けているわけじゃないんだけれど、緋鯉がいて黄金の鯉もいると言うと、それだけで池の広さと深さが出るなあと思ったのです。だから、安易に形容詞とか副詞とか、そういう言葉で済まさない。〈ふかく〉を取ると、かえって深さが出る。

それとルビ。最初の〈黄金〉にはルビがないのですが、推敲後は「きん」とルビを振り、わりあい丁寧にルビをつけられるタイプですね。

高野――ええ。読む人が読みにくいのはいけないという考えがあるので、比較的親切な感じで振り仮名をつけてます。

栗木――私も誤解して読まれるよりは多少うるさいと言われてもきっちりルビは振ったほうがいいかなあというタイプです。

高野――栗木さんの歌集を読んでいると振り仮名については非常にバランスが取れていると思います。多すぎず少なすぎず。ルビの多い人は斎藤茂吉、宮柊二。

栗木――宮先生はわりと特異的な熟語の作り方などもされますから。

高野——いや、誰でも読めそうな漢字にもルビが付けてあります。やや多めです。逆に少ない人は安立（あんりゅう）スハルさん。ルビは意識的に減らしてます。ご自分でも「私はどう読まれてもいいの」とおっしゃってました。

栗木——ときどき、歌集のタイトルでどう読むのかわからないのがあるんです。読み方がいくつかあるのにルビを付けない方がいるでしょう。せめて奥付（おくづけ）とかにルビを付けることを義務付けてほしいと思います。

高野——そう。あれは困りますね。どう読むかわからない歌集名が一年に二、三冊はあります。どこを探しても読み方が出て来ない。奥付に振り仮名がなくて、「あとがき」でも触れてない。扉のあたりを見てみても、そこにもない。そうすると、その歌集は捨てますね。不愉快だから。

栗木——エッ、そんな。

高野——そういう歌集は読んでもどうせ大したことはない。歌集名が発音できないのは不愉快ですね。歌が頭に入らない。

栗木——ええ。絶対に誰が読んでもわかるという歌集名ならいいですが。例えば滝沢亘の『白鳥の歌』は「しらとり」か「はくちょう」か、三省堂の『現代短歌大事典』を見てもルビがない。竹山広さんの『空の空』は「そらのそら」か「くうのくう」か、未だにわからない。

高野——片山廣子さんの『翡翠』も、「ひすい」か「かわせみ」か、迷いました。奥付にぜひ振り仮名をつけてほしい。

栗木——この歌でもう一つ、〈沈みたり見ゆ〉を〈沈みをり見ゆ〉とされています。これは継続性を出したいということですか。

高野——おっしゃる通りです。〈沈みたり〉は「沈んだ」という動作を言っているみたいですが、そうではなくてじっと沈んでいる。静かにそこにいるから、「沈んでいるのが見える」としたいので。

栗木——助動詞、動詞の使い方もとても細かく修正を施しておられますね。

高野——今、歌の最後に「～をり」を使う人が少なくなっています。白秋は「最後の〈をり〉は説明動詞だ」と否定的だったそうです。でも、宮先生にはあるし、僕はよく使います。「たり」は「した」という動作を言っている印象を受けますから。文法的にはそうではないんでしょうけれど。

栗木——「をり」のほうが「動いていない」という感じでしょうか。

高野——そうです、そうです。継続しているという感じ。また話は戻りますが、さきほどの〈沈みたり見ゆ〉は、「沈みたる見ゆ」あるいは「沈みゐる見ゆ」が普通ですが、『万葉集』には、「上りたる見ゆ」ではなく「上りたり見ゆ」という表現があるのを見て、よし、自分もやってみようと思った。面白い言葉遣いがあると自分ですぐやってみたくなるんです。

推敲例・3

栗木――もう一首。

無数なる肋の如くに中暗(なかぐら)み鉄骨は日々に組まれつつあり　（「コスモス」昭和41・6月号）

無数なる肋の如く中暗み鉄骨は日々に組まれてゆくも

〈中暗(なかぐら)み〉という言葉は？

高野――自分で工夫した言葉です。だんだん鉄骨が組まれて、密になっていくと中が暗くなるということ。歌の後半は〈組まれつつあり〉を〈組まれてゆくも〉に直しました。大岡信(おおおかまこと)さんに『汽水の光』の解説を書いていただいた時、「〈つつ〉が多い」と言われたような気がするんです。これはそれより前の作品ですが、変えるということは、大岡さんのその解説を読んだ後なので「つつ」を減らしたのかもしれません。

栗木――その推敲にはいろいろな方からの批評が入っているんですね。

高野――確かに僕は〈つつ〉が多かったんです。大岡さんに言われて、人の歌も意識しながら読んでみると、島田修二さんもやや多い。ときどき出てくるのは、まあいいのですが、あまり多いと表現が単調な感じがしますね。

栗木――〈無数なる肋の如くに〉〈日々に〉と〈に〉が重なるので、推敲で前者の〈に〉を取ったのは納得がいきます。

高野——最初のころの歌はやや字余りが多かったのかな。

栗木——最初から「四四の字余り、八音」はお好きではなかったのですか。

高野——ごく初期はあまり意識しなかったのですが、あるころから、どうも四四のリズムは弾むような感じで、散文的な感じがすると思うようになって、自分ではやめるようになった。人の歌を見ても、気がついたら、これは四四だからあまりよくないんじゃないかなと。第二句が八音である場合でも、五三のリズムはいいけれど四四はよくない。斎藤茂吉の歌で、「のどあかき・つばくらめ・ふたつ」は五三でしょう。合計すると八音です。しかし、「のどあかき・つばくら・ふたつが」にすると四四で、よくない。「つばくらめ・ふたつ」はどっしりした感じですが、「つばくら・ふたつが」だとバウンドしている感じ。がたがたと田舎道をトラックで走っている感じがするんです。ちょっと格調が下がる。河野裕子さんはそれを平気でやるんです。河野さんの歌集についての座談会で、「歌壇」だったと思いますが、「四四のリズムが多いような気がする」と言ったことがあります。でも、その後も直ってなかったから、僕の言ったことは無視したようです（笑）。

栗木——まあ、河野さんは推敲しないタイプですから。前に、私は「けっこうぐちゃぐちゃいじるほうだ」と言い、吉川宏志さんが「僕も結構手を入れちゃうんですよねえ」と言ったら、裕子さんが「あら、そうなの。私は全然。そんなのかまわないわ」って（笑）。

高野――そうかもしれませんね。自分の息遣いみたいなものを大事にする。

栗木――それがまた魅力だと思うのです。シュッと降りてきて、その勢いで詠む方だから。

高野――そうですね。確かに、魅力にはなってますが、まあ、四四はやや多い感じがしますね。

栗木――やはり推敲は大事ではないかと思います。

高野――そう。僕は、推敲しないと平凡な歌が多いですから。作った歌は、ただ歌の材料なのです、僕にとっては。それをちゃんと仕上げていかないと、お見せできるような作品は全然できないですよ。

栗木――語順の入れ替えとか。

高野――ええ、語順どころじゃない、歌の中身も変えます。

栗木――季節も違えたりとか、そういう大きなことですか。

高野――そうですね。自由に変えます。

栗木――私の第一歌集で高野さんにアドバイスをいただいたことがあるんです。どこかに初出で発表して、だれかに褒めてもらった歌は、気に食わないなと思っても歌集に入れる時、あまり手を入れない方がいいですよと。

高野――僕も、その点は今でも同じ考え方です。歌を作る時にじっくり考えて、発表した後はあまり手を入れない。発表したものを中身をガラリと変えると、人を裏切ることになるので。〈黄金の鯉〉を「黒い泥鰌」に変えると、あまりにも読者に対して失礼だから、そういうことはしないですね。でも、発表前なら「鯉」を「泥鰌」に変えることもあります。

栗木――気に入らない歌に限って褒められたりするので、がんじがらめになったりすることがあるんです。でも、歌人としての礼儀作法みたいなものもありますから。では、今日はこのあたりで。ありがとうございました。

（如水会館　２０１６・４・18）

【第4回】

『汽水の光』出版、また編集者として

「コスモス」に合評「宮柊二研究」の連載

栗木――第4回目です。「コスモス」では、昭和四十三年に「宮柊二研究」の連載が始まります。これは奥村晃作さん、杜沢光一郎さんたち七人の方が担当されます。

高野――宮先生の歌集の合評ですね。毎月、五、六首取り上げて、一首について三人で書きました。最初の『群鶏』で丸二年かけたかな。そのあと『山西省』『小紺珠』『晩夏』『日本挽歌』『多く夜の歌』など、あるところまで出た歌集はすべてやりました。大体同じメンバーです。出発時は七人だったと思いますが、途中から六人にしました。というのも、合評を書く人が偶数のほうが回しやすいんですよ。すべてに参加したのが杜沢さんと奥村さんと僕です。坂野信彦という若い人もいましたが、途中で短歌から離れました。まず、『群鶏』ですが、合評メンバーが各自選んだ歌から点数の多いのを取り上げるようにしました。それと同時に、初出を調べて全部刷り物にしました。それが出来たのは宮英子さんがきちんとスクラップ帳を作ってらしたから。

栗木――ああ、それは大事ですね。たいへん参考になります。

高野――ええ。スクラップ帳を手で写したかコピーしたか。それをガリ版刷りで印刷物にしました。批評を書く時、必ず初出を見る。それをやったのが勉強になりました。

栗木――異同、推敲のあとがわかりますからね。『群鶏』の巻頭の歌が〈目にまもりただに坐るなり仕事場にたまる胡粉の白き塵の層〉、額縁屋さんで仕事をしていた時の歌ですが、この歌については後に高野さんが『鑑賞・現代短歌　五　宮柊二』で書いておられます。わざわざ額縁屋さんを訪ねて行かれたというので、すごいなと思いました。

高野――台東区の谷中というところに大地堂という額縁屋さんが残っていて、そこのご主人は宮柊二が住み込んで仕事をしていたころの同僚でした。宮先生に住所を教わって訪ねて行って、昔の思い出話を聞いたりしました。というのは、歌の合評だけでは真面目過ぎるので、囲み記事、つまりコラム欄を必ずつけました。コラムは昔の宮柊二を知っている人に書いてもらいました。原稿用紙一枚以下で、二百字か三百字くらいです。例えば近藤芳美さんや香川進さん、あるいは「多磨」のころを知っている人に書いていただいたり。その中の一人が大地堂のご主人でした。

栗木――ゲストコーナーみたいな感じですね。

高野――ええ。それと、宮柊二は下宿を転々としていまして、世田谷区が多いですが、そういうことを知っている今村寛さんに、あちらこちらに連れて行ってもらって、写真を撮ってきました。たとえば「すみれ館」というアパートの写真も載せました。だから、「合評＋コラム欄＋写真」ということです。

栗木――そういうアイディアは皆さんで考えられるのですか。

高野――みんなと相談したということもないから、ま、僕が考えたんでしょうね。でも、コラム欄を誰に頼むかは宮先生にお聞きしました。合評だから、一首について三人が書くのですが、バラバラに書いて載せるのではなくて、第一評者が書いたのを第二評者に回して、第二評者はそれを見て書く。そういうことで、一首を三人に回すわけです。

栗木――ああ、連携するように。それだと重複があまりないですね。

高野――ええ。多少、問題なのは原稿が遅い人がいると、その後の人がイライラすること(笑)。順番は事務的に平等に、ＡＢＣの順、ＢＣＡの順、ＣＡＢの順とローテーションを考えて、僕の方から全員に依頼するわけです。「今月はこういう歌を採り上げる。この順番で回してください」と。

栗木——後の「桟橋」でも作品合評のページがありましたね。あれも三人くらいで、前の人の文章を受けて書いていました。
高野——ええ。僕が参加したのは必ずそうします。
栗木——前の人の疑問に対して次の人が考えるので、いいなあと思ってました。
高野——よその雑誌を見ると、合評と言いながらバラバラで書いているんじゃないかと思われるのがありますね。
栗木——意見がすれ違ったままで。
高野——それでは意味ないな、と思います。ちょっと問題があったのは、一番若い坂野信彦君が一番年長の蒲池由之さんに回す時、宛て名を「蒲池由之殿」と書くんです。年上の人間からすると、自分の名前に「殿」とあるのは不快なんです。なぜ、「様」と書かないのか。
栗木——え、どうしていけないのかしら。
高野——だって、お役所の手紙みたいでしょう。だから、「礼儀を知らない男だ」と蒲池さんは怒ってました。僕宛てにも「殿」で来ました。

時評「歌壇遠望」を一年間執筆

栗木——その翌年、「歌壇遠望」、いわゆる時評欄が「コスモス」誌上に新設されて、初回の担当者として一年間、お書きになります。これを書くために毎月、いろいろな歌誌百冊くらいに目を通されたとか。

高野――いやいや、そんなことはないです（笑）。何冊かの雑誌に目を通したていどです。発行所に送られてくる短歌雑誌は何十種類もありましたが、時評を書くためにすべて読むなんて不可能だし、その必要も興味もない。最初はいろいろなものを見ましたが、読まなくてもいい雑誌もありますからね。だから、読むのは主な雑誌、総合誌と同人誌ですね。

栗木――最初のころから、歌だけではなく鑑賞と時評などの文章を書くことを継続してなさった。

高野――時評はどちらかというと苦手というか、あまり好きではなかったですね。歌の鑑賞を書くのは好きです。時評は、話題になっているものを取り上げるのがあまり好きではなくて。でも、誰も関心のないようなものを取り上げると時評ではなくなるし……。

第一歌集『汽水の光』（昭和五十一年）刊行

栗木――とにかく、論作、両面でご活躍の中、昭和四十五年から五十年まで、二十八歳から三十三歳までの作品を収めた、刊行順では第一の『汽水の光』が昭和五十一年に角川書店から出ます。三十四歳での待望の第一歌集ということになります。その数年前から、同世代か、やや年下の歌人が次々と第一歌集を出しています。昭和四十七年の河野裕子さんの『森のやうに獣のやうに』、これは跋文を高野さんが書いていらっしゃる。四十八年に三枝昂之さんの『やさしき志士達の世界へ』、四十九年に伊藤一彦さんの『瞑鳥記』、どちらも反措定叢書です。四十九年に出た村木道彦さんの『天唇』は茱萸叢書。五十年は永田和宏さんの『メビウスの地平』、これも茱萸叢書です。いろいろな叢書が出来て、そこで次々と気鋭の歌集が出されます。そういう動きに対してはあまり意識されなかったですか。

高野――意識しないことはないのですが……。よそは僕より若い人が第一歌集を出していますが、「コスモス」だと、そんなに若いうちに歌集を出す人はあまりいなかったですね。

栗木――河野裕子さんは特別ですか。関西におられたし。

高野――角川短歌賞をもらったからということもあるのではないでしょうか。僕らは編集部にいたから、主宰者である宮柊二の許可なしでは出してはいけないと、言われたことはないけれど、そういう雰囲気がありました。たぶん他の結社も同じだと思います。「コス

『汽水の光』出版のころ

モス」で言うと、白秋のやっていた「多磨」のころからの空気を大体そのまま「コスモス」が引き継いでいるから、「先生の許可なしでは歌集は一切出せない」という空気がまだありました。だから、宮先生から「君もそろそろ出したらどうかね」と言われたら出すという、そんな感じです。でも、僕は言われるのを待つという気持ちもなかったです。それに「コスモス」の先輩はみな、出すのがわりに遅い。島田修二さんは早い時期に出したかもしれませんが、それも「コスモス」の内部の賞、O先生賞を受賞したということがあるかもしれません。そういうのをもらうと何となく、出してもよさそうという雰囲気になるんじゃないですか。

栗木――でも、高野さんは総合誌に出す機会がたくさんおありになったから。

高野――あれも歌稿を宮先生に見ていただくという、原則、そういう感じでした。

栗木――宮先生はマメというか、よくそんなお時間がおありでしたね。

高野――「多磨」からの伝統もあったでしょう。よそも同じじゃないかと思うのですが、そういうのはあまり公にはされないので、よくわからない。昔は師弟というのがあって、弟子は先生の許可なしでは個人的なことは出来ないということ。それが僕が歌集を出して間もなく緩やかになったという感じです。僕も実質的には宮先生の許可を得て出したわけではなくて、「角川が決めた新鋭歌人叢書の八人のメンバーに参加することになりましたが、よろしいでしょうか」と宮先生に申し上げました。だから、それがなければまだ出してなかったでしょうね。

栗木――そうですか。結社割り当てみたいなものがあって、宮先生が「コスモス」からは高野さんと杜沢さんの二人でということだったのかと思ったのですが。

高野――それは僕も知らないけれど、たぶん違うと思います。メンバーは角川の方で考えたんでしょう。というのは奥村さんが入ってませんからね。宮先生の陰の推薦ということはないと思います。

栗木――当時の「短歌」の編集長は秋山実さんですね。秋山さんだと相談しないかもしれないですね。独自の価値観を持っている方だから。

高野――あの八人を見ると、全員、そろそろ歌集を出してもよさそうな齢で、まだ歌集のない人です。全員、第一歌集でした。

栗木――すばらしいメンバーです。小野興二郎さん、成瀬有さん、下村光男さん、辺見じゅんさん、玉井清弘さん、杜沢光一郎さん、ちょっと遅れて小中英之さん。

高野――小中氏は個人的な理由で出すのが遅れたんです。

栗木――最初からそのラインナップは決まっていたのですか。

高野――ええ。原稿が揃った順番で出したと思います。

栗木――そこまでなぜか第一歌集を出していらっしゃらなかった方たちが「満を持して」という感じで集まった。

高野――いや、成り行きですよ（笑）。たまたま一冊も歌集を出していない人がそういう顔ぶれだったということ。若い人たちの中では、佐佐木幸綱さんが最初に『群黎』をお出しになった。その後、伊藤一彦氏、永田和宏氏、福島泰樹氏とか、そういう人たちが出しました。佐佐木さんは僕よりちょっと上ですが、あとはみな、僕より下で、その人たちのほうが僕らより早く出したんです。そういう人たちの活躍が、新鋭歌人叢書が生まれた引き金です。出したい人、いい歌を作っている人は、べつに許可なしで歌集を出す。今はそうなっていると思いますが、昔は先生に言われるまでは絶対出せないから、生涯、一歌集という人がいました。

大岡信氏の名解説、巻頭歌

栗木――第一歌集の解説を大岡信さんにと、高野さんが希望されたのですか。

高野――うーん、それも記憶がはっきりしてないのですが、僕が言ったのではないと思います。僕はそんな大それたことは考えないと思います（笑）。

栗木――お仕事の方でご交流があったからでしょうか。

高野――河出の仕事で何度かお目にかかりました。だけど、短歌を作っている人間ということで接したことはないので、たぶん秋山さんが「大岡さんに頼んでみたらどうですか」と奨めてくれたのではないかと思います。僕からは言わないですね。

栗木――それは慧眼というか。結果的にすばらしい解説です。『汽水の光』が論じられる時、大岡さんの解説が引用されることが多いのですが、「直喩、暗喩の比喩が熟成している」と指摘されていたり、巻頭の〈少年のわが身熱(しんねつ)をかなしむにあんずの花は夜も咲(ひら)きをり〉はすばらしい歌ですが、これに対して、上の句の身体感覚と下の句の杏の花の実景が互いが互いの暗喩のような感じになって包み込んでいる、という大岡さんの解説、すぐれた読みですね。

高野――ええ。すごいです。読みそのものが創造的です。

栗木――〈かなしむに〉の〈に〉の働きのすばらしさにも着目されています。「「に」というテニハにつなぎとめられて、その前と後とが互いに相手を包みこむような具合に構成されている。」と。互いに相手の暗喩である、ということですね。

高野――他の表現だと「悲しめど」とか「悲しめば」になるのでしょうか。

栗木――これが絶妙ですね。逆接でもないし単なる順接でもない。やはり「互いに包み込む」というような構造がぴったりだなあ。助詞一つからもこれだけのことが鑑賞できるんだと思いました。

高野――杏の木は四国の僕の実家にあったんです。結構、大きな木で、花が咲いて、ちゃんと実も成りました。ちょっと酸っぱいですが食べられます。花もきれいだし、実も、見た目、きれいな杏色です。

栗木――少年から青年に脱皮していく時期を詠まれた。

高野――そうですね。作った時は二十代ですが、少年時代を思い出して作ったような歌です。

栗木――第一歌集の巻頭歌としてはぴったりです。叢書の他のメンバーの歌も当然、リアルタイムで、ある種、ライバル意識みたいなものも持ちながらお読みになったのではないかと思いますが、特に意識した人はいらっしゃいますか。

高野――そうですねえ。小野興二郎さんという人は同じ愛媛の出身なので、そういう意味で読みましたし、下村君の歌はちょっと面白みのある歌い方で、歌集に入っているかどうか、例えばこんな歌がありました。〈へこみたる精神に書を詰めている日の暮れはげにたまらなきなり〉とか、変わった、面白い歌を作る人です。彼は僕より年下でしたね。

栗木――ちょっとユーモアがあるんでしょうか。

高野――そうですね。丸みのある感じの歌でした。杜沢さんは僕より先輩で、〈しゆわしゆわと馬が尾を振る馬として在る寂しさに耐ふる如くに〉という、歌集が出る前から有名な歌がありました。先輩として尊敬していました。成瀬さんの〈サンチョ・パンサ思ひつつ来て何かかなしサンチョ・パンサは降る花見上ぐ〉、途中で主語が少しねじれるというか変質するみたいな、不思議な歌です。成瀬さんのは歌が切れそうで切れないで、ずるずると粘っこくつながっていくような印象があります。それぞれ特徴がありました。大まかに言うとみんな同世代です。

栗木――作風の違う八人が集まったのがいいのでしょうね。小中さんの『わがからんどりえ』もとても完成度が高くて、のちに新鋭歌人叢書という時、高野さんと小中さんが特に取り上げられて論じられたという印象があります。

高野――小中さんの歌は均整がとれているし、思索的です。あの人は北海道の育ちだと思うのですが、どちらかというと歌の中に含まれている光が地中海的だという感じを持ちました。

栗木――小中さんの歌で、これは第二歌集ですが、〈階くだる夜の足下に枇杷の実のみのりほのかにもりあがり見ゆ〉(『翼鏡』所収)があります。夜、階段を下って行くと、その足元に枇杷の実りがほのかに盛り上がっているように見えるという歌ですが、高野さんの巻頭歌の〈あんずの花は夜も咲(ひら)きをり〉と響き合うものがありながら、両者の違いがとてもはっきりあって、いずれ、この二つを比べてどこかで論じたいなと思っています。どちらもすばらしい歌です。

高野――小中さんの歌は枇杷の木があって、枇杷の実がかたまって実っている。三階、二階と降りてくる時、上から実のかたまりを見ているということですね。

栗木――ええ。動きがあって。枇杷の実、杏の花の違いはありますが、両方、とても上質なエロスがあって、高野さんの静かな感じ、小中さんの動的な感じ、対照的だけれど通底する魅力があります。

なぜ「北半球」なのか

栗木——昭和四十二年にご結婚されて、残念ながら最初のお子様は死産でした。その後、長女が誕生されます。奥様は実家で出産されたのですね。

高野——ええ、僕は何もできないから。故郷の弘前ではお父さん、お母さんが健在でしたし、そこで出産したほうがいろいろ楽だろうと、出産が近づいたころに向こうへ帰った。

栗木——『汽水の光』にはお子さんの成長を詠まれた歌があり、その後、次女がお生まれになる。お子さんの歌でいちばん、皆さんに愛されているのが、〈みどりごは泣きつつ目ざむひえびえと北半球にあさがほひらき〉です。難しい言葉は一つも使われてないけれど、この発想の広がりは何だろうと私も読むたびに圧倒されます。

高野——その歌は、長女、次女とかという個別的な赤ちゃんではなく、みどりご一般を詠んだものです。赤ちゃんは、おなかがすいたか、おもらししているか、何らかの不快の状態で目が覚めるから泣くわけです。安らかに、にっこり笑って目が覚めるのではなく、大体、目が覚める時は泣いていますね。その歌を作ったのは市川の国府台下の木造のボロアパートに住んでいたころで、窓の外に朝顔を植えていて、花が咲くのが楽しみでした。だから、赤ちゃんが泣きながら目覚めるということと朝顔を組み合わせました。「北半球」をどうして思いついたか。

今はよくわからないのですが。

栗木――エッ、そうですか。「北半球」がこの歌のジャンピングボードというか。苦心して「北半球」を捻り出されたのかなと思ったのですが。

高野――うーん、何かでパッと思いついたんですね。例えば、お風呂の水が排水口に吸われていく時、北半球と南半球では右巻きと左巻き、逆になるという説がありまして、朝顔の蔓の巻き方も南半球と北半球では反対だとか、そういうことをひところ考えたことがあるんです。で、「朝顔」といった時、「北半球」が出てきたのです。

市川の国府台に住んでいたころ。江戸川の土手にて長女なおいと（昭和45年）

栗木――では、一応、脈絡はちゃんとついている。でも、向日葵とかではダメですね。蔓がないから。

高野――そう。蔓がないとダメなんです（笑）。

栗木――永田和宏さんは角川「短歌」（平成十九年七月号）で「自分にとって高野公彦体験の最初はこの「みどりごは」の一首だったと思う。庭に咲いている朝顔なのになぜ北半球へとレンズが開くのか。天狗のように不思議な視線の飛ばし方をするのが高野公彦の尋常ではない不思議さであり魅力でもあると思っている」というようなことを書かれています。赤ちゃんが泣きながら目覚めるというのは当たり前のようでいて実にリアルですね。そういう発見に対して、「なぜ北半球なのか」という曖昧な領域が一首の中に設えられていて、その謎めいた感じが世界を大きくしていると、そこを高く評価しておられます。私もどうして北半球の発想が出てきたのかなあと思っていましたが、ああ、そうだったんだ。

高野——朝顔が咲いている、赤ちゃんが泣きながら目を覚ましたという、これは実景です。だけど、「北半球」を思いついたのは多分、左巻きとか右巻きとか、そういうことがあったから。だけど、思いついたらすぐそれで歌にするということではなくて、それがこの歌で定着するかどうかを推敲の段階で考えます。北半球があって朝顔が咲いていて、朝顔と赤ん坊だけがいるというのはいい風景だなと思って、よし、と思った。

栗木——世界の始まりみたいな、始原的な感じもあります。「ひえびえとわがベランダにあさがほひらき」だったら全くダメです（笑）。ふつふつと発酵した上で出てきた「北半球」ということでしょう。それができるかできないか。歌人の資質を生まれながらにお持ちだなあと思ってしまいました。

高野——ありがとうございます。歌集名の『汽水の光』を思いついたのは、天文学に対して地学というんですか、僕はそういうジャンルの言葉が好きでして、河口の水は見た目はただの水ですが、「汽水」という言葉を知っていると、本質的なものが見えてくる。河口の水は淡水と海水が混じり合っているから、時刻によって塩分の濃度が絶えず変わっていくものだということがわかります。ということで、地学の言葉は世の中の風景を見る時、いろいろ補助的な手助けをしてくれるわけです。

あるいは「陸封魚」という言葉がありますね。海から川を遡って上流に行って、また海に戻る魚がたくさんいますが、そのうち、海に戻らなくなって、あるいは戻り道がなくなって、陸に封じ込められた魚のことを言います。これも地学的な言葉です。あるいは「湿舌」。梅雨の雲が日本列島を覆っている状態が、湿った舌が列島を覆っている感じなので「湿舌」と言います。これは気象用語ですが、そういう地学とか気象学の言葉が歌を作る時に手助けをしてくれる感じで、むろんそのために勉強をしているわけではないのですが、偶然そういうのを知ったら、なるべくそれを生かしたいと思っていますね。

栗木——科学的な手触りがありながら、そんなに固すぎず、気象の言葉には抒情性あふれるものが多いですね。高橋順子さんが『雨の名前』『風の名前』『月の名前』を出していらっしゃいます。

す。

日記から読む小野茂樹氏の死―前々日、前日、当日

栗木―この歌集では小野茂樹さんのことも歌っておられます。小野さんは河出書房の先輩でいらして、「地中海」の歌人ですが、一九七〇年、昭和四十五年五月七日の朝に亡くなられました。

高野―僕はたまにしか日記をつけないのですが、たまたま昭和四十五年の日記が残ってまして、それを見ると「5月7日（木）雨　9時ごろ起床。」とあります。ずいぶん遅い起床だなと思ったら、前の晩、二時半くらいまで家で会社の仕事をしているんです。夜型ですから。「11時すぎ会社につく。吉武さんに呼ばれ、小野さんの事故死を知らされる。（略）夜中の1時半ごろ中央区で交通事故に会い、朝の8時半ごろ死去という。仰天して」、それからいろいろ電話をしたり病院に行ったり、延々と書いています。

栗木―相当衝撃を受けられたのでしょう。東京新聞の文化部長の加古陽治さんがお出しになった『一首のものがたり』にも小野さんのことが一章設けて書かれています。亡くなったのは五月七日未明だけれど、五月六日の夕方、高野さんが仕事を終わって帰る時、小野さんはまだ残って仕事をしていらした。それが最後になったのですね。

高野―そうです。前日、五月六日は「6時すぎ退社。一課は小野さんが一人のこって仕

事。／〇7時から約2時間、大森でコスモス6月号の校正。「小紺珠研究」をみる。／〇10時すぎ帰宅。」と書いてあります。小野さんが一人残っていたのは記憶に残っています。

栗木――加古さんのお書きになったもの（前述）を読むと、小野さんのタイムカードに五月六日は六時四十三分に退社したという時間が印字されていた、と。すごくリアルです。その後、小野さんは小中英之さんたちと銀座にいらして、一時過ぎにタクシーに乗って、そのタクシーが中央分離帯に激突して、頭を打って亡くなった。

「シリーズ牧水賞の歌人たち」の高野さんのアルバムに小野さんの奥様と高野さんご一家、それぞれご長女を抱かれて写っている写真があって、家族ぐるみで交流しておられたんだなあと。

高野――それが五月五日ですね。日記に書いてあります。

栗木――エッ、五月五日!?

高野――ええ。子どもの日です。小野さんが亡くなる二日前です。「曇　〇9時半起床。／〇11時過ぎ、小野茂樹さん宅に将棋さしにゆく。」。

栗木――高野さんのほうが遊びに行かれた時の写真なんですね。それも亡くなる二日前に。小野さんが写ってないのはカメラで撮ってらしたからですね。

高野――そうです。僕が写っている写真は小野さんがシャッターを押したものです。そうだ、五月五日なんだ。将棋は「四局さし、ぼくが四勝。」と書いてある（笑）。あ、ここに書いてありますね。「室内および戸外で小野さんがなおいと綾子ちゃんを撮影。ぼくや明子や奥さんも入る。ただ、小野さんを入れた写真はとらなかった」と。それから、「○4時ごろ、だれかお客さんが見えたので失礼する。／○佐佐木幸綱さんの歌集「群黎I」の再校ゲラに目を通してくれないかと小野さんに頼まれ、よろこんで引受ける。」。こんなことを書いてあります。『群黎』が出るちょっと前ですね。

栗木――『汽水の光』の「死のほとり」で、逝去を知らされ、すぐ病院に駆けつける。みんなでなきがらを二階から降ろしたという歌もありますね。

高野――ええ。日記にずいぶん詳しく書いてあります。

栗木――他にも「坂」「羊雲忌」、小野さんの歌集『羊雲離散』にちなんでご命日を「羊雲忌」とされるわけですが。それから、「リゴル・モルチス」の一連があったりして、その経過に添って折に触れて思い出しながら一連として詠んでいらっしゃる。

高野――ええ、何度かね。一人でお墓にお参りに行った時の歌もあると思います。二、三首しかありませんが。

栗木――「リゴル・モルチス」の〈物の根のしげりて寒きみづ通ふ土の下びに入りたり君は〉は好きな歌です。

高野――多磨霊園です。

栗木――時間の経過に従って死者への思いはもっと深まっていったり、悲しみの質が違ってきたり、それが折々の気持ちに添って十首とか五首という一連の中で歌われています。

高野――最初は何首か、ややまとまった数の歌を作ったと思うんです。その後、事故の起こった現場の坂を見に行ったり、お墓に行ったり、一人でそういう行動をした時にまた歌を作っているから、ぽつりぽつりと出てくるんです。だから、成り行き、自然発生的にできた歌をただ歌集に入れているだけなのですが。

栗木――一冊として見る時、色を上塗りしていくように追悼の気持ちが深まっていく。そういう歌い方があるんだなあと思いました。小野さんは兄貴分的な気質の方だったのですか。

高野――そうですね。兄貴というか、いろいろなことをソフトな語り口で教えてくださった。短歌のこともそうですし、歌壇のこととか、それ以外にも推理小説のこととか。例えばアガサ・クリスティーとか、そういう人を教えてくださったのは小野さんです。小野さんは非常に推理小説がお好きな方で、たくさん読んでいらっしゃった。僕はそれ以前はシャーロック・ホームズくらいしか読んでなかったのですが、それ以降はクリスティーも読むようになりました。小野さんは古今東西、いろいろな作品をよくご存じの方でした。

栗木――小野さんが健在でいらしたら歌壇の動きはかなり変わったんじゃないかと、よく言われますが。

高野——ええ。どう変わるかはわからないけれど。歌人を動かす力のあった人という感じですね。

現代短歌の内向性

栗木——話を戻しまして、『汽水の光』は当然、歌壇の評判になるわけです。

高野——そうですね。いろいろ言われました（笑）。おとなしすぎるとか、内向的過ぎるとか。

栗木——「短歌現代」（昭和五十三年一月号）に発表された篠弘さんの文章「現代短歌のリアリズム」で「微視的観念の小世界」と。すごい言葉ですね（笑）。これが昭和五十年代に第一歌集を出した方々に対する呼び名みたいになった。「微視」とは社会性がないということですか。観念的で、世界が小さいなんて、そこまで言わなくてもいいという感じがするのですが（笑）。

高野——ええ。まあ、僕らより前の世代の人たちが外部に向かって自分の気持ちを強く押し出すようにはっきりと歌うという傾向の歌で、そんな佐佐木さんとか福島泰樹とかの歌を読んだ後、僕らの歌を読むと、おとなしいし、細かいことを歌っているように見えるんでしょうね。

栗木——まあ、でも、大きいということと粗いということとは違うわけですし、繊細に歌うということと深く歌うということと小さく歌うということは峻別しなければいけないのかなという気もしますが。

高野さんがこういった論に対して、「現代短歌の内向性」という文章でご自身の立場を明確にされています。「引き返すための前進」というサブタイトルのついた、この文章は大変説得力があって、高野さんの拠って立つ歌論というようなものがよくわかる名文だと思います。

高野――篠さん以外にも、飯島耕一さんからも批判的なことを言われました。

栗木――「レース編み世代」ですね。

高野――ええ。ものを食ってるような歌がないじゃないかとか。そう言われてみればそう。最近はものを食ったり飲んだりの歌がだいぶ多いですけど（笑）、あるころまではものをむしゃむしゃ食ったり、酒を飲んで騒いだりというような歌はないので、おとなしい印象なんでしょうね。だから、ある面は当たっていたと思います。でも、それを変える必要はないので、それプラス自分の中で未開拓の部分を少しずつ掘り起こしていけばいいと、何となくそう思っていました。

栗木――内向性というと自閉的だと決めつけるのはよくないと思うんです。内に向かうことは悪いことではないし、高野さんも「現代短歌の内向性」の中で書いておられますが、ちょうど高野さんたちの世代は物心ついた時には戦争も終わっているし、何かに対して訴えていく時代でもない。戦争の傷跡はまだ払拭されたわけではないけれども、だんだん一億総中流、豊かさに向かっていく時代でもあって、そういう二つの現実を見据えながら自分たちは歌っていく。そういう時にどうしても「われら」とか「われわれは」とかいうよりも、「われ」の中に深く沈みながら歌わざるを得ないところがあって、そこを突き詰めて何が悪いんだ。もっと「われ」に執着して内向性を深めたいと私は思う、ときっぱりとおっしゃっていて、すごくいいなと思うんです。

高野——そう言われるとうれしいですね。心の中というものは、自分でもわからないくらい無限の広がりがあるので、目の前の物質的に把握できるような世界だけでなくて、自分の心の中に降りていくみたいな感じの歌のほうが作っていて面白いと思っていました。

栗木——『汽水の光』の歌は今読んでも閉塞しているとは全く思わないです。「すべての人間は死といふものに向かつて時間の座標の上をゆつくりと（しかし確実に）移動してゐる裸形の生命者だといふ意識が、「われ」としての「われ」といふ発想の根底にあるだらう」というのはすばらしい言挙げです。この時間認識というものが背後にあるから閉塞には向かわないと納得させられます。

高野——そうですね。どんな生活をしている人でも、金持ちでも貧乏人でも、一つの生命体であるということには変わりないので、そっちを追求していく。内向であろうが外向であろうが、べつに構わないんじゃないかと思うんですね。一つの生命体であるという点において、みんな同じで、どんな時代でも変わらない。日本に住んでいようとモスクワに住んでいようと、どんな生活をしていても、命という点では同じ。それは時間的存在であって、とにかくそのことを歌を作る時のいちばん根底に置いて作っていきたいというふうに、そのころからだんだん自覚的に思うようになったという感じです。

栗木――『地球時計の瞑想』という評論集のまさにタイトルにもなっている、地球時計、宇宙時計みたいなものが人間の命の中には内蔵されているんだという意識ですね。ですから、篠さんは最近出された『残すべき歌論』の中で、この「裸形の生命者」という高野さんの認識に対して共感し、評価しておられます。篠さんみずから「これに篠は反論することはなかった」と結論付けておられて、格好良いです。それだけ時代の転換点でもあったということですかねえ。

高野――うーん。小説の世界でも「内向の世代」と呼ばれていた人たちがいます。大江健三郎さんのような、外に向かって発言していく小説を書いていた人の後に、芥川賞をとった古井由吉とか、あるいは黒井千次、後藤明生、坂上弘、阿部昭、小川国夫など、内向的と呼ばれたような人が出てきていたのです。そういう名前で呼んだのは小田切秀雄さんです。多少、非難を交えながら評論を書いていらっしゃった。それと僕らは何となく時代的に近い感じです。

栗木――そういう影響があったのかもしれないですね。

出版社の給料をもらいながら勉強

栗木――さて、この当時、河出書房ではどういう仕事をされていたのですか。

高野――日本文学編集部で、いろいろな本を担当しました。編集というのは何の素地もなくてもできる仕事です。たとえばロシア語ができなくてもロシア文学の編集はできる。ロシア文学の翻訳を読み、日本語としていいかどうか、気がついたところがあれば、訳者の方に「ここは日本語としてちょっとわかりにくいのですが」と。だから、ロシア語が、できたほうがいいんだけれど、できなくても編集の仕事はできるんです。

僕が担当した仕事は、小説で言うと金鶴泳という人の文芸賞をとった作品を単行本にするとか、年配の方では庄野潤三さんの小説とか、評論集では中野重治さんの本、ドストエフスキーの論考を集めた河上徹太郎さんの『わがドストエフスキー』など、古今東西、いろいろな本を担当して出版しました。ロシア文学の本も出したことがあるんです。メレシコフスキーという人が書いた『レオナルド・ダヴィンチ』と『ピョートル大帝』です。訳者が米川正夫さんという有名な方で、かなり昔出た翻訳に息子さんが少し手を入れて、より正確な文章にしたんですね。それをもう一度、河出書房で出す時、偶然、僕に担当が回ってきた。ロシア語のロの字もできないのに（笑）。

栗木――そのたびに著者や翻訳者と会って相談されながら。

高野――ええ、こっちもにわか勉強するわけです。山本健吉先生の本もたくさん担当しました。担当すると本の中身を読みますから、給料をもらいながら勉強しているようなもので、いろいろなことを中途半端に知ったという感じでしょうか。

栗木――『水行』に〈あしひきの山本健吉先生とあな畏こ飯田屋に来てどぢやう食ふ〉があります。

高野――それ、事実を詠んだ歌です。堀口大学さんの本も担当したことがあります。葉山のご自宅は黒い板塀で囲まれていました。堀口さんは面白い方で、「うちの塀はいい匂いがするでしょう。あれ、酒樽で作った塀なんですよ」と。

栗木――え、本当ですか。

高野――いやいや、ウソかホントかわからない（笑）。そういう軽妙な、面白い話が大好きな方でした。「うちもいろいろ郵便物が来ますけど、困るのは、〈お宅の大学の入学案内を送ってください〉って」とか、面白いことをおっしゃるんです。

栗木――ああ、堀口大学ですか（笑）。お茶目な方だったんですね。

高野――ええ。挿絵をお願いするために絵描きさんにもお会いしました。

栗木――じゃ、交遊関係も広く。

高野――交遊ということではないんです。仕事でお会いするだけです。例えば平山郁夫さん。もっと偉い人では中村岳陵さんという日本画の大御所にお会いしました。安田靫彦さんと同格ぐらいの偉い方ですが、この岳陵先生のところに行ったら、延々といろいろな話をなさるんです。和室で畳に座って二時間くらいずーっと話を聞いているんです。向こうも羽織できちんとした服装で座っていらっしゃるから、こっちもじっと聞いていて、話が終わったら、「では、ここで失礼します」と言ったものの立てなくて、畳を這ってね（笑）。向こうもびっくりしてました。

栗木――あちらも自分とは違う世界の人としゃべるのが息抜きになったり。

高野――日本画の画壇の裏話をいろいろ聞かされました。絵描きさんでも、日の当たる人と当たらない人がいるんですねえ。もう話の中身は忘れましたけど。

栗木――そういうお話を伺わないと仕事が進まないのでしょうね。

高野――いいえ。まず、「この作品のこのあたりを挿絵でお願いします」と言って、「うん、わかった」ということで終わりますが、その後、雑談が長い（笑）。岳陵先生は話好きな人なんですね。こちらの用は済んだのですが、向こうはたまたま時間があったのかな。

栗木――今はメールなんかで済ませてしまいますが、昔の編集者は必ず会って、原稿をきちんともらいに行った。

高野――確かに昔は何かお願いする時、電話で「お願いしたいことがありますので、伺わせていただきたい」とまず頼んでおいて、お宅へ行きます。電話ですでに用件も言ってあるのですが、改めて説明して、それで終わりになる時もありますが、こっちも用件が済んだらさっさと帰るわけにもいかないので、話の聞き手になるわけです。そうしたら向こうが調子が出てきて喋るということもたまにあります。

栗木――高野さんは聞き上手だからきっと話しやすかったんでしょう。

高野――いえいえ。でも、さも興味ありそうに、「ははあ」とか、言いながら（笑）。湯河原の山本有三さんの家にも行きました。『カラー版日本文学全集』の「山本有三」の巻を担当することになったのでご挨拶に行くわけです。これこれの作品を収録させていただきたいとか、挿絵はどなたにお願いするとか、解説はだれそれにお願いするとか、前から決まってはいるのですが。その時、僕はまだ新米だったので課長と一緒に行きました。でも、僕の方が顔が老けてたから、僕が課長だと思われたみたいで、「あなたが課長さんですか」と言われた。一緒に行った課長に申し訳なかったな（笑）。

栗木――中には気難しい方もいらっしゃるでしょう。

高野――ええ。演劇評などを書かれる戸板康二という人に電話で怒られました。『日本文学全集』の何かの巻を担当した時、ひと月くらい前に「以前お願いした解説の締め切りは何月何日でお願いします」と言ったら、「ひと月前に言われたって困る。どうしてもっと早く電話しないのか」とガミガミ怒られました。そして「坂本君に電話を回してくれ」と言われて、重役の坂本一亀という人に……。

栗木——あ、坂本龍一のお父さんですね。

高野——ええ。あの人が編集部の重役だったんです。あの人と戸板さんは知り合いで、坂本さんに僕のことをガミガミ言ったらしいんです。あとで坂本さんからは「気を付けなさいね」と優しく言われただけですが。本当はもっと早く頼むのが普通ですが、僕がうっかりしてたんですね。とにかく相手がいろいろな人なので。

栗木——坂本一亀さんは、佐佐木幸綱さんの「ほろ酔いインタビュー」(「心の花」に連載中)にも登場しますが、名編集者で、とてもお酒のお好きな方だったとか。

高野——ええ。僕は坂本さんと一緒に飲みに行ったことはないですが、有名な編集者です。例えば三島由紀夫の『仮面の告白』の編集担当でした。若い時の三島由紀夫を発掘した人ですね。

ほかにも思い出すことはたくさんありますよ。中野重治さんの本も一冊担当しました。『小品十三件』『沓掛筆記』というエッセイ集です。世田谷区の桜三丁目に住んでいらして、道を一つ隔てて隣が新東宝の撮影所でした。中野さんの家の玄関のところに立派な桜の木があるんです。桜が咲いているころに行ったら、「あの桜は映画に出たことがあるんだ」とおっしゃってました。嵐寛寿郎が明治天皇を演った「明治天皇と日露大戦争」、わりにヒットした映画ですが、御前会議のテーブルの真ん中に大きな甕があって、そこに桜が生けてある。その桜が中野さんの家のものだったそうです。撮影所の人が「映画で使わせてください」と言って大きな一枝、持って行ったとか。

栗木——桜が準主役ですね(笑)。

高野——中野さんの奥さんが、原泉さんという女優さん。ときどき、家にいらっしゃった。映画で見るのと同じ顔でした。怖いおばあちゃん役をやっていらしたけど、生の原泉さんは優しい人でした。

栗木——中野さんといえば『歌のわかれ』ですね。そういうお話はなさらないのですか。

高野——ええ。僕は短歌をやっている人間だとは言わないから。ただ、行き掛かり上、白秋の話をしたことがあるんです。すると「僕は『斎藤茂吉ノオト』を書いて、斎藤茂吉をほめるために白秋の歌をけなしたけど、本当は白秋もいいところがある。あれは都合でそうなったんだ。少し反省している」とおっしゃってました(笑)。

栗木——誠実な方ですね。それでは、今日はこのくらいで。ありがとうございました。

(如水会館　2016・5・10)

※高野公彦氏の小野茂樹さん逝去時の日記を掲載します。日記に倣い、横組になっています。134ページからお読みください。

○５時ごろ病院を出発。寝台車を先頭に日の丸タクシーの車ほか五、六台がつづく。ぼくは寝台車のすぐ後の車にのった。ライトバン型の寝台車の後部にのせられた小野さんの、その合掌してもりあがった部分だけが見えた。それは中野の家につくまでずっと見えつづけた。途中いっさい高速道路は通らず。思いだすまま地名をメモしておく。
八丁堀→宮城の濠端→一口坂→神宮→参宮橋→新中野
○６時ちょっと前に中野区中央５−17−12　小野和衛氏宅に到着。すぐ遺体を棺におさめる。触れるとまだ温もりがあった。茂樹さんのお母さんが人に支えられながら出てこられた。
○７時から通夜。読経。焼香。日蓮宗の本光寺の和尚さん。金色の袈裟。
○額の遺影は、昨年和衛さんの誕生日に一家が集ったとき撮ったものを部分的に引伸したらしい。
○ぼくは焼香が終って応接間で軽く食事をしたあと受付を手伝った。たしか８時ごろ福島泰樹君がきて、それからまもなく小中氏が及川君に抱えられるようにしてやってきた。
○９時ごろ受付を仕舞った。通夜の客は約140人。
○10時辞去。岡井隆、篠弘など歌人たちがまだ残っていた。岩田、馬場氏がそのあとやってくるらしい。

あり、ようやく四時ごろ到着。

○岡野弘彦氏、堀内雄平氏、石本隆一氏、中田輝夫氏ら見える。堀内氏はこの病院の近くに住んでいらっしゃるとのこと。朝から来ておられたそうだ。小関氏も来られたらしいが、ぼくの記憶にはない。中田氏は附属中学、高校時からの友人で、医師。やはりこの近くに住んでいるらしい。

○ほかに日の丸タクシーの人、赤塚早見君、羊の会のカワシマ氏、雅子さんの妹さん、茂樹さんの長兄の和衛氏、次兄らしき人などが早くから見えていた。

○検屍官の一行は白衣をつけた医師らしき人が二人、ほかに交通巡査の制限をつけたおまわりさんが三、四人。築地警察とか警視庁の人たちだろう。

○検屍は病室のドアを閉めて行われたのでようすは分らない。写真撮影のフラッシュが何度か青白く光った。たった一度、巡査が出てきたときドアのすきまから検屍のさまが見えた。小野さんは裸にされ向うむきに横たえられていた。広い背中が見え、そこにはまだうっすらと泥のようなものがついているようだった。

○三十分か四十分で検屍は終った。その間雅子さんが呼ばれ、巡査の一人に故人の生年月日などをきかれていた。

○出てきた係官の話。

「後部座席の左側に坐っていたんですが、衝突のショックで右側のドアがあき、そこからほうりだされてコンクリートで頭をうったんでしょうな。ドアがあかなければ軽傷ですんだでしょうがね」

○検屍のあと、看護婦二人ほどが遺体をふき清めた。

○日の丸タクシーの寝台車が来たので、小野さんをタンカで運ぶ。体に触れるとまだ温もりが残っていた。しかし明らかに死後硬直していた。

（ガーゼ）をかぶせられた小野さんの頭がゆらゆら揺れた。小野さんが一瞬生きているように錯覚した。
○へやにいた女の人（小野さんの姉の諏訪という人――後記）が、対面していただけますかとおっしゃったので、いわれるままに遺体の枕元に立つ。白布がとりのけられた。小野さんは額に幅７～８センチぐらいのほうたいをまいていた。右の鼻の穴に脱脂綿がつめてある。やや青白い顔色。血をぬぐったあとが見える。右の額のあたりを打ったらしく、首はやや左の方（つまりぼくが立っている方）に向いている。のどぼとけは、生つばをのみこむときのように少しせりあがっている。
○河出の人は、藤田、貝塚、竹田、久米、渡辺、青木、川野、飯田、佐藤氏など。
○佐佐木幸綱さんと小中英之さんに電話。
○病室は二方がガラス窓で、雨の日とはいえ、外のうすら寒い光が遺体をおおう白いふとんやシーツの上に流れている。なぜか遺体の胸もとのあたりがもりあがっている。どうしてあそこをちゃんと押えてあげないのか。
○大阪におられた香川進氏が三時羽田着の飛行機でかけつけてこられた。病室に入って遺族と挨拶をすませると、故人と対面。その頬やあごのあたりをしきりになでさする。ふとんをめくって肩や腕や胸にも触る。さっき胸もとが異様にもりあがっていたのは故人が合掌しているためだった。おそらく、こときれたときに医師か遺族が、小野さんの両手の指を組みあわさせ、しっかりと合掌させたのだろう。
○香川夫人は進氏とどちらが早く来られたか、忘れたが、病室に入って雅子さんと二こと三こと言葉をかわすうちに、わっと泣きだされた。
○検屍官は三時に来る予定だったが、それより遅れるという連絡が

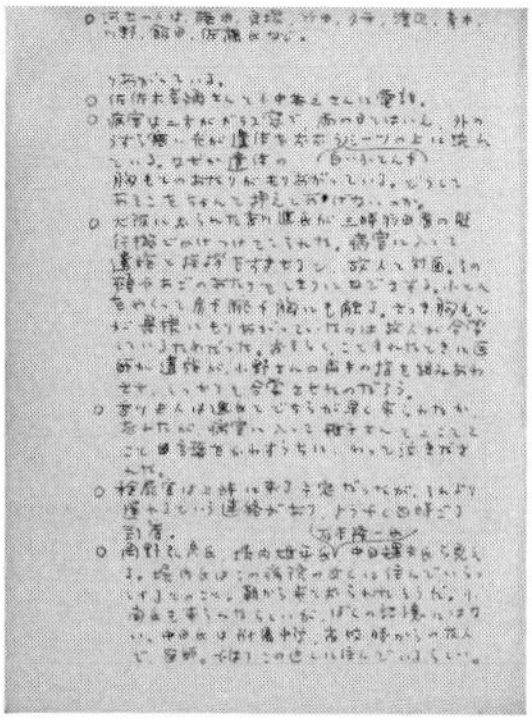

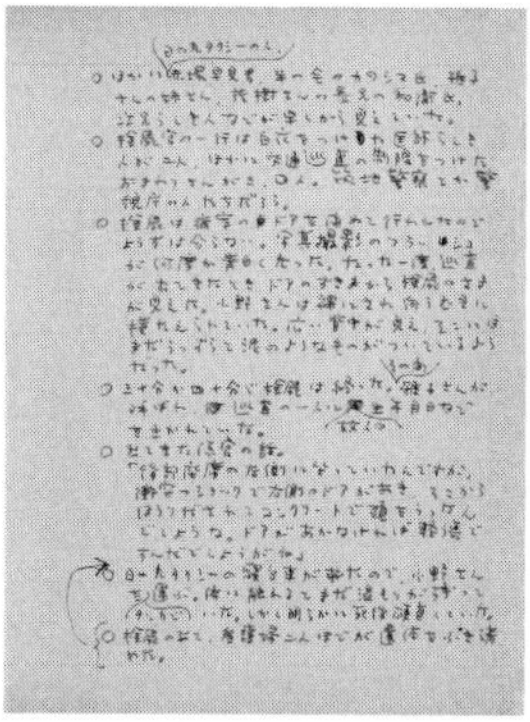

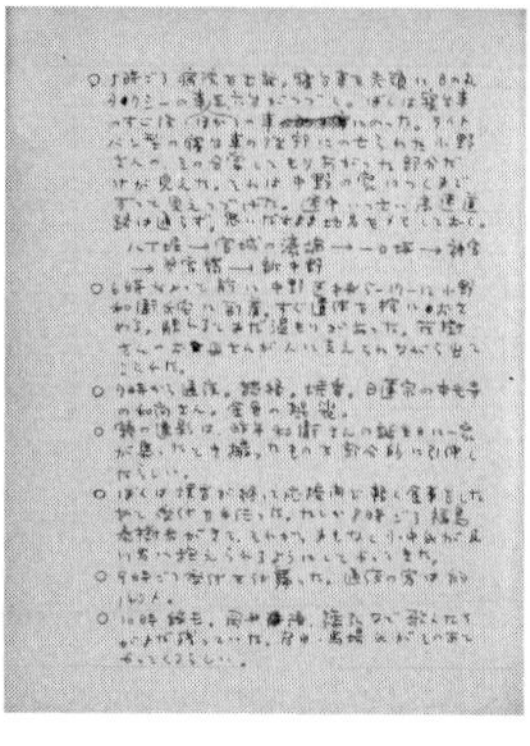

○電話口に出た小中氏はのっけから絶句。やはり昨夜はいっしょだったのである。嗚咽しながら小中氏が語るところによると、昨夜は二人で銀座のバー「ビルゴ」でのんだ。小野さんは水割りを二杯ほどのんだだけで、遅くまでレコードをきいていた。１時ごろ別れた。そして今日になって（つい今しがた）赤塚早見君から知らせがあって小野さんの死を知ったという。

○藤田さんからの連絡で、ぼくが出社したらすぐ小野さんの遺体がある病院（三和会中央病院）にくるようにとのこと。久米君といっしょに11時半すぎ社を出てバスで病院にゆく。着いたのは12時半ごろか。

○三和会中央病院　　tel. 553-4860
中央区八丁堀３-19-８

○２階の病室には奥さんや家族の方が二、三人いらっしゃった。ベッドの上に白布をかぶった遺体があった。入ってうしろから声をかけると、奥さんはぼくの顔を見、そしてすぐベッドに身を投げだすように顔を伏せて泣きだした。その嗚咽がベッドをゆすぶり、白布

○６時すぎ退社。一課は小野さんが一人のこって仕事。

○７時から約２時間、大森でコスモス６月号の校正。「小紺珠研究」をみる。

○10時すぎ帰宅。青森のお父さんとあや子ちゃんが来て寝ている。お父さんが起きてきたのでしばらく雑談。１時間ほどしてまた床につく。ぼくは「古事記」の訳を２時半までやる。

５月７日（木）雨

○９時ごろ起床。

○雨が降っていたので赤い傘をさして出勤。（ぼくの傘は先日電車の中に忘れた。）

○11時すぎ会社につく。吉武さんに呼ばれ、小野さんの事故死を知らされる。本日の夜明けまえ、といっても夜中の１時半ごろ中央区で交通事故に会い、朝の８時半ごろ死去という。仰天して足が地につかない感じだった。

○昨夜小野さんはもしかすると小中英之氏といっしょだったのではないかと思い、小中氏に電話してみる。11時半ごろ。

【第5回】

第三歌集『淡青』、第四歌集『雨月』のころ

第三歌集『淡青』刊行――昭和五十七年

栗木――今日は昭和五十七(一九八二)年に雁書館から刊行された歌集『淡青』のお話から伺いたいと思います。『淡青』は刊行順は二番目ですが、内容的には第三歌集になります。昭和五十(一九七五)年から昭和五十六(一九八一)年まで、三十三歳から三十九歳までの作品が収められています。その後、続いて『雨月』『水行』『地中銀河』が雁書館から出されることになります。雁書館の社主は冨士田元彦さんです。冨士田さんとの出会いはどういうかたちだったのでしょうか。

高野――誰の場合もそうですが、最初にその人といつ、どこで出会ったか、あまり覚えてないんです。わざわざ会ったのではなく、人が集まっているところでお会いして、だんだん近くな

ったのではないかと思うのですが。

栗木――昭和六十二年、「現代短歌雁」という季刊誌が雁書館から出た時、編集委員にも加わられ、後々、濃密なご縁が続きます。雁書館は神保町にありましたね。

高野――そうです。神保町の角からごちょごちょと入っていったところです。武富ビルという名前でしたから、最初はビルを探したけれど、どこにもビルがない。結局、木造二階の建物で、狭く急な階段をギシギシのぼっていくと雁書館でした。一階が大家さんだったかな。

栗木――数々のいい歌集が雁書館から出ました。短歌史の中では特筆すべき出版社でした。

キーワードは水と火

栗木――『淡青』の最初の章が「水と火のほとり」です。章の題が表しているように水と火に関する優れた歌が多いと拝見しました。

高野――『汽水の光』の作品は市川市の国府台付近のアパートに住んでいたころで、そこから歩いて一分くらいで江戸川の土手に出ます。そのあと昭和五十三年に引っ越した先が同じ市川市の行徳地区で、そこも江戸川の河口です。どちらに住んでいても江戸川を意識するような場所でした。だから、「水」といえばそれがあります。

「火」というのは、〈火をつくり火につくられし歴史にて近代に巨(おほ)き凶火(まがつび)混る〉の歌がありますが、原始時代から人間は火を作って生きてきた。その火がだんだん巨大化してくる。自然な火から人工的な火、巨大な火、船を破壊するような砲火が生まれてきて、近代になると大きな凶火が生まれる。人間の歴史の中にある火というもの、いろいろな種類の火、火の源泉、火の種類が拡大していくわけです。そういうことに意識が行ったのでしょうね。

栗木――その歌は一九七七年の作ですから、直接的に「原発」という言葉は出て来ないのですが。

高野――これは原発の歌ではなく、破壊兵器の火を詠んだつもりです。原発はこれよりもうちょっと後に意識し始めたと思うのです。

栗木――故郷の伊方原発ですか。

高野――ええ。佐田岬を行くと、遠くからですが、原発のいわゆる建屋が見えるのです。佐田岬半島は細長い山脈みたいなもので、昔は海沿いに小さな道があったのですが、自動車道路は尾根にあたるところに作られました。そこをオートバイで走って行ったんですが、右手の瀬戸内側に原発の建屋が見えたんです。近くの峠には原発関係の展示室があって、例えばハンドルを回すと発電できるようになって電気がついたり、そんなことなどで、「原発は安全である」ということをしきりにPRしていた時代です。

栗木――「岬」の一連に〈青海に伊方原発（いかたげんぱつ）迫れるを峠より見て言葉は絶えつ〉があります。故郷に原発が建ったということで、特に原発に対する違和感をお持ちになった。一九七七年ころですと、東日本大震災の直後のあの原発事故の三十四年ほど前ですが、そのあたりからもう予感していらしたというか。あまり強引に結びつけてはいけないのかもしれないですが。

高野——予感ということはないのですが、原発が増えて、ときどき、大事故ではないけれど、小さな事故や故障があって、それが新聞で報道され、じわじわと意識がそっちへ行くようになった。〈近代の巨き凶火〉は、近代の巨大な砲火ですが、原爆や原発は、ケタ違いに巨大な凶悪な火です。

栗木——高野さんの「火」に対する怖れ、原発も含めてですが、それをたどって行くと、『淡青』の「岬」一連くらいから歌われ始め、ずっと出てきます。直接的に「原発」と歌った歌もあります。第五歌集『水行』の〈水ありて水のほとりに人棲めりさあれ原発も水に辺す〉、こういう歌は津波の後の原発事故を重ね合わせてしまいます。予見しておられたなあと。

高野——そのころ、原発はいくつかあって、すべて海沿いに建っていますが、あれは一つの特質を表しています。原発は冷却水が必要で、冷やすには大量に水が要るが、山の中だと水が足りない。海水を汲み上げて、それを循環させるために海辺にあるんですね。

栗木——恥ずかしながら私はあまり知識がなくて、なぜ津波の危険のある海辺に作っていたんだろうと東日本大震災の後で思ったのです。その理由を考えるといやが上にも安全性を担保しなければいけなかったのに、津波への危機管理ができていなかったという杜撰（ずさん）さを思い知らされます。

高野――そうですね。発電の効率とか経済性を考えると海辺で、かつ低いところに作る。海辺で高さ一〇〇メートルの崖の上に作れば津波は絶対に来ませんが、海水を汲み上げるポンプはすごく電力が要る。安く電力を作り出そうとするから海辺の低いところに作る。だから、津波の危険性はどんどん高くなる。

昭和48年7月。伊豆下田の須崎海岸。「群青」時代の4人。左より杜沢光一郎、奥村晃作、武田弘之、高野公彦

栗木――第八歌集『天泣』に〈つばさ六つあるセラピムよそのつばさ破れて地球が裸となる日〉があります。セラピムは天使の中でも愛と情熱で体が燃えている熾（し）天使のこと。この〈つばさ六つあるセラピム〉は〈凶火〉ではないですが、火と関係があって、そのつばさが何かの拍子で変調をきたして地球が丸裸になる日が来るという。美しいけれど怖い歌だなあと思います。三十年も前から火の怖さをどの歌集においても詠み続けてきた人は他にはいないのではないかと改めて思いました。

高野――〈人工の火〉は恐いんです。原発、原爆もそうですし、焼夷弾もそうですが、人を殺すための大きな火があるけれど、一方、人間の生活では火と水が最も基本的に必要な道具で、そういう面でも興味があるのです。

栗木――その一方で、水については〈雨一夜ふり足らひけり水辺の枝にあかるむ大かたつむり〉、のびやかな歌で、生きることの至福感にあふれています。かたつむりを詠んでいるというのは、一見、小さな景に見えるのですが、広がる世界の大きさに瞠目させられます。イギリスの詩人、ロバート・ブラウニングの「春の朝」という詩に「蝸牛枝に這ひ／神、そらに知ろしめす。／すべて世は事も無し。」の一節があります。『赤毛のアン』の最後も、アンが「すべて世は事も無し」とつぶやく一節があって、私は好きな詩ですが、それをこの歌を読むといつも思うのです。

高野――僕も大学時代に、そのブラウニングの詩を読みました。短い詩ですから覚えましたね。

栗木――水を歌って幸福感に満ちた伸びやかな歌と、火を詠んだ時の近代の禍々(まがまが)しさを予感する歌が同居しているところ。火と水というキーワードがたいへん印象的な歌集です。

江戸川の埋立地のひばりの巣

栗木――先ほども触れましたが、都市と自然、関東で暮らす自分とふるさと愛媛を思う自分という視点が、この歌集でくっきりしてきたという気がします。それは昭和五十三年に行徳地区の塩焼に引っ越されたからでしょうか。

高野——ええ。行徳のあたりは江戸時代に漁業や塩田で栄えていましたが、しだいに塩田が振るわなくなったから、その後、蓮田にしていたり。しかし、昭和後半にそういうのを全部つぶして、江戸川の河口のデルタ地帯をまっ平らな巨大な埋立地にして、地下鉄を通してマンションなどをどんどん作りました。だから、起伏がなくて、坂道はゼロ。自転車でどこへでも行けるような便利なところです。歩くのは楽ですが、風景的には平板ですから、散歩するにはつまらない。でも、大手町まで地下鉄で二十五分くらいで、便利なところです。

栗木——河出書房新社はどこにあったんですか。

高野——僕が在社している間に三回、変わりました。最初は御茶ノ水。次は新宿区住吉町、その後が千駄ヶ谷で、今もそこにあります。行徳に住んでから、オートバイの免許を取って、オートバイで通勤していた時期もあります。

栗木——歌集名の『淡青』は〈ふかぶかとあげひばり容れ淡青(たんじやう)の空は暗きまで光の器〉からですね。〈暗きまで〉がすごいフレーズだなあと思います。

高野——市川市の北寄りにある国府台から南の行徳に引っ越して来たら、ところどころにマンションとか一戸建てが建っていて、あとは田圃とか畑とか単なる空き地がいっぱい広がっていました。海べりに倉庫や工場がありました。ある時散歩していたら、畑の中にひばりがチョチョチョと降りてきて、トトトと走って行って、草の中に隠れた。近寄って見たら、ひばりの巣があって、雛が二羽いた。そのころはカメラを持ち歩いてましたから、そーっと近づいて写真を撮りました。カメラはそれ以前からやっていて、国府台にいたころ、江戸川のほとりに舟をつなぐ小さな踏み板みたいな桟橋があって、それを写真に撮ったものを『地球時計の瞑想』の表紙に使いました。

栗木――自然と親しむ一方で、お仕事の歌だと、〈みづうみの深部のごとき冷房に耐へながら日々働くわれは〉、都会で、特にオフィスの中で働く自分。そういう命との対比を詠んだ世界もこの歌集から感じます。

『宮柊二短歌集成』の刊行に携わる

栗木――昭和五十六（一九八一）年に『宮柊二短歌集成』という大部な本が講談社から出ます。

高野――その当時の全歌集に当たるものですが、何が特色かというと、全ての漢字にルビを付けて、読み方を明示したことですね。

栗木――宮先生が「読み間違いがあるといけないから、全部ルビを振りましょう」とおっしゃったのですか。

高野――いえ。講談社の要望です。それで宮先生が僕に「君、やってくれないか」と言われて、全部、僕が振り仮名を付けました。ただ、読み方がわからないのが幾つもあって、それは宮先生にお聞きしました。例えば「山中」は「さんちゅう」か「やまなか」か、わからない。質問しても、「いや、僕もわからん」と（笑）。

栗木――宮先生がご健在だったから確認できてよかったというのもありますね。勝手につけたら責任重大ですから。

高野――そうですね。正確には覚えていませんが、「蚋」という字はブヨと読むのが普通だと思うんですが、僕がブヨと勝手にルビをつけたら、先生が「そこはブヨではなくてブトだ」と言われたことがあります。読み分けていたのか、全部、ブトなのか、忘れましたが、宮先生はブトに執着していらした。

栗木――高野さんには苦労の多い仕事だったでしょうが、後年、読む者にとってはものすごく参考になります。

高野――そうですね。宮先生の短歌で読めない漢字があれば、あの『短歌集成』を見ればいいんですから。ただ、そこから引用する場合、どれが原作のルビかがわからない。便利でもあると同時に不便でもありました。

栗木――この『短歌集成』には白秋の葉書や釈迢空から英子さんへの「返し」の一首、〈さけのまず／さかしらをする／ひとよりも／君があるじは／刻々によし〉という、酒好きな宮先生をフォローしてくれるような歌も挟み込まれています。

高野――そう。カラー印刷で、本文中に口絵みたいに入ってます。

栗木――とても楽しめる一冊です。（年譜や初句索引も高野さんが担当されました。）

同世代の歌人、伊藤一彦氏との往復書簡

栗木――このころ、伊藤一彦さんと往復書簡をされていて、『地球時計の瞑想』の「あとがき」に、ここには収めてないけれど伊藤さんの『定型の自画像』という評論集に往復書簡が収められている、とあります。伊藤さんの第三歌集『火の橘』と高野さんの『淡青』がどちらも一九八二年五月に出ています。お互いの歌集を対比しながら、こんな発想も似てますとか、ここは高野さんとは違う意識で書きましたみたいなことを、伊藤さんが「詩のアクチュアリティについて」という文章で書かれ、高野さんは「否定と慰藉」という文章で答えておられます。伊藤さんは年齢も近いし、意識されていましたか。

高野――そうですね。歌も共通する要素が多いのではないかと思っていました。

栗木――伊藤さんは「詩のアクチュアリティについて」の中で、〈堅固なる高層ビルに歩み入る我のいのちよ風呂敷さげて〉の歌を挙げて、この歌に『淡青』のモチーフが明らかにされて

いると書いておられます。都市と自然、東京と四国という対比の中で、今、高層ビル群の立ち並ぶ都会の中で生きる自分というものが〈風呂敷さげて〉の言葉で言い尽くされていると思いました。

高野——仕事で本を運ぶ時、風呂敷はけっこう便利なので、ちょっと古風ですが、ときどき使ってました。というのも、森銑三という書誌学者がいらっしゃいましたが、森銑三さんが本を持ち運ぶのは必ず風呂敷でした。それを見て、あれはいいなと思ってね。その歌は近代的なものに対して古くからある伝統的なものを対比させた感じです。

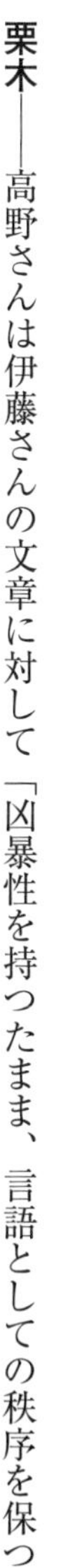

栗木——高野さんは伊藤さんの文章に対して「凶暴性を持つたまま、言語としての秩序を保つてゐる、そのやうなぎりぎりの表現は、あるでせうか。」と、自分が模索している境地のことを書いておられる。そして、逸見猶吉の「報告」とか、パウル・ツェランの「死のフーガ」を挙げて、伊藤さんの『火の橘』の名歌、〈月の出も日の出も見ずにあり経る日空空漠漠くうくうばくばく〉〈鐘のなき鐘撞き堂をまかり

昭和58年８月
「コスモス」の会にて

きて東西南北いづれもくらし〉などについて、こういう伊藤さんの激しい否定精神が鎮まったかたちで一種の沈鬱な狂気を帯びながら作品の中にある歌を自分はとても貴重な収穫だと思うと評しておられます。伊藤一彦さんというと非常に健全な清らかな作風の方だと思いますが、伊藤さんの中にある「否定」とか「狂気」とか「虚無感」とか、そういうものもとても捨てがたい。それをいち早く見抜いておられたんだなあと。

高野――僕も、昔はいろいろな詩を読んでましたね。パウル・ツェランとか、逸見猶吉の凶暴なアナーキーな詩が好きなんです。伊藤さんも大学は東京で、都市生活を経験して、卒業したら故郷へ帰った。近代文明あるいは都市文明というものに対して否定的な気持ちが強くあったと思うのです。僕も田舎出身で都市的なものになじめないという気持ちがあった。でも、その後が伊藤さんと僕は違って、僕は故郷へ帰らないで都会近辺で暮らして、都市文明に対して基本的に否定的というか、攻撃的な姿勢をとります。伊藤さんは否定はしても攻撃はしない。だから、直接、否定するみたいな言い方ではなくて、代わりに、例えば自然の豊かさの方を積極的に歌い上げる。だから、性格の違いもあるのではないか。ガリガリと人を攻撃する高野タイプと、穏やかに……。

栗木――いえいえ、そんなことはないです。高野さんも穏やかに雲雀と対話しておられる（笑）。でも、この「否定と慰藉」の中で、「現実に救はれてゐる度合ひは、私より伊藤さんの方が低いといふか、救はれない部分があるやうに思はれます。」と書いておられるのがすごく印象的です。高野さんのほうが、いろいろな違和感は持っても現実の中で救いを求めていく柔軟性があって、伊藤さんの方がむしろ救われていない、突き詰めたところがある。そう書いておられるのも、なるほどと思いました。読み返して、お二人の資質の似ているところも多いのですが、大きな違いというものもあらためて思いました。

昭和63年５月８日北京にて（山西省の旅）
左より一人おいて高野公彦、宮英子、田谷鋭

第四歌集『雨月』刊行——昭和六十三年

栗木——昭和五十七年に『淡青』が刊行され、その後、実質的な第一歌集になる『水木』が昭和五十九年に短歌新聞社から刊行されます。第四歌集『雨月』が昭和六十三（一九八八）年、やはり雁書館から出ています。この歌集には昭和五十七（一九八二）年から六十一（一九八六）年、四十歳から四十四歳までの作品が収められています。

ちょうどこの時期、一九八三年から八五年くらいに、「女歌（おんなうた）」のブームが起きました。河野裕子さんを中心に道浦母都子さん、阿木津英さん、今野寿美さん、松平盟子さん、永井陽子さんといった方々が、毎年のようにシンポジウムを開いて盛り上がります。一九八四年の四月に京都で「春のシンポジウム」がありました。私もその会に行き、そこで初めて高野さんにお目にかかりました。それまで「コスモス」に一時期、入会しておりましたが、お目にかかったことはなかったのです。

高野——京都のシンポジウムの時はまだ、栗木さんの歌集は出てなかったですね。

栗木——ええ。その年の十月に私は第一歌集『水惑星』を出しました。初めてお目にかかった時、「歌集を出したいと思っています」とお話をして、それから一か月後くらいにお手紙を出して、「解説を書いていただけませんか」といきなりお願いしちゃったんです。永田和宏さんに目を通してもらって、ある程度、原稿は整っていたのですが、永田さんが「高野さんが書いてくださるのなら解説をお願いしたほうがいいと思う」と言ってくださって、お手紙を出しながらお送りしたら、すばらしい解説を書いてくださいました。これは断られるだろうなと思いながら、「一応、拝見だけはします」とお返事をいただきました。今でも『水惑星』を読んだ人が、作品よりも解説のほうがいいと（笑）。

高野——いや、そんなことはないですよ。すばらしい歌集でした。

栗木——原稿用紙で二十枚くらいあるんじゃないでしょうか。「女の三体」というタイトルで、

「水の三体」、液体の水、気体の水蒸気、固体の氷と変わるのに重ねて、女性が娘時代から妻になって母になるというプロセスが読み解かれています。ちょうど独身の時代から子どもができるまでの時代の十年ほどの歌が入っているので、それについて書いていただきました。その解説の評価によって、のちの栗木京子という歌人の価値観みたいなものを定めていただいたような気がします。高野さんには足を向けて寝られないとそのころから思っておりました。ところで、あの女歌の論議はどんな風にご覧になっていたのでしょうか。

「女歌（おんなうた）」のブーム

高野――そのころ、そういう空気が高まっていたので、僕も勉強のためということもあって友だちを誘って京都へ行きました。僕の他に三人くらい（たしか桑原正紀、宮里信輝、影山一男）が行ったと思います。シンポジウムを現場で聴いて、熱気に圧倒されました。でも阿木津さんが「おんなうた」と言わないで、「じょか」と言ったので、へーえと驚きました。

栗木――あれは鮮烈でしたね。最初、何のことかわからなかった方も多かったみたいです。

高野――結論として、あのシンポジウムの中から意味のあるものが出たのかどうか、僕らはよくわからないけれど、非常に単純に言うと女の人たちの熱気に打たれたみたいな感じで、ああ、僕らも頑張ろうという気持ちになりましたね。

栗木――『雨月』にこのシンポジウムを詠んだ歌が三首あります。〈ハードルを跳びこえて将は た蹴ちらして女人阿修羅の駈けぬくところ〉、すごい、さすが高野さん（笑）。〈をんなうた論ずる聴けばにんげんにあらざるごとく〈女〉を論ず〉、ああ、言い得ているなあと思いました。

高野――女がどうのこうの、女、女と、そこが強調されていましたが、女も人間界を形成している二分の一の人たちだから、人間という論点もあっていいんじゃないかと、そんな気持ちがありました。そして、産むとか産まないとか、しきりに言うのが耳につきましたね。

栗木――そうでしたね。その時に会場発言を求められて、高野さんが「産むとか産まないとか、そういう違いだけを論じるのではなくて、例えば一首の歌の、てにをはの使い方とか、主語と述語のねじれとか、そういうようなところをもっと正確に読まないと論議にならないと思う」ということをおっしゃって、その一言によって、浮かれていた会場がふと我に返ったという印象がありました。

高野――じゃ、そのころから僕はそういうウルサイことを言っていたんだ（笑）。シンポジウムみたいなところで、ある歌を採り上げている時、その歌の正確な解釈を言わないで好き勝手なことを言っている。この歌はどういう意味なのかが置き去りにされている感じがして。もちろん歌の解釈だけで終わってはいけないし、シンポジウムだから、解釈に重点を置かなくていいけれど、ゼロでは困ると。

栗木――ええ。まずそこを押さえておかないと。今は女性も普通にシンポジウムをやっていますが、あの当時は女性が中心になって大きなシンポジウムをやるなんて、かつてないことでした。ものすごい緊張感を持って議論する女性たちが輝いて見えて、ひたすら圧倒されていました。ただ、塚本邦雄さん、岡井隆さんもいらしていて、笑みを浮かべながら「ひとつ見てやろう」という感じで見ていらっしゃるのが気になった。一生懸命けなげにやっている女性たちが、この先輩男性たちにいいように丸め込まれちゃうんじゃないかと思えたんです。だから、高野さんが真剣に「もっと言葉に即して論じたほうがいい」と言ってくださったところで私はすごく救われました。

高野――僕はパネラーの人たちと比較的年齢が近く、五、六歳は違うが、それでもまあ、僕は面白く聴きましたけどね。

〈当世流短歌（ナウイうた）〉の出現――『サラダ記念日』など

栗木――その後、河野裕子さんが永田さんについてアメリカへ行かれ、中心人物がいなくなったりして、「女歌」ブームがわりと早く失速し、それと相前後して俵万智さん、加藤治郎さんが出てきて、ライトヴァースのほうへ動きが変わっていきます。

高野――俵さんの歌がじわじわと、歌壇だけでなく週刊誌などでも話題になってきました。角川短歌賞を受賞したからですが、歌集が出る前から一般的な人たちの話のタネになったりしてました。『サラダ記念日』は河出書房から出ましたが、歌集を担当したのは河出の「文芸」の編集部の長田洋一君です。彼は「地中海」に所属していた人で、歌はもう作っていなかったと思うのですが、大まかに言うと小野茂樹さんの後輩にあたる人です。俵さんの歌集を出せば評判になるんじゃないかということで彼が出版したんです。僕はノータッチです。歌集が出たのは昭和の最後のころだったでしょうか。

栗木――一九八七年でしたか、『サラダ記念日』は。バブル景気真っ盛りのころですね。

高野――僕はその少し前に、多摩ニュータウンのマンションで一人暮らしをしている小紋潤氏の自宅に影山一男君と遊びに行ったことがあるんです。夕方行ったら、「妹が来て食事の支度をしている」と言うんです。「妹」さんは食事の支度をして帰って行きましたが、それが俵万智さんでした。小紋さんの居る多摩ニュータウンと俵さんの居る橋本というところは近くで、俵さんは「心の花」で小紋さんの後輩だから、「知り合いが来るから、ちょっと来て、酒の支度をしてくれ」と言われたんじゃないですか。

栗木――万智さんはお料理が得意だから。

高野――ええ、美味しかったです。俵さんが有名になる前で、僕らもそのころ、俵万智という人が話題になっていることは知っていたと思うけど、顔を知らなかったので、妹さんだとばかり思っていたんです。

栗木——先輩の言いつけをちゃんと守ってたんだ（笑）。

高野——『サラダ記念日』ができた時、俵さんが河出書房に本のサインをしに来ました。僕もサインをしてもらいました（笑）。それが4月30日という日付だったのを覚えています。その後、予想よりもどんどん売れて、河出書房はすごく儲かった。

栗木——二百何十万部も売れたそうです。『雨月』に〈当世流短歌〉をけなして飲んで二日酔のけさ肝臓は青梅雨ならむ〉があります。「ナウイ」というのも懐かしい流行語ですね（笑）。『サラダ記念日』に限らないのですが、酒の肴に当世流の若者の歌がよく話題にされました。

当世流若者の歌への苦言

栗木——『地球時計の瞑想』に入っている「時間からの逸脱」で、俵さんや加藤治郎さんの第一歌集の歌を採り上げて、「軽くてコクがない、人間は時間的存在であるということを無視したような気楽な軽さ」と。高野さんは「時間認識、人間の命は時間軸の上を滑っていく裸形の生命体である、そこを踏まえながら歌わないと歌は軽くなってしまう、そういう観点からして、せっかく才能がある人たちがこういうふうに軽く歌っていくことに嬉しくない気持ちを抱いている」と、苦言を呈しておられます。

高野――まだ僕も比較的若い時代だから、わりにストレートに批判的なことを書いたのですが。俵さんはその後、じわじわと人生的な味わいが歌に出てきたと思います。

栗木――「自分はいいとは思わない」と言ってくれる人がいるのは大事なことです。もてはやされると何となくそれに乗っかってしまう批評が多かった中で、河野裕子さんもわりあい批判的でした。そういう方は信じられるなあという気持ちで時評や評論を拝読いたしました。

高野――若い人が出てきた時、五人十人、みんなが褒めていると、それはちょっと危険というか、本人に気の毒な感じで、そうじゃないと思っている人は何か言った方がいいですね。誰も褒めてないのにボロクソに言うとその人はペチャンコになってしまうけれど、十人が褒めるなら一人二人は悪口を言ってもいい。それで気持ちが折れたりはしないだろう。だから、ちょこちょこっと書いたりしました。

結社内同人誌「棧橋」創刊、三十年続く

栗木――そういう時代背景の中、昭和六十（一九八五）年一月に「棧橋」が創刊されました。これが三十年続く、優れた同人誌になるわけです。

高野――始めた時は三十年も続くとは思わなかった。最初、二十何人かで始めた時は、それ以前からの延長上でガリ版刷りでした。

栗木——こういうのは几帳面に原稿を集める人がいないと続かないですね。

高野——そう。ガミガミ言う人間がいないとダラダラになってしまう。ああ、そうだ。「桟橋」を始めた理由の一つが、僕より五、六歳若い、昭和二十年代生まれの桑原君とか影山君とか、あと何人かの人が「栖（すみか）」という雑誌をやるとかやらないとかで、とにかくぐずぐずしているんです。だから、「ちゃんとやれよ」って。

栗木——喝を入れたわけですね。

高野——「ちゃんとやれよ」と言ってもやらないから、「じゃあ、俺がやるから一緒にやろう。君たちのために出す同人誌だから、上の方は奥村さん止まりだ。それより年長の人は入れない」と規約を決めました。昭和十年代生まれの人はなるべく入れないようにして、同人を増やす場合は戦後生ま

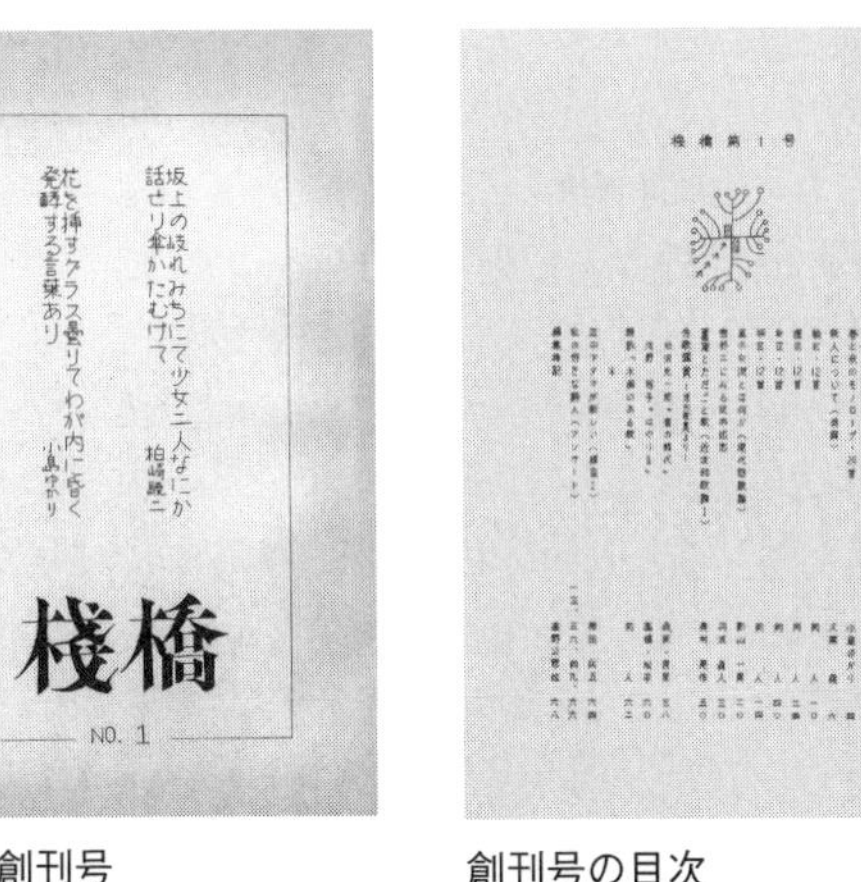

「桟橋」創刊号
昭和60年１月５日発行
Ｂ5判72ページ
発行人　奥村晃作
編集人　高野公彦

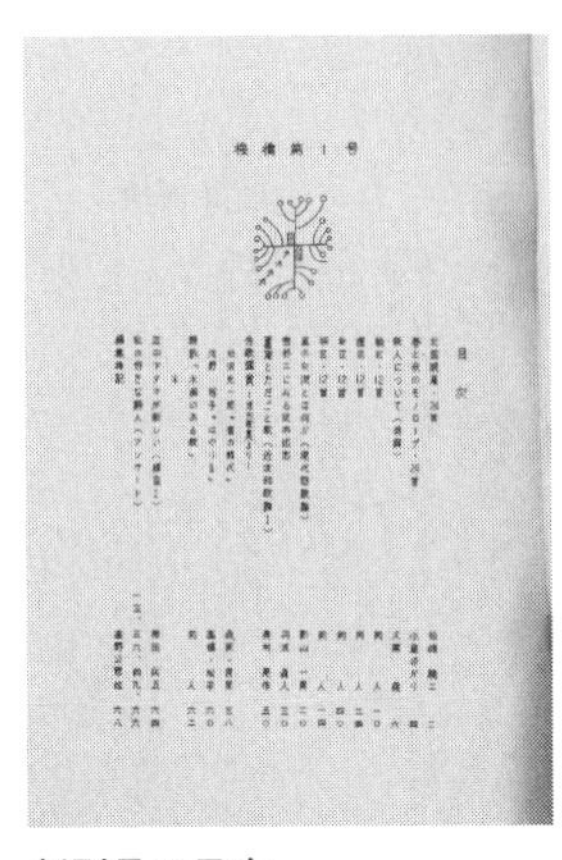

創刊号の目次
巻頭作品は
北国晩夏・24首　柏崎驍二
春と秋のモノローグ・24首
小島ゆかり

れの人を優先しました。それが意外に三十年も続きました。

栗木——影山さんが「歌壇」の編集長をしてらした時、そこの座談会が終わった後、ちょうど「桟橋」の編集の集まりがあるからということで談話室「滝沢」へ行きました。帰りの新幹線の時間までの一時間くらいをお邪魔したことがあります。皆さんで企画会議をされていて、あ あ、こういう雰囲気かと思いました。

高野——「桟橋」を出す裏方、土台として、五、六人の編集委員を決めました。僕も入っていますが、その五、六人で運営していきます。企画も立てる。さらに、雑誌は年に四回しか出さないけれど、お互いの精神的な共通の基盤を作るために毎月、読書会をやりました。例えば『古今集』を読むとか、良寛を読むとか、あるいは俳句や西洋文学も読んだり、最後のころは司馬遼太郎の『街道をゆく』を三十何冊読みました。その読書会を基盤にして、いろいろな話をして共通の理解を深めるようにしたのです。

栗木——私が昭和五十九年十月に第一歌集を出した後、「桟橋」のメンバー五、六人で「『水惑星』を読む会」を持たれて、その記録を送ってくださったんです。私自身は出版批評会などはやらなかったので、それが唯一、合同批評をしてくださった会の記録となり、今でも大事に持っております。宝物です。

高野——必ず毎月、何かの本を読んで、その後、飲みに行く。人間的なお互いの理解がないと、同じ雑誌をスムーズに出すことはできないという考えだから。バラバラで勝手なことをやっていて、ある時、集まって、「次の号をどうする」なんてことでは、絶対、いい雑誌はできない。だから、読書会は毎月、三十年間つづけました。

九十六首詠や外部ゲストとの批評会

栗木――詠草は最初のころ、基本は十二首で、二十四首とか四十八首出す人が一人、二人いて、最後になると大松達知さんは百首でしたかしら。

高野――いや、いつも一頁に十二首のせます。つまり十二の倍数ですから、九十六首詠というのがありました。

栗木――拷問のようですね（笑）。

高野――拷問ですよ。僕も一度やりました。九十六首詠は大変だから、さすがに全員はやってないですね。

栗木――「コスモス」は欠詠してはならぬという大原則があって、その上で、三か月に一回とはいえ、まとまった二十四首、四十八首出すということは非常にありがたい発表の場です。

高野――選歌ナシで十首、二十首作るのは大切ですね。それから、初期というか数年間は雑誌が出るたびに外部からゲストを招いて批評会をやりました。僕らも批評するんだけれど、ゲストにも出席者の歌を批評していただくわけです。栗木さんにも来ていただきましたね。

栗木――はい。あれは朝からやりましたね。

高野――ええ。朝十時半から夕方五時まで。お昼休みが一時間くらい。

栗木――いやあ、修行かと思いました（笑）。

高野――いろいろな方にゲストとして来ていただきました。それがまた交流にもなり、刺激も受ける。僕は多少、外部の人と接触することがあるけれど、そうではない人も多いので、ゲストに来ていただく。五時で終わると必ず居酒屋でゲストの方と話しながら飲みます。

栗木――いろいろな意図を含んでいるわけですね。会員の方がまず批評されますが、その批評の仕方を高野さんが、こういう言い方はよくないとか、ここはもっと簡潔にまとめて批評すべきだとか。批評の仕方も教えておられた。

高野――僕は批評について厳しく言うんです。「好き勝手なことを言うな。正確な解釈をせよ。ムダなことを言うな。前の人が言ったことはもう言う必要がない」と。

栗木――すごく勉強になりました。「塔」は「自由に言いましょう」という感じですが、私は批評の仕方も自然に学ぶだけではなくて、ある程度指導していった方がいいんじゃないかと思うのです。そういうことを言うと大体否定されます、「枠をはめないほうがいい」と（笑）。ただ、「桟橋」の方は批評の仕方が簡潔で的を射てますね。例えば総合誌の座談会へ出るとか、そういう時に学んできたことが生かされるなあと思います。

高野——僕が指導するわけではないのです。僕は、ただ意見を言うだけです。例えばある歌をある人が褒めているが、「あなたはこの歌の初句について褒めている。この初句が問題なのに、そこから後だけを採り上げて褒めている。初句はどういう意味なのか。初句を含めて一首全体はどういう意味になるのか。それを言わないとダメだ」とか、そういうことを言うのです。指導というより一読者としてね。

おもしろ企画あれこれ

栗木——題詠などもすごく凝ってましたね。例えば、「木偏の字があって、鳥がいて、魚がいて、オノマトペのある歌」、だから、四つの課題がある。でも、いい歌が出るんです。小田部雅子さんの〈シャガールのカンバスに棲みほのぼのと目を開く鶏手のある魚〉、影山一男さんの〈きらきらり燕飛び去り北杜夫「どくとるまんぼう」読みて昼寝す〉など。普通の歌として読んでも優れた歌で、さらにこれだけの難題をこなしている。

高野——今挙げた二首を聞いていると、四つの題をこなした不自然さがないですね。上手に詠んでいます。実は、題が難しければ難しいほど歌は作りやすい。

栗木——「題詠は銀の束縛」と書いておられますね。

高野――宮中歌会始みたいに、空、島とか、大まかな、うすぼんやりした題では作れない（笑）。「桟橋」のは一種、遊びの要素があるわけです。その題は大体、僕が考えました。一見、難しそうな題が二つ、三つと組み合わされているからみんな仰天するんですが、ややこしい題の方が作りやすいんです。

栗木――アンケート企画も面白いですね。

高野――アンケートは娯楽のページとして作りました。作品は各自、好きなようにやればいいし、まじめな歌が多いけれど、雑誌としてはどこか面白いところを作りたいと思ってね。「群青」の時は「やあやあ辞典」というふざけた辞典をやっていたんです。人の悪口を書く。あまり個人攻撃にならない程度に歌人をからかうんですね。「桟橋」はアンケートにしました。アンケートはまじめだけれど、ふざけた面白い回答をしていい。短歌と関係なくてもいい。

栗木――「最近の私の忘れ物」とか、ちょっとドジな自分をそこで披露する。私はまずアンケートから読んでました。

高野――「桟橋」で一番評判のいいページでした（笑）。

栗木――「桟橋」は人柄のいい方が多いから、ほのぼのできるんです。『般若心経歌篇』の歌に〈集英のグループなどと「桟橋」を言ふ俗説の在りて楽しけ〉がありますが、でも、集英のグループだと思いますけれど。

高野――「集英だ」と僕が言うと嫌味になるから、「それは俗説である」と否定しておかないと（笑）。

栗木――『甘雨』に〈締切を守る気あらぬ桟橋の約三名と地頭には勝てぬ〉があって（笑）、高野さんのところに原稿が集まるようになっていても締め切りを守らない人がいるんですか。

高野――その歌の「三名」は誰か、本人はわかります。それは脅しの歌です（笑）。僕は締切りをガミガミ言うんです。締切りを守らないので一年間、やめさせた人もいます。「キミは、いくら言っても守らないから、一年間、やめてもらう。守るという気持ちになったら戻ってきていい」と。

栗木――〈心中といふほどならず友らありて共に励みし「桟橋」二十年〉（『甘雨』）、二十年目の歌です。無理心中の心中ですから、すごい覚悟です。

高野――いえ（笑）。ふざけて作ったような歌です。

栗木――友があって、ともに励んだという愛情が伝わってきます。「桟橋」一二〇号を恙なく終えて、その後、二派に分かれ、それぞれ責任者の方が志を継いでいかれるわけですね。

写真入り記念号を出して終刊

高野――「桟橋」を終刊にする時、確か百万円くらい残ったんです。けれど、それを八十人の会員に返すのは大変です。入った時期がばらばらですから、一人ひとり金額が違うんです。それで最後は、立派な写真入りの記念号を出すことにしました。そのお金をほぼ使い切るくらいということで、色刷りのページをたくさん作りました。

栗木――水上比呂美さんのイラスト入りの、とても楽しい記念号でした。

高野――儲けようと思ったわけではないが、なぜか余ったんです。お金がかかったのは印刷費だけですね。記念号を出して、それでも余ったので、終刊のパーティーをやりました。まだ余ったので、記念品としてもらった腕時計を今日、はめています（笑）。

栗木――大口寄付者がいたわけではないのですか。

高野――それはゼロです。ただ、最初二十数人で出発して、そのころ、必要な同人費をずっと収めてもらっていたので、三十年間で最後は八十人くらいになりましたから、経済的に余裕ができたんです。余っているから会費を下げようかという話は出たのですが、入った時期も違うし、下げるとかえって不満が出るかもしれない。ややこしいので、そのままにして、余ったらその時で考えようと。

栗木――そして、メンバーの歌集も次々に出ました。

高野――「コスモス」に出詠するだけの場合だと、一か月に四、五首しか載らない。年に六十首くらいです。ところが、「桟橋」に出すから、それより何倍も作るようになった。それでみんな歌がたまったから早く歌集を出すようになった。それもよかったですね。五年くらい経つと歌集ができるくらいの歌がたまるからというので「棧橋」に入ってくる人もいたと思います。

栗木――錚々たる方たちが「棧橋」から育って、今、歌壇の中枢で活躍されています。

母を悼む三十七首の歌

栗木――少し話は戻りますが、「棧橋」創刊という出来事があった反面、同じ昭和六十年三月にはお母様が亡くなられるという悲しいことがありました。

高野――肝硬変でした。じわじわと弱っていって。

栗木――『雨月』の巻頭からお母様の病の歌が出てきます。

高野――松山の病院に入院していましたから、見舞い帰るのがなかなか大変です。日帰りは困難でした。最後のころはひと月に一度くらいの感じで帰ってました。

栗木――「青き遍路」という章の最後がお母さまが昏睡状態になられた時の歌で、とても感銘を受けました。〈母が作り我

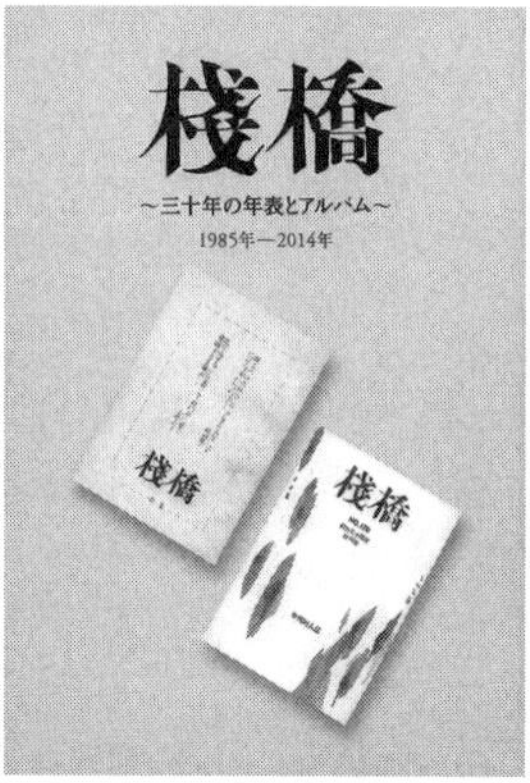

「棧橋」
～三十年の年表とアルバム～
2015年７月５日発行
Ａ5判120ページ
表紙の
左、創刊号（No.1）
右、終刊号（No.120）

れが食べにし草餅のくさいろ帯びて春の河ゆく〉。歌そのものはのどかですが、お母さんに対する愛情が籠っています。〈春の河ゆく〉という、ふるさとの川に対する懐かしさも籠っていて、心打たれます。この歌の後、昭和六十年三月二十三日にお亡くなりになります。「榁の葉」三十七首の一連は茂吉の「死に給ふ母」に匹敵するような絶唱です。〈なきがらの母を離りてはくれんの花々に差すこの世のひかり〉〈笑ふとは生の激ちか　最晩年笑はずなりし母をおもへば〉など、単に嘆き悲しむだけではなく、闘病がわりあい長かったので、これでお母さんもちょっとほっとしてくれたのかなという思いもあったり。いろいろな思いが籠った三十七首です。

高野——白木蓮が家の庭にありました。見舞いに帰る度に、母は少しずつ弱っていくんです。軽いうちは町内の医院にいましたが、重くなると松山の大きな病院に入りました。最初のころは見舞いに行くとベッドから起き上がって話をする。次の年になるとベッドから起き上がることができなくなったり、じわじわと病状が進行する様子を見て、こういうふうになるんだなあと思いました。肝硬変ですから、顔が黄色味を帯びてきます、そのことも歌にしました。〈黄変し縮みし顔を見られたくなからむ母よ我はひたと見る〉。

栗木——前に伺いましたが、家庭的で、あまりあちこち出歩かれるお母さまではなかった。

高野——そうです。お酒を飲まないし、旅行は関西へ一度行っただけです。もともと汽車にも船にも酔うんです。松山の病院のころ、歩けなくなって、車椅子を使うようになった。その車椅子を押したら、「気持ち悪い。酔う」と言うんです。だから普通よりゆっくりしたスピードで押しました。元気だった時も、汽車に乗ると直ぐ座席で横になってましたね。極端に車に弱いから旅行も行かない。八幡浜の生まれで自転車屋の娘だけれど自転車は漕げなかった（笑）。歩く範囲以上、出かけるのが苦手でした。

栗木――高野さんの市川のお宅に訪ねてこられたりは？

高野――全く来てないです。妹が関西の短大に行っていた時、一度、行っただけで、それが母の最大の旅行でしょうね。

俳人凡兆の妻羽紅を詠んだ一首

栗木――そういうお母さんへの挽歌がある一方で、『雨月』という歌集のタイトルは〈雨月の夜蜜の暗さとなりにけり野沢凡兆その妻羽紅（うこう）〉という、たいへん艶やかな、まさに蜜の暗さのようなエロスを秘めた一首から採られています。芭蕉の弟子の野沢凡兆、その妻の羽紅という人も俳人でした。女性へのリスペクトというか、そういう気持ちがこの歌集の後半から高まってきます。

高野――その歌は、あまり露骨な描写はしていませんが、何となくエロチックな雰囲気があるでしょうね。このころ、品のあるエロチシズムの歌を作りたいなと思うようになった時期だと思います。

栗木——『水行』へ行くともっとそれがいろいろな角度から詠まれるようになります。河出書房で芭蕉の『俳諧七部集』の全解のお仕事をされますが。

高野——ええ。山本健吉先生の本で『芭蕉全発句』とか、関西在住の国文学者、伊藤正雄先生の『俳諧七部集芭蕉連句全解』など、芭蕉関係の本を何冊か担当しました。凡兆は有名な人ですが、その奥さんのことを知って、名前が「羽紅」で、あ、これ、いいなと思った。それであの歌ができたんです。「羽紅」でないと成り立たない。

栗木——背景に厚みがある。凡兆はのちに入獄しますね。

高野——そうです。何かの事件に巻き込まれ、芭蕉のもとから離れて、芭蕉が知らないような世界で羽紅と二人きりでひっそりと暮らしていた。その二人の、ある夜のこと、人生のある一場面を詠みました。

栗木——歌そのものもすばらしいですが、そういう背景を知るとさらに二人の思いが深まって、ゾクゾクッとするものが伝わってきます。やはりそういう女性がお好みでしょうか。「夫についていきます」みたいな。

高野——うーん、そういう女性がいいというわけではないのですが、俳号が「羽紅」だから、ちょっと色っぽい人かなあと勝手に想像するんですね。俳号を持っているということは、ちゃんと修業をして、ちゃんとした俳句を作っている人ということですから。

栗木——高野さんの本格的な女性観は『水行』のあたりで伺うことにしましょう。ありがとうございます。

（如水会館　２０１６・６・23）

【第6回】

宮柊二逝去と第五歌集『水行』の歌を中心に

「水」へのこだわり

栗木——第五歌集『水行』が平成三（一九九一）年に雁書館から出ました。四十五歳から四十八歳の四年間ほどの作品を収めておられます。高野さんの歌集というと、サンズイ偏の言葉が必ずタイトルに入るということで、最新歌集も『無縫の海』ですから、すべて水にかかわりのあるタイトルです。第一歌集の時からそう思われていたのですか。

高野——いや、そうじゃないです。出した順で言うとまず『汽水の光』で、そのあと『淡青』で、そして『水木』。その辺で、タイトルがみな水関係だなと気がついて、その次から、じゃあ水関係でいこうかなと。

栗木——「水」は、海とか川だけではなく、命の根源としての「水」ということでしょうか。

高野――そうですね。命ということと直結しないタイトルもありますけれど、「水」関係のタイトルをつけていけばいずれ何となく生命に近づいていくんじゃないかと。あてどなくさまよっているだけですが、水関係で少しずつ進んでいます。

宮柊二先生ご逝去、〈我しらずその額に掌を当つ〉

栗木――昭和六十一（一九八六）年十二月十一日、午後十一時五分、宮柊二先生が亡くなられます。宮先生のご逝去を巡る歌が『水行』の一つの大きな位置を占めています。宮先生はその年、一月から入院されて、十月に一回退院され、自宅療養されていたのですね。

高野――そうです。よく言われる「入退院を繰り返す」みたいな感じです。その前から糖尿病の治療のために新宿の（朝日生命）成人病研究所付属病院に何度か入られて、だんだん病が重くなってという状態でした。家にいらっしゃることが多いのですが、家の奥の方でベッドに寝ていらっしゃった。いちいちお会いするのもかえってお邪魔だと思って、用事があって行っても、病室に入っていくことはあまりなかったですね。だから、最晩年はあまりお目にかかってないんです。

栗木――「コスモス」の一九八七年五月号が「宮柊二追悼特集号」で、ここに英子さんが「病床日誌　こときれるまで」を克明に書いておられます。亡くなった十二月十一日も夕食までは元気で、ヨーグルトを召し上がったりしていたのが、午後十時くらいから容体が急変し、みるみる呼吸困難となられ、お医者さんを呼んだけれど間に合わなかったということが記されています。

高野――ええ。亡くなられたのが夜十一時過ぎ、その時どの範囲に知らせが行ったか知りませんが、ほとんど「コスモス」の会員には知らせなかったようです。僕は次の朝、五時くらいに誰かから電話が来た。もし亡くなったということを広く知らせると、真夜中に人がいっぱい集まる恐れがあるから黙っていたのでしょう。一部の人が漏らしたらしくて地方の人でも僕らより早く知っている人がいたようですが、大体の人が翌朝五時以降に初めて知ったんじゃないですか。

栗木――『水行』の〈師の額広くてあたたかさうなので我しらずその額に掌を当つ〉はその時の歌ですか。

高野――はい。いつもの病室で仰向けで亡くなっておられました。宮先生はとにかく額が広いんです。失礼だけれど思わず触ったら、亡くなっているから冷たかった。宮先生はリウマチで最晩年は指が曲がっていました。痩せておられたし。あちこち肉体的な痛みがかなりおありだったんじゃないかと思います。

「歌に華美なく、食に贅なく」

栗木――高野さんと宮先生が最初に会われたのは昭和三十九年でしたね。それ以来ですから二十年以上ですね。

高野――そうですか。あまり長くないんだなあ。僕にとっては長かったような気がするんですが。「コスモス」に入っていま五十年ちょっと経ってますが、宮先生とは二十年くらいしか接しなかったんだ。

栗木――宮柊二という方の歌だけではなくて、人格というか、生き方そのものにも心酔しておられた。『水行』に、平成元年八月二十三日の宮先生の誕生日に高野さんが先生を偲んで詠まれた歌で、〈宮柊二歌に華美なく、宮肇食に贅なく生きたまひけり〉。柊二という人と肇という人と二つの人格に対する畏敬の念ですね。

高野――ええ。宮先生の歌は初期のころは多少、白秋の影響があって、きれいな美しい歌がありましたが、全体としては真面目な、ひたすら生きて

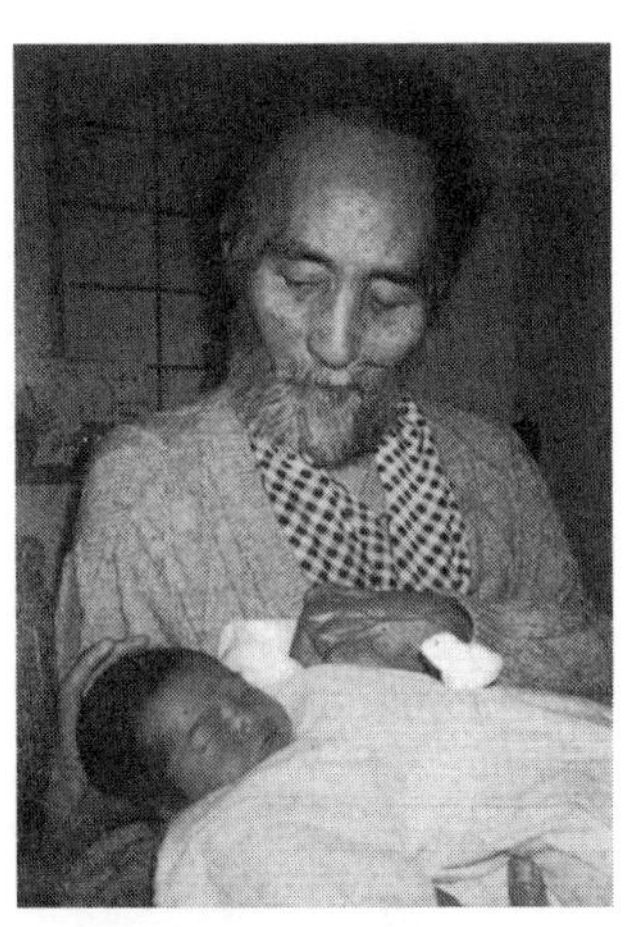

孫を抱く宮柊二（昭和61年11月）

ない。

いる人の、生きている手触りとか、そういうものを歌っていらっしゃって、あまり華美な歌は

栗木――「君の歌は瘤の樹をさするやうだ」と白秋に言われたとか。

高野――ええ。明るいか暗いかというと暗いし、澄んでいるか濁っているかというと濁っている感じですね。心の中の混沌を見つめているみたいな、そんな歌ということで、〈華美がない〉。宮柊二という人はいろいろな面があるでしょうが、僕が知っているのは食べ物が非常に質素であったということです。普段の食事を覗いたことはないのですが、一度だけ、先生の家で夕食をよばれたことがありました。塩ジャケを焼いたのと茄子の糠漬け、プラス何かあったかもしれませんが、わりに質素なもので、すごく塩ジャケがしょっぱかった。

栗木――いかにも血圧に悪そうな（笑）。

高野――そうですね、新潟のお生まれですから。村上市あたりは塩ジャケが名産だそうですが、昔は多くはそうだったと思いますが、しょっぱいんです。今は甘塩ジャケが多いと思います。先生は昔のしょっぱい塩ジャケがお好きだったみたいです。たとえばサーモンのマリネとか、洒落た食べ物を召し上がっているのを見たことがないですね（笑）。

栗木――英子さんはワインがお好きだからチーズとか召し上がるでしょう。

高野――ええ。英子夫人は宮柊二が生きていたころ、どういう食生活だったか、僕はわからな

いけれど、宮先生に合わせていたと思います。亡くなられてからじわじわと自由に外に出て、イタリア料理店とかへ行かれた。三鷹台に行きつけのイタリア料理の店があるんです。洋食がお好きで、ワインがお好きだし。例えば旅行で岐阜県に行くと飛騨牛を食べるとか、滋賀県に行くと長浜の鴨を食べるとか。毎年、季節になると鴨を食べに行くということで、「今年もそろそろ行こうかしら」みたいな。

栗木――けっこう肉食系だったんだ。だから、お元気だったんですね。

高野――そう、元祖〈肉食女子〉です（笑）。

栗木――平成元年の歌に〈宮柊二巨き人にて己（し）が才のひらめく歌を詠みまさざりき〉があります。

高野――ご自分でそういう煌めきの面を消していたという感じがします。

栗木――それでもやはり、抑えた中からいぶし銀のような才のきらめきがありますけれど、それを表立てて「どうだ!?」とは歌わない方だったことがわかります。

高野――そうですね。隠しておいたものがたまに出るんでしょう。だから、例えば〈萌えいでし若葉や棗は緑の金（きん）、百日紅（ひゃくじつこう）はくれなゐの金（きん）〉というような歌があります。棗の木の若葉は金色を帯びている緑で、百日紅の若葉は紅色を帯びた金色であると。華麗な歌ですね。そういう歌を見ると白秋系ということが思い出されます。

栗木——宮先生が亡くなった後、デスマスクを取られたんですね。追悼号の写真に出ています。編集部のどなたかが取られたのですか。

高野——僕は詳しいことは知らないですね。編集部ではないです。

栗木——お葬式もたくさんの方がいらした。

高野——千駄ケ谷の千日堂という名前の葬儀会館でした。全国からコスモス会員が集まってきました。千駄ケ谷の駅を出ると、そこへ行く人がぞろぞろ歩いていて、斎場が近づくと人がいっぱい並んで行列が出来ていました。

栗木——錚々たる方々がいらしてます。山本健吉さんの弔辞などが特に心に残りました。沼空とのつながりの中でいろいろな思い出を振り返りながら。弔辞というよりは二人の思い出を一つ一つたどりながら亡き人に語り掛けている。

高野——宮柊二にとって、と言ってもいいし、「コスモス」にとって、と言ってもいいのですが、山本健吉先生のお力は非常に大きいですね。宮柊二という人は沼空が大事に可愛がっていた歌人ということで、それを継いで山本先生が宮柊二のことをいろいろ大事にしてくださった。

栗木——養子として迎えた折口春洋さんが硫黄島で亡くなって、春洋さんに「かくあれかし」

と望んでいた歌風があなたの歌に出てきたとまで折口信夫は言っていたとおっしゃっています。幹部候補生として再三、慫慂されながら、それを断って一人の兵として生を遂げた。そのすがすがしさが歌の上でも強く表れている。そういう生き方の面でも非常に称揚しておられます。

高野――〈おそらくは知らるるなけむ一兵（いっぺい）の生き（い）の有様（ありざま）をまつぶさに遂（と）げむ〉という歌で気持ちは述べられていますが、一緒に戦場にいて、一緒に戦って、自分のすぐ近くで次々と戦友が死んでいる。そういう人たちの失った命というものを自分が引き継いで生きていく。贖罪という大げさな言葉はお使いになっていないのですが、一緒に戦った無名の人たちの代わりに生きて、その人たちの思いを引き継いで歌にしていくという、そういうお気持ちがあったんじゃないですか。

栗木――それが「歌に華美なく、食に贅なく」みたいな、自己を律する生き方につながったということがあるのかもしれないですね。

高野――「コスモス」という雑誌のために一生懸命多くの時間を割いたということもそうかもしれません。私利私欲のない、無私の人という印象があります。

即詠はあまりなさらなかったけれど

栗木――宮先生の思い出はたくさんあると思いますが、いちばん鮮烈な思い出は何でしょうか。

高野——うーん、そうですねえ。一つは、尾鷲に行った時、土井の竹林をみんなで一緒に見学して、宿屋に戻ったら宮先生がすぐ色紙に歌を書かれた。あ、さっき見た竹林の歌がもうできているのかと。「大きな竹が立っていて、上の方に風が当たると、そのうねりが幹を伝わって下に降りてくる」みたいな歌でした。正確にいうと、〈早風(はやかぜ)に竹の梢の揉まれゐる動きは下の幹にも伝ふ〉(『獨石馬』)。さっき見たのに、もうこんなすごい歌ができるのかと驚きました。だから、即詠も得意なのだろうと、その時に思いました。ただ、ふだんはあまりそういうことをなさらないので、あまり知られていないと思います。どこか一緒に歩いていて、メモするような姿は見たことがない。例えば田谷鋭さんは歩いていると必ずメモをしている。だから、田谷さんは即詠が得意な人だとすぐわかります。宮先生はメモをなさらない方でしたが、時には即詠もなさった。

メモをしておかないと忘れると言う人がいますが、僕の考えは「忘れるなら、そんなものは歌にする必要はない」。一年経っても忘れないものを歌えば、いい歌になると思う。

栗木——まあ、そうとも言えますが(笑)。貴重な場面はそばにいる人でないと見えないですね。

高野——もう一つの思い出は、宮先生はお酒がお好きで、酔われると体がぐにゃぐにゃとなる(笑)。昔の人って、酔っ払うとぐにゃぐにゃになって、オーッとか言ってだれかの肩を叩くとか。何となく人に触る傾向がある。

栗木――でも、女性には触らないんですよね（笑）。

高野――そう、女性には触らない。そういう気配はなかったですね。でも、僕も触られたことはない。馴染みにくい奴だなあと思っていらっしゃったんでしょう。取り付く島がないみたいな感じで（笑）。

栗木――いえいえ。唄はお歌いにならなかったですか。

高野――全然、先生が歌うのは聞いたことがないですね。僕の単なる推測ですが、たぶん唄を歌うのは下手だと思います。

栗木――あれだけリズム感のいい歌を作られたのに。

高野――それは全然別ですね。短歌のリズム感とカラオケなんかで歌う唄とは全然違う。

栗木――山本健吉先生はカラオケがお好きだったとか。

高野――ええ。山本健吉先生のは何度も聞きました。山本先生は同じ長崎出身のさだまさしを贔屓

ただ一人
己なりと覚悟
し給へ。
宮柊二

ある時「これを持って行きなさい」といって下さった色紙（昭和50年ころ）

になさっていた。さだまさしも山本先生のことを大事にして、だから、コンサートのチケットを送ってきたり。それで、余っているから一緒に行かないかと言われて、山本先生の奥さんとお嬢さんと一緒に聴きに行き、〈生(ナマ)さだまさし〉を見ました（笑）。

漱石の『門』と中年

栗木――「塔」一九八八年五月号、これは四〇〇号記念号ですが、永田和宏さん、小高賢さん、小池光さんで「清く正しい中年の歌」の鼎談をしています。ちょうど彼らが四十代にさしかかったころで、青春は若さゆえのときめきや悩みをうたえばそれだけで一つ、形になる。一方、老いは、衰えていく命、人生と向き合う重みを歌うと、それだけで様になる。でも、そのはざまにある中年は凸でも凹でもなくて、ただただ平たくてドラマが無くて、もう自虐に走るくらいしかないいんじゃないかということが話題になっています。

例えば小池光さんの〈ありふれし中年われは靴の紐ほどけしままに駅に来てをり〉、佐佐木幸綱さんの〈杉の香の靡ける坂を登り来ぬ中年も坂雄ごころも坂〉、永田和宏さんの〈性欲も淡くなりしか秋の日の焚火のごとく老けゆくらしも〉という情けない歌とかありまして（笑）、いずれも皆さん、力のある歌人なのに、中年の歌では苦戦しておられるなあと思うのですが、その中で断然輝きを放っているのが高野さんの『水行』の〈中年に「門」を読むのは庖丁を研ぎあげて鋭刃（とば）にさはるのに似る〉、この一首は特別いいなあと。高野さんの歌で好きな歌はいっぱいありますが、ベスト3に入るのがこの歌です。これはどういう心境ですか。

高野――「門」は漱石の三部作の一つで、男女間の、俗っぽく言うと「秘匿された恋」みたいなことを書いていました。そこに描かれている中年の男が反道徳的な恋愛をした、自分もそうしようか、でも、そう行動するのは怖い。主人公の行動に引き付けられながら、かつ怖い。「門」を読んだ時、そういう気持ちが湧いてきたんでしょう。

栗木――実に危ないけれど艶やかですね。「門」は親友を裏切って、その奥さんと駆け落ちした男が崖下の家でひっそりと暮らしているという話ですね。

高野――ええ。だから、自分の行動を悔いて、そういう場所に一種、隠棲するような気持ちで日々を送っているんでしょうね。だけど、中年に入った僕からすると非常に魅惑に富んだ生き方であり、かつ危険なことであるので、そういう気持ちをこういう歌にしたんでしょうね。

栗木――刃物は研ぎ上げてから、危ないと思いながら、ふっと切れ味を試したくなる時がありますね。

高野――僕は二か月に一度くらい、家の包丁を研いでいたんです。だから、鋭刃にさわるのは実際、しょっちゅう体験している。砥石も、荒砥と仕上げ砥の二種類を持っています。荒砥は最初にざっと刃を立てるために使う、目の粗いもの。それで目を立てて、まだ先端がざらざらしているのを仕上げるために目の細かい砥石、仕上げ砥で研ぐ。合計十五分くらい研ぐんです。すごく体力を使います。最後は切れるようになっているかどうかを指の腹で確かめる。包丁の刃に指を滑らせるとたちまち切れますから、そうしないで、そっと当ててるんです。だから、〈庖丁を研ぎあげて鋭刃(とば)にさはる〉は、僕の自分自身の経験です。

栗木——だから、ここまでスリリングな詠み方ができるんですね。

高野——うまくいっているかどうかを触って確かめるのは、危ないけれど一種の快楽ですよ。

栗木——そう、その辺のゾクゾクッとする感じがうまい。これちょっと、口語調でしょう。それもすごくいいと思うんです。ガチガチの文語だと重くなりすぎる。無意識のうちかもしれないのですが、それが歌に膨らみを添えて、懐(ふところ)の深さを感じさせます。「門」は前回の話の『雨月』にあった、野沢凡兆と羽紅(うこう)の二人の雨の夜の隠微な生涯みたいなものとも重なり合うところがありますね。

中年は草原を歩いているようなもの

栗木——でも、高野さんの中に中年という意識はそれほど強くはなかったでしょう。

高野——多少はありましたね。宮先生が青春時代と中年の違いを「断崖と草原」というタイトルで短いエッセイを書いていらっしゃる。どんな内容かというと、若いころは断崖を登るように一日一日、一生懸命生きている。例えば恋愛をするのでもそうですし、自分はどんな仕事をして生きていくかとか、いろいろなことを考えながら、断崖を攀じ登って行くのが青春の日々である。青春を過ぎると、あとは真っ平らな草原をただ歩いて行くだけだ。中年になると、生活に特別な変化がない。だから歌も起伏のない歌が多くなる、というようなエッセイだったと思います。

人生と歌についての僕の考えは、ずっと昔、どこかでしゃべったことがありますが、優れた歌人は青春時代と死ぬ前にいい歌があって、例えば茂吉もそうです。最初の二冊、『赤光』と『あらたま』。最後の『白き山』と『つきかげ』。あとの歌集はいい歌もあるけれど、全体としては平凡な歌が多い。宮柊二も似たようなものです。宮柊二にも晩年にいい歌があるはずです。それを僕らが探さなくてはいけないのですが。いずれにせよ、自分に引き付けて言うと、中年に入ったら、もう草原を歩いているようなものだから、特別なことはない。ただし、中年だから出来る歌もあるだろうということで、何となく漠然と作り始めたのが、素材で言うと飲食(おんじき)の歌です。あとはユーモアのある歌ですね。『水行』のころはまだそういう歌はあまりないと思いますけど。

栗木――でも、〈湯どうふよ　わが身は酔つてはるかなる美女恋(びんぢよう)し　なあ湯どうふよ〉がありますね。たっぷりとした湯豆腐、おいしそうですね。

高野――ああ、それは〈ユーモア〉と〈色ぽっさ〉、そういう意識で作った歌です。若いころはそういう意識なしで、ただ夢中で歌を作っていたのですが、中年になったら、今まで作らなかったような歌を作ろうという気持ちがあったと思います。

いいなあと思ったら何でもやってみる

栗木――高野さんといえば大人のエロスというか、女性を美しく詠む歌人として第一人者だと思います。このあたりから増えてくるかなあ。

高野――そう、中年からですね。憧れて詠むという感じです。現実の女性をそのまま歌うというのとはちょっと違うのですが、自分の中でこういう女性がいいなあという女性を現実と想像を混ぜ合わせながら作っていく。

栗木――〈目つむれる女人を抱けば息深き女体となりぬあはれノア・ノア〉、女人、息深き女体とありますが、とても清潔感があります。〈ノア・ノア〉はマオリ語で「かぐわしい」という意味だそうですね。「高野公彦歌集『水行』語注」という付録に書いてあります。

高野――ええ。〈ノア・ノア〉はゴーガンから採りました。『水行』のころ、いろいろな言葉が好きになって、それを歌で使いたくなった。でも、「ノア・ノア」など、『広辞苑』に出ていないようなことばは読者が調べるのに困るだろうと思って、語注を付けました。僕は読者に迷惑をかけるのが嫌いなものですから。

栗木——この語注にも「迷惑をかけないやうに（略）語注を付けることにした」と謙虚に書いてあります（笑）。

高野——本当にそうなんです。ですから、逆に言うと読者に不親切な歌集は嫌いなんです。

栗木——前（第3回）におっしゃってましたね。ルビ一つにしても。

高野——ええ。人に読んでもらうのだから、なるべく意味がわかりやすく、ということで、『広辞苑』に出ていないようなことばに注を付けて、挟み込みにしました。歌の前に詞書をつけて説明をするという方法もありますが、煩雑な感じがするので。

栗木——意味がわからなくても、〈あはれノア・ノア〉と、ここでパーッと広がる思いがあります。浄化されていく。

高野——ええ。意味だけでなく、音感がいい言葉が好きです。意味がなくて音感だけの言葉も使っています。例えばその一つが「さん

高野公彦歌集『水行』語注

＊前著『雨月』の中に、「滑疑の櫂」とか「フィロフォトロジー」など、ふだん余り使はれない言葉を使つた歌があつて、幾人かの読者から、これはどんな意味かといふ問合せが来た。ふつうの辞典に出てゐない言葉だから、注を付けるべきだつた。

＊こんどは、読者の方々に迷惑をかけないやうに、あらかじめ語注を付けることにした。ただし、広辞苑や大辞林などに出てゐるやうな語はなるべく省いた。

（高野公彦）

▽一三頁「哀しけ」　古代の東国方言。ふつうに言へば「哀しき」である。形容詞の活用語尾「き」を「け」と訛るのは、万葉集の東歌（三四一二）などいくつか例がある。

▽一三頁「ゲオルク・トラークル」　詩人。一八八七年オーストリアに生まれ、一九一四年コカイン多量服用のため中毒死。彼の詩は、生はすべて死に向かつてとめどな

抄に「舞へ舞へ蝸牛、舞はぬものならば、馬の子や牛の子に蹴ゑさせてん、踏み破らせてん……」とある。

▽五七頁「酔李白」　酔つた李白、の意。高井几董の句に「酔李白師走の市に見たけり」がある。

▽六七頁「緑ケ丘」　昭和初期、北原白秋が住んでゐた所。今は大田区東馬込である。白秋旧居は丘の上のハイカラな洋館で私は二度見に行つたが、平成三年に取り壊され

『水行』語注
グレーの用紙の両面に

じゃうばっからふんごろのっころ」です。これは近松門左衛門の『心中天の網島』の冒頭に出てくる、当時流行した遊里の騒ぎ歌で、意味がない言葉です。この言葉には続きがあって、「さんじゃうばっからふんごろのっころ、ちょっころふんごろで、まてとっころわっからゆっくる〳〵たが、笠をわんがらんがらす、そらがくんぐる〳〵も」と続くそうです（笑）。長すぎるから全部は歌の中に入らないので、始めの「さんじゃうばっからふんごろのっころ」だけを入れました。

かなり前からメモ用紙に「さんじゃうばっからふんごろのっころ」と書いておいて、『心中天の網島』と書き添えておいたり、「ノア・ノア」はゴーガンの愛用語の一つですが、ゴーガン関係でもう一つ、「ナヴェ・ナヴェ・フェヌア」。そのころ、ゴーガンの絵に興味を持って、『ノア・ノア』というタイトルの随筆集を読みました。タヒチに行った時のことを書いていますが、それを読んで、好きな言葉、「ノア・ノア」と「ナヴェ・ナヴェ・フェヌア」を歌の中に入れて作りました。

栗木——間口が広いというか、日本の古典からだけではなくて、マオリ語があったりラテン語があったり。

高野——古代インド語もあります。僕の場合、体系的なものではないのです。手あたり次第、ああ、いいなあと思ったら使いたくなるんです。「ぱんちゃたんとら」も音がいいので、好きです。古代インドの説話集の名前です。それから発生した伝本に『タントラ・アーキヤーイカ』があるそうです。こんな音に惹かれてこのころ、だいぶ歌の中に入れています。でも、三十一文字全部が意味のない言葉だと歌にならない。そのうちの半分とか三分の二くらいは意味が必要です。

栗木——例えば〈目つむれる女人を抱けば〉の意味と音の織りなす世界というところで、言葉だけが走るのではないという味わいですね。〈母亡くて石臼ひくくうたひをりとうほろ、ほほう、とうほろ、ほいや〉、亡くなったお母さんが使っていた石臼の幻の声を聴いているという懐かしい思い出と「とうほろ、ほほう」がうまく合致して一つの世界を作っています。

高野——「とうほろ・ほほう・とうほろ・ほいや」は自作の言葉です。オノマトペでもないし、こう言いながら石臼を回しているわけでもない。僕自身、母の手伝いで石臼を何度も回しました。二段重ねの上のほうの臼に窪みがあって、そこに糯米をのせて、回しながらちょいちょいと穴に落としていきます。落ちた糯米がすり潰されて外に出てくる。終わるとそれを集めて、柏餅や草餅にしてくれる。この石臼をゆっくり回す時の感じを音で表したのが「とうほろ・ほほう・とうほろ・ほいや」なんです。そういう言葉を作り出したキッカケは、さっきの「さんじゃうばっからふんごろのっころ」とか「ナヴェ・ナヴェ・フェヌア」とか、意味が希薄で、音が魅力的な言葉に興味を持っていたという背景があるのです。

栗木——先ほどの中年の歌もそうですが、『水行』あたりから口語の歌も少しずつ、〈ふるさとの木に近づけば蝉黙るそんなに怖くないさ僕だよ〉など。とても清新な、新鮮な感じのする歌です。

高野——そうですね。このころ歌壇では口語がじわじわと広がりはじめていました。僕も、口語は口語で面白いので、自分もやってみようということでやったんでしょうねえ。

「現代短歌雁」に参加

栗木——そういうなか、昭和六十二（一九八七）年に季刊誌「現代短歌雁」が創刊されました。高野さん以外の編集委員は佐佐木幸綱さん、永田和宏さん、小池光さん。滝耕作さんが事務局だそうですが。

高野——事務局とは何ぞやというと、よくわからない。編集委員に準ずる立場の人という感じのようです。創刊号の編集後記を書いている人が編集委員四人及び滝耕作さん、冨士田元彦さん、小紋潤さん、合計七人ですね。この七人が必ず編集会に集まりました。

栗木——もともと言い出したのはどなたでしょうか。

高野——うーん、記憶にないですね。たぶん冨士田元彦さんがあらまし骨組みを考えて、編集委員のそれぞれの人に声をかけたんじゃないかと思うのですが。冨士田さんは映画の雑誌を出していらっしゃって、あれと違う短歌オンリーの雑誌を出したい、前衛短歌運動が収まったあと、新しい短歌を目指すような雑誌を作りたい、という気持ちがおありだったんじゃないですか。

　創刊号は春日井建さんの特集です。そのあと、主だった歌人の特集をやりました。一年に四冊、全部で六十四冊出たと思います。

栗木――時評もかなり激烈な、辛口の時評が出たりしました。佐佐木さんが岡井隆さんの歌会始の選者就任に対して「俺は行かない」って表明されたのも「現代短歌雁」でした。思い切ってページもたくさん使えるし、かなり重厚な時評も書けるということで、皆さん、満を持してそこで持論をぶつけたということでしょうか。

「現代短歌雁」創刊号
1987年１月１日発行
Ａ５判112ページ
特集　春日井建
日付のある作品
塚本邦雄・浜田康敬

高野――「現代短歌雁」という雑誌の時評を書くのなら、ありきたりのモノを書いたのではいけないのではないかと、多少、場の雰囲気もあったんじゃないか。適当なことを書いてお茶を濁すような、そういう場所ではないみたいな雰囲気があのころはあったと思います。

栗木――編集会議で喧嘩になったとか、そういうことはなかったですか。

高野――多少はありました。ある歌人の特集をやるという案が出た時、僕はこの人の特集をやるのは絶対反対だ、ということを言って、実現しなかったことがありますね。

『宮柊二集』の刊行――全短歌の初出を挙げる

栗木――そういうことでお忙しい傍ら、平成元(一九八九)年から、岩波書店の『宮柊二集』の編集にも携われています。『水行』に、〈『宮柊二集』第一巻後記を書かむとし我れ瞑目す師に見ゆべく〉という歌があります。

高野――宮先生が亡くなられて二、三年後、岩波のほうから、「宮柊二全集」ではないけれども、選集みたいなものを作りたい、と宮夫人の所に言ってきたんですね。短歌は全部入っていますが、散文はセレクトするということで、「宮柊二集」という名前で出すことになりました。編集委員として宮英子さんと葛原繁さんと僕と三人が毎月一回くらい、岩波書店の会議室で校訂をした。「これは誤植であるから直すべきかどうか」とか、「この巻にはどれとどれを入れる」とか、いろいろ相談して、月一冊くらいのペースで『宮柊二集』を出していきました。

栗木――第五巻に短歌の初出が全部挙げられています。あれは非常に貴重だけれど手間のかかるお仕事ですね。「多磨」に入られる前の、相馬御風主宰の「木陰歌集」に投稿した一首から、最後の最後、一九九七年、亡くなってから次の年の一月号の「婦人之友」に出た五首まで。だから、歌集の歌はもちろんですが、総合誌、新聞、すべての出版物に出た歌の初出が全部並んでいて、これはすごいご苦労だったのではないかと思うのですが。

高野――そうですね。すべて宮夫人のお力です。歌集は『群鶏』から『白秋陶像』まで、単行本になったのを集めればいいのですが、それよりも古い時代の『若き悲しみ』というタイトルで生前に出たものが初期歌集という感じで、それを含めて全部の歌集を収めて、それらがどの雑誌に出たかも全部、初出として載せました。「短歌初出」は、初出を集大成した作品集だから非常に便利です。

栗木――全部で一万首くらいあるんですね。

高野――そうです。例えば〈昼間みし合歓(かうか)のあかき花のいろを〉という歌を調べようと索引の巻を引くと、この歌は『群鶏』の何ページに出ている。また初出は「多磨」の昭和十年六月号、というふうに出てきます。だから、初出と歌集に収録されたものが同じなのか違うのか、違う場合はどう直

左より影山一男、高野公彦、冨士田元彦
神保町の居酒屋にて
平成２年６月21日

したかなど異同がわかるんです。

栗木――どの歌は歌集に収めなかったとか、一目瞭然ですから、宮柊二研究にとってはものすごくありがたい。初出を大事にするというのは高野さんの主義でしょうか。

高野――そうですね。前に話しましたが（第3回）、合評の時、初出を必ず見るということ。実際にやってみて初めて知ったのですが、初出と比べないとなかなか正しい解釈ができないことがあるんです。初出を見ることができるのは宮英子さんのお力です。宮柊二が書いたものは全部、きちんとスクラップ帳に貼り、整理してありましたからね。

栗木――普通、散逸しますものね。

高野――宮先生のものは、例えば軍隊時代に穿いていた靴下まできちんと保存してあるくらいですから。

栗木――今、記念館にあるんですか。

高野――ええ。宮夫人は、柊二のものは決して捨てない。柊二の手紙だけでなくて、身に着けていたものも捨ててないですね。あのスクラップ帳が完備していたので、僕らも助かりました。岩波書店も助かったわけです。生きている時からきちんとスクラップ帳を作ってないと不可能です。柊二が英子さんに出会う前は、相馬御風の「木陰歌集」に歌を出していた。それは、スクラップがないので新潟県のコスモス会員が宮柊二の歌が載っている「木陰歌集」を全部調べて、新潟の支部報に載せたものを転載したわけです。

栗木――各支部、そういうことで協力して下さったりもあったのですね。

高野――ええ、新潟は宮柊二の出身地ですからね。相馬御風も同じ新潟県で、糸魚川に御風記念館があって、そこに「木陰歌集」のバックナンバーが揃っています。

栗木――編集には丸二年かかってますね。

高野――初出とか年譜とかはページ数が多いですからね。年譜も詳しいですよ。これも宮英子さんがお作りになっています。昭和何年の何月にはどこそこへ旅行したとか、すごく詳しい。だから、年譜の分量も膨大です。

サッカーの岡野弘彦チームから戴いた一勝

栗木――河出にお勤めの傍ら、総合誌への作品依頼も増え、いろいろな方面でお忙しかったでしょう。でも、高野さんは断らないタイプですね、「現代短歌雁」にしても、岩波の『宮柊二集』にしても。

高野――うーん、そうですね。ちょうど出来る範囲で頼まれていた感じ。

栗木――いやいや。それだけ集中力があるということでしょう。お身体も丈夫で、体力もおありだった。

高野――ええ。人並み、あるいは人並みよりちょっと丈夫だったかもしれません。あまり病気をしていない。五十歳くらいまでは逆立ちも簡単にできていたんですが、ある時、やってみたら自分の体を支えられなくなっていて、「あれ？」と思った。体重は増えて、筋力が落ちるから。あの時はショックでした。愕然とした。

栗木――普通の人は最初からできないですから（笑）。サッカーもだいぶ、お齢までやってらしたとか。

高野――というか、ある齢になってから始めた。奥村さんが四十ちょっとの時からですから、僕が三十六、七でしょうか。

栗木――岡野弘彦先生の古代研と試合をやったという歌がありますね。

高野――ええ。僕らは岡野チームと呼んでいました。試合をやるなら練習をしなくちゃと思って、月に三回ぐらい集まった。週末の土曜日だったと思います。僕の家の近く、江戸川の川辺の森の一角に東京医科歯科大学のグラウンドがあったんです。大学には正門があるんですが、正門から入らず、グラウンドの横のフェンスに穴が開いていて、人が自由に出入りできたんです。勝手に入って行っても誰もいないから、十四、五人集まって二、三時間、サッカーの練習をしました。終わったら、そこから十分ほど歩いて僕のアパートまで行って、みんなでビールを飲んで宴会をするんです。

栗木――ああ、いいですねえ、それ、最高です（笑）。

高野――試合するならユニフォームをつけなくちゃ。これ、必要なんです、敵味方の区別がつかないから。シャツがグリーンで、下が白のショートパンツ。背番号入りでね。試合の時は、渋谷から田園都市線で〈たまプラーザ〉まで行ったんです。そこに國學院のグラウンドがあって、岡野先生がいらっしゃるから堂々と使えます。試合をやったら、奇跡的に一対〇で勝っちゃった。

栗木――いやあ、すごい。

高野――攻めまくられてて、雨あられのようにシュートを打たれたのですが、なぜか知らないけど誰かに当たって外れたり、キーパーの桑原正紀君が何度も防いだり、あるいはバーに当たったりして、みな外れた。向こうは攻め上がってきているから油断してるわけです。僕らのほうは誰かがちょこっと向こうの方へ蹴ったボールにうまいこ

サッカー練習中のコスモスチーム。右端が高野。昭和59年ころ

・ボールくれば遠蹴（とほげ）りにして味方をば叱咤罵倒すスイーパー我れ

・エロスとはかくの如きか陽の下（もと）を走り走りてわななく肺腑

（『雨月』「試合」より）

と追いついて、コロッと入ってしまってね。驚きましたよ（笑）。

栗木――練習の甲斐あって、強かったのでしょう。

高野――いや、強くないですよ。誰か見ていれば、弱と強が試合をしている印象でしょうね。世界のトップレベルのサッカーもそうですが、二時間やっても点がなかなか入らないでしょう。弱いチームがたまたま勝ったりもするんです。だからみんな昂奮するんです。とにかく、まぐれで勝っちゃってね。岡野先生が口惜しがって「もう一回、高野さん、もう一回やりましょう」ってことで、やりまして、その時は実力通り負けました（笑）。

栗木――貴重な一勝をあげられたわけですね。

肩の凝らない読み物、『うたの前線』

栗木――平成二年にエッセイ集『うたの前線』を出されました。

高野――それは「歌壇」に連載したものです。一回二ページで、毎回テーマを決めて二十四回書きました。それをまとめた本です。

栗木――いちばん印象に残っているのは、「薄明喩（はくめいゆ）」ということ。直喩と暗喩の中間くらいの、例えば高野さんの歌でいうと、『淡青』の〈永き日のひすがら照りし安房（あは）の海に石の白さの月のぼりたり〉の「石の白さ」が直喩と暗喩の間くらいの、イメージがふーっと浮かぶというふうな、これを「薄明喩」と命名された。

高野――せっかく命名したのに、あまり普及していないのですが（笑）。「のような」を使わないのが暗喩です。それに対して「雪のように白い」、「ように」を使うのが明喩です。そして、「石の白さ」とか「石ほど白い」という言い方は「ごとく」も使っていないし、「時は金なり」のように暗喩でもない。ちょうど明喩と暗喩の中間、つまり明と暗の中間だから、「薄明喩」だと。

栗木――詩的センスのよさを感じます。「奇想の歌」の面白さも論じておられます。

高野――奇妙な想念を詠んだ歌ですね。僕も奇想の歌が好きで、失敗すると訳がわからない歌になりますが、世の中には奇想と言っていいような歌がときどきあるし、自分もできればそういうのを作りたい。意識すると、なかなか難しいんですが。

栗木――例えば前登志夫さんの歌を挙げられて、〈舞へ　舞へ　かたつぶり　樹の木末に舞へ　風に舞へ　雲に舞へ　かたやぶり〉は、『梁塵秘抄』の「舞へ舞へ蝸牛」から採っていて、その奇想が非常に面白いが、最後に〈かたやぶり〉とやったのがよくない、奇想が薄まっている。そう書いておられて、なるほどなあと思いましたね。

高野――そう。残念だなと思ったのです。

栗木――それから、「無用の用」。音の面白さで読ませて、意味としてはそんなにはないという歌。香川ヒサさんの『テクネー』の〈抽出しにたしかに入れたたぶん入れたおそらく入れた入れたと思ふ〉。

高野――一首の内容は大したことはないけど、面白い。

栗木――短歌には意味発振機としての役割と音楽発振機としての役割と両方あって、両方大事だとあります。一つ一つのネーミングの仕方がとてもお上手です。だから、難しくなく読めるんです。お勉強という感じではなくて、引用歌を楽しみながら。主語と述語の文のねじれについてもこういう風に使えば成功するのかとか。

高野――文の〈ねじれ〉も面白い効果があるんですが、よし、ねじれた歌を作ってやろうとすると、これがまた難しい。すべて何でも、それを狙って作るとうまくいかない。あるいはなかなかできない。何も意識しないで作っている時に偶然、ねじれた歌が出来たり、薄明喩の歌が出来たり。偶然を待つほかない。狙うとすべて外れる、狙えば狙うほど外れる。狙わなければ当たる（笑）。

栗木――狙わないと私なんか外れるんですけどね。この後、飲食の歌を集めた本など、いろいろ鑑賞書をお出しになっています。書く時はあまり肩の凝らないようにとか、考えておられるんでしょうか。

高野――ええ。中年過ぎると、若いころのように短歌の本質はどういうものであるべきかなど堅苦しいことを考えるのが面倒臭くなってね。それより、自分がいいと思った歌を他人に紹介する、他人に手渡すということ。こんな歌があって、こんなところがいいんじゃないかなあと、そういうことをやるのが好きなんです。『うたの前線』も半分は自分の好きな歌を探し出してきて、それを種類別に分類して、奇想の歌とか、それを皆さんに紹介するのが楽しくて書いたものです。歌の鑑賞が本当に好きですね。

アクロスティック（折句）で詠んだ『般若心経歌篇』

栗木――その後、『般若心経歌篇』が、一九九四年に本阿弥書店から出た『高野公彦作品集』の最後に未刊歌集として収められます。

高野――ええ。これは五十歳から五十二歳の二年間をかけて、「桟橋」に連載したものです。「桟橋」は年に四回、遅れないできちんと出ています。同人は一ページ、自分の作品のページがあって、十二首載せられる。ある時、これを利用しようと考えました。一回一回は十二首の連作という感じで作ってはいるのですが、もっと何かやってみようと思って、ふと思いついたのが、歌の中に決められた文字を置いて詠む、アクロスティック（acrostic＝折句）ですね。

アクロスティックの最高傑作は、与謝野晶子の作品です。与謝野鉄幹が亡くなった時、鉄幹の知り合いの学者が追悼の漢詩を送りました。その漢詩（七言律詩）の文字を頭に置いて晶子は歌を詠んだ。漢詩は五十六文字ありましたが、歌は五十五首しかない。調べてみると、ある一文字を詠んだ歌が欠けているんです。それは別にして、漢字を一首一首に入れて、内容はすべて、亡き夫鉄幹のことを追憶する歌で、すごくいい。与謝野晶子も青春の歌と最晩年の歌が非常に優れていて、最終歌集『白桜集』の中心を成しているのがアクロスティック作品です。和泉式部にもあります。原文は仏教的な漢字の並んだようなものを読み下しにして、平仮名を頭に置いた文字で歌を作っている。藤原定家も、いろは四十七文字の歌を作っている。

それを真似て、よし、自分もやってやろうと。「般若心経」は二百三十字前後の文字がありますね。規模では僕が一番だ。せめて数だけでもナンバーワンになってやろうと思ってね。でも、全部はやってないんです。できないのがある。「若」はいくらでもできるが、「般」の字で始まる日本語は「般若」しかない。「般若」でやると、後ろに続くのが「若」だから困って、しようがないから「般若」で一首にしたり。そういう不完全なところもありますが、コツコツやるにはちょうどいい仕事でしたね。毎回、二十四首ずつ作っていけば二年間、八回で完了します。例えば「阿耨多羅(アーノクターラー)」の「耨」の字はふだん全く使わない。どういう意味か、漢和辞典で調べたら、「くさぎる=田畑の土をすきで柔らかくする」という意味でした。面白かったですね、しんどかったけれど(笑)。

栗木——やはり「空」の字が多いんですか。

高野――多いのは「無」ですね。二十一回出てきます。だから「無」を頭に置いた歌を二十一首作りました。「無無明亦無無明尽乃至無老」とか、お経の後半に繰り返し出てきます。「無」は比較的作りやすいからいいけれど、ふだんの日本語の中には登場しないような漢字がたまにあって、「無罣礙無罣礙」の「罣」が難しい。いろいろ苦労しました。

栗木――無謀というか。でも、それをやり遂げて、歌として優れたものがあるというのがすばらしい。

仏教臭くならないように

栗木――〈羅(うすもの)の下の女身を恋ふることなき年齢になかなかならぬ〉は「羅」ですね。これを「うすもの」と読ませて。

高野――できればエロチックな歌も入れたいと思ったのと、あとは元が「般若心経」だから、内容が仏教臭いと面白くないと思って、少し自由に歌を作りました。少し洋風な言葉も入れたり、仏教からうんと離れたようなものも入れたりと。それで「ＣＯＣＯＯＮ」という言葉を原語で入れました。「繭」です。謎めいたものとして幾つか織り交ぜていきました。「般若心経」に「繭」という字はないのですが、作り始めて、あるイメージが繰り返し出てくる方が面白みがあるのではないかと思って。「繭」だけでは訴える力が弱いから、アルファベットで「ＣＯ

COON」と著して、例えばある時は本当の「繭」で登場させたり、あるときは「宇宙」のイメージで使ったり、そういうことをしたと思います。

栗木――〈色七つ内に裹みて冬の日の卓上に白きCOCOONひとつ〉、この「COCOON」は虹みたいなものですか。

高野――ええ、それは普通の「繭」です。「般若心経」と無関係に、もっと前に偶然、五、六個もらった繭が手元にあったんです。繭ってきれいだなと思った。形もきれいだし、細い糸先が少しほぐれたのもまたきれいです。

栗木――〈菩提樹に照る日月や瞑想のCOCOONの中に棲むシッダルタ〉はどうでしょう。

高野――それは空想の景です、シッタルダという人が繭の中に入って瞑想している。自分で創造したイメージです。

栗木――語彙の豊富な高野さんならではの試みですね。後に二〇一三年に『青き湖心』として柊書房から一冊の歌集として出されますが、多少は変えたところがあるんでしょうか。

高野――ええ。少し変えました。僕の癖で、あとで読むと、これはこうしたほうがいいなあと思うと我慢できなくて変えてしまうんです。でも、あまり大きく変えてはいないです。前の作品集と比べやすいから、すぐわかってしまう。事実、比べた人がいて、「こういうふうに違うのを知りました」とか言われました。調べてほしくないんだけれど(笑)。

栗木――順番も入れ替えられないですものね。空前絶後、もうこういう試みをやる人はいないでしょう。でも、次、また何かやりたいとか。

高野――いや、もうやらないです。そんなパワーがない。もう七十五歳ですから（笑）。

理想の女性像は「美しいこと、やさしいこと」

栗木――さっき、聞き忘れたのですが、高野さんの理想の女性像はどんな感じですか。

高野――そうですねえ。言葉ではなかなか表しにくいですね。単純に言うと、美しいということと優しいということ。その二つを感じる人に魅力を感じているんじゃないかと思うんです。でも、美しいとかは人によって違うし、優しいというのも、まあ、女の人が骨の髄から優しいかというと、そうでもないと思う。実際はリアリストな面もあるわけです。ただ、それはわかっていても、そういうことと別に、自分が、ああ、この人はきれいな人だ、この人は優しい人だと幻想でもいいから思うことができれば、それでもういいんです。一緒に暮らすとかとなると、またちょっと違うでしょうけれど。ふだん接している人でも、あ、きれいな人だなとか、感じのいい人だなとか、優しそうな人だなという感じを受けると非常に満足なわけです。幸福な気持ちになれるので、そういう人は何人いてもいい。

栗木――例えば『源氏物語』に出てくる女性ではどうですか。

高野——だれがいいんだろうなあ。よく知らないんです。若紫は可愛い感じでいいんでしょうが、年を取ってからはどうかわからない。花散里もいいですね。気楽に付き合えそうな感じの人なんでしょう、知らないけど（笑）。

栗木——六条御息所ほどプライドが高くなさそう。

高野——その人はちょっと恐いですね。

栗木——夕顔だとちょっと頼りない。

高野——そうですね。当時の色好みは、貴族の男性にとって重要な要素です。「色好み」とは「いろいろな女性を広く愛することができる」ということだそうです。そういう人は末摘花のような人も好きにならなくちゃいけない。だから、光源氏は色好みの典型の人なんです。「すべての人を好きになる」。あとは「まめである」。まめまめしき人。

栗木——私は何となく藤沢周平の世界、「たそがれ清兵衛」とか、ああいうイメージを思い描きながら高野さんの歌を読むんですけれど。

高野——僕も、藤沢周平は好きですね。あの人が描く小説に出てくる女性はおとなしくてつつましやかな感じの人が多いですね。

（如水会館　２０１６・７・26）

【第7回】

第七歌集『地中銀河』、第八歌集『天泣』のころ

栗木――今日は高野さんが四十代の終わりから五十代前半のころの活動についてお話を伺います。この時期の歌集には、五十二歳の時に出された第七歌集『地中銀河』（雁書館、一九九四年〈平成六〉）、五十四歳の時に出された第八歌集『天泣』（短歌研究社、一九九六年〈平成八〉）があります。

平成三（一九九一）年に講談社学術文庫からアンソロジー『現代の短歌』が出ました。佐佐木信綱さんから辰巳泰子さんまで、一〇五人の歌人の短歌を収めた一冊です。高野さんがこの編集担当をなさっておられます。これは講談社からの依頼ですか。

高野――ええ、そうです。学術文庫で平井照敏さんの編集担当で『現代の俳句』が出ることに

アンソロジー『現代の短歌』はロングセラーに

なっていました。僕はこのころ河出書房に勤めていまして、平井さんの書き下ろしの『新歳時記』を担当しました。よくお会いすることがあったので、その姉妹編の『現代の短歌』を「高野さんがおやりになりませんか」と言われ、僕が担当することになりました。平井さんの方が早く話があったのですが、僕がせっせとやったものですから、僕の方が先に出てしまった（笑）。

栗木——『現代の俳句』は二年後の一九九三年に出ていますね。

高野——『現代の短歌』は、自分で書く部分は少なくて、一ページに何首入れるか、何ページくらいの本にするかなどが決まっていて、僕が決めるのはどういう歌人を入れるか、一人何首にするかですが、正岡子規から入れると現代まで届かなくなってしまう。だから、他のアンソロジーであまりないと思うのですが、昭和時代に生きていた人から始めました。すると、啄木は入らない。昭和三年まで生きていた牧水は入ります。信綱さんは長生きなさったから入っています。若い人は俵万智さん、辰巳泰子さんあたりまで、百人ちょっとの人を選びました。歌数については、活躍した時期が長い人と短い人、評価が高い人とそうでない人があるから、いろいろな要素を組み合わせて考えて全部同じ歌数にはしなかった。これは申し訳ないのですが、四種類か五種類くらい、四ページの人、六ページの人とか、一種、ランク付けをしました。

栗木——それはやむを得ないですよね。一番多いのが斎藤茂吉で、一〇四首ありましたね。歌数の一番少ない人で三十首ですか。

高野――ええ。そういうことをする代わりに、僕自身も一番低いランクにしました。あとで、歌数が違っていることに気が付いて、前登志夫さんから「高野君は、厳しいな。塚本君は百首載せているのに僕は八十首しか載せてないね」って、面と向かって言われました、ニコニコしながらですが（笑）。

栗木――それはちょっと微妙ですねえ。

高野――ま、しようがない。だって、全員同じ歌数にすると、例えば斎藤茂吉が八十首で、僕も八十首ということになって、おかしい。そして、生きている人は自選で、亡くなった人は僕が全部選びました。遺族には頼まない。その時に歌集を読んで、だいぶ勉強しましたね。

栗木――普通はお弟子さんみたいな人に選んでもらったりしますが、全部、高野さんがなさったところに、一つ意義があると思います。巻末に「解説」として、昭和の短歌史をわかりやすくまとめられた文章を添えてあります。

高野――昭和から始めたので「昭和短歌史」という内容です。大雑把なものですが。

初版　1991年６月10日
巻頭に塚本邦雄氏による
「二十一世紀に献ず」

多少困ったのは自選の方です。自分の好きな歌を選んで、代表歌を選んでいない人がいるんですよ。大事なのは代表歌であって、自分が気に入った歌をちょこちょこ出しても仕方がない。代表歌が全然載ってないという人が二、三人いました。

栗木――歌数が三十くらいで限られた中だと、やはり代表歌がないと。そこが難しいところですねえ。

高野――この機会に作者の方々に申し上げたいのは、自選を頼まれた時に自分の好みで選ぶと、読者が困るから、自分の代表作、あるいは有名な歌と言われているものは落とさないでほしい。

栗木――肝に銘じます。この本はロングセラーとなりました。

高野――ええ。十五刷くらいまでいきましたかね。あのころは類書がなかったから。

日経歌壇の選者

栗木――一九九三年一月から日本経済新聞歌壇の選者になられます。これはどなたかの後継ですか。

高野――新聞歌壇の選者は、基本的には終身らしいんです。本人が亡くなるか、歳をとって選ができなくなるということがない限り、ずっと続けます。日経歌壇は昭和三十年代、四十年代は宮先生がなさっていました。宮先生が病気になられてから、葛原繁さんがなさっていた。葛原さんが病気になられ、僕が後を引き継ぎました。

栗木――その後、高野さんが朝日歌壇に変わられて、私がしばらくさせていただきました。新聞歌壇の選者は日経が初めてでしたか。

高野――そうです。ほかに今やっているのは南日本新聞（鹿児島）と新潟日報です。地方新聞の歌壇は面白いですね。各地方の独特の歌があります。鹿児島は桜島が噴火したというような歌が多く、火山灰がお墓の上に降り積もって、お墓の掃除が大変だという歌もあった。新潟日報は、雪が降った、降らないという歌や、稲の育ち具合がどうだというような歌が多くて、対照的です。日経新聞は地方的な偏りはないのですが、何となく特別な色合いがありますね。

栗木――現役で働いている方の歌が多い感じでした。海外からの投稿もけっこうありました。

高野――ああ、ありました。僕がやっていた時にベルギー在住のサラリーマンがせっせと投稿してきました。首都ブリュッセルのことをいろいろ歌っていて、面白かったですよ。オランダからも女の人が投稿しておられた。

栗木――『天泣』に〈労働の一部となりて選歌あり誤字、語の誤用どつと我を呑む〉がありま す。「コスモス」の選歌だと「労働の一部」という感じではないですね。やはりこれは新聞歌壇だからでしょうか。謝礼を戴いての選歌といいますか。

高野――そうですね。でも、僕は選歌は好きです。特に新聞の選歌はいろいろなことを歌っているので、面白いですね。

栗木――やはり『天泣』の〈五十首に一首ほどなる佳什(よきうた)を救ひとなして選歌つづくる〉（笑）。何百首と来る中で、一首、とてもいい歌に巡り合えるとうれしいですね。

高野――ええ。下手な歌でもいろいろな内容が詠まれていて面白い。だけど、選歌という仕事は歌を採らなくてはいけない。その観点からいうと、なんでこんなに下手なんだろうというような歌を読み続けていて、パッといい歌が出てくるとうれしいですね。

栗木――涙してしまうような歌もありますしね。息子さんのお嫁さんが亡くなって、小学生の孫を一生懸命フォローして育てているおじいちゃんの歌とか、そういうのを見ると私なんか添削してでも採ってあげたくなります。それでこの方の励ましになればなあとか思うんです。

高野――テニヲハくらいは直してあげてもいいんじゃないかと思います。宮先生が日経歌壇の選をなさっていたころ、僕は何度か清書したことがあるんです。先生の選を見るとちょっと直してある、だから、この程度はいいんだなと思った。その時に新聞歌壇の選の仕方を何となく覚えました。宮先生は「コスモス」の会員の歌は大きく直すことがあるんです。でも、新聞歌壇では大きな直しは絶対されなかった。

定年前に河出書房新社を退職

栗木——ますますお忙しく新聞歌壇の選者などもなさりながら、一九九三年、同じ年の三月、五十一歳の時に二十六年間勤務された河出書房新社を退職されます。

高野——退職する理由は一つ、あるいは一つ半くらいかな。一つは娘が二人いて、二人とも大学を出て就職したんです。娘二人が自分で給料をもらうようになったから、じゃあ、もう大丈夫だと思ってね。もう一つは、編集の仕事は面白くて楽しいのですが、写真の割付（レイアウト）が面倒くさい。二十六年間も写真の割付をやるとうんざりするんです。写真の入る本はあまりは担当してないのですが、それでもね。拡大したり、縮小したり。キャプション（説明文）をつけたり。それにうんざりしていたので、もう辞めようかと。

栗木——辞めようと思われて、まず奥様に相談されたのですか。

高野——相談ということはないです。「辞めるから」と言っただけ。

栗木——あら、すごい。いくら娘さんたちが就職されても、まだお若いのだし。

高野——でも、別に困りはしないと思って。

栗木——失礼ながら家のローンとかは終わってたのですか。

高野——終わってました。

栗木——奥様は高校の先生をなさっていたでしょう。

高野——いえ。大学を出て二年くらい勤めていただけで、あとはもう主婦業です。僕は別に贅沢をするという気持ちは全然ないから、生活は大丈夫だと思ってね。

栗木――でも、奥様は理解がおありですね。私だったら絶対、キーッとなりますよ（笑）。

高野――それで、平成五年三月末に辞めて、ぶらぶらしてたんです。辞めてふた月くらい経ってから、青山学院女子短大の学長の栗坪良樹さんから電話があって、「会社をお辞めになったそうですが、うちにどうですか」と言うんです。

栗木――栗坪先生とは昔からのお知り合いですか。

高野――ええ。河出の仕事を一緒にやったことがあるし、家も同じ市川市内、近くではないのですが。ちょくちょく一緒に飲みに行ったり。その栗坪さんから「うちにどうですか」と言われて、「うちって何ですか」と（笑）。「教員に欠員が生じているから、どうですか」と言われて、エーッと思いましたね。「いやあ、教室とか授業とかいう経験がないんですけど」と言ったら、「いや、いいんです。大丈夫ですから」って。

栗木――前に教職の免状を取ってないとおっしゃってましたが。

高野――取ってないんです。でも、小中高の先生は免許がないとダメだけど、大学の先生は要らないんです。

栗木――大学教授は論文とか実績があればなれるんですね。

高野――僕は論文も実績もないです（笑）。「教えるといっても、僕は短歌しかできないんですけど」と言ったら、「ええ、短歌でいいんです」と。あそこの短大は伝統的に短歌の授業があったんですね。短大ができたのが昭和二十年代の後半だったと思いますが、その最初のころから土屋文明さんが短歌の授業を持ってらした。その文明さんの後、五味保義さんが、その後が近藤芳美さん、そして川口美根子さんが教えていた。川口さんはまだいらしたのですが、もう一つ別に短歌の授業をやる人がいてもいいという考えなんでしょうね。俳句は平井照敏さんが教えてらした。その前は加藤楸邨さんでした。あそこはわりに文芸が盛んなところです。能を教える川瀬一馬先生もいたし、国文学的な要素の強い学校です。諸橋轍次さんがあそこの教授でした。諸橋先生の授業の時は学生が研究室まで迎えに来るんです。「先生、そろそろ授業が始まります。ご案内いたします」って。

栗木――そういう学校で、たまたま欠員があったということですか。

高野――ええ。国文科の教員の定員が決まっていて、僕が河出を辞めた年の翌年の三月に定年でお辞めになるという予定の先生が一人いて、僕がその代わりに入るということで。本当に偶然なんですよ。

栗木――『天泣』の〈人生をシャッフルしたく離職せり離職し徐々に七曜を脱ぐ〉、勤め人でなくなったということですね。最初はこのままで一切、宮仕えはしないというおつもりだったのでしょうか。

高野——ぶらぶらして歌を作っていこうと、ぼんやりと考えていました。一年間はぶらぶらしてましたけれど、次の年の四月から、短大は週に四日くらい出勤しました。そして、またせっせと勉強しました。授業をするには、やはり準備しなくてはいけない。どの本をテキストにするかとか、こういう授業をやりますというシラバス（講義計画書）を四月の授業が始まる前に書くので、勉強しました。

栗木——高野さんは他の出版社から「うちにどうですか」と声がかかったらお断りになったと思うけれど、全く違う世界だったから、また飛び込んでみようと思われたのではないですか。

高野——そうですね。出版社だと写真の割付が待っているから（笑）。

女子短大生の中、老青年われ

栗木——まさに人生シャッフルという感じの新しい職場、女子大教授になられてからの歌に〈香水の香（か）といくたびかすれちがひ教室に入る〈老青年〉われ〉（『天泣』）。「老青年」は造語ですが、なかなか言い得て妙ですね。

高野——僕自身はまだ五十六くらいですから、若い娘を見ると、ああ、いいなあと思うけれど、向こうから見るとこっちは年齢不詳のただのオジサンなんです（笑）。

栗木——ま、先生ですからね。

高野――短大生にさりげなく聞いて大体わかったことは、十八歳くらいの女の子から見ると三十くらいまでは男なんですって。でも、「三十以上はただのオッサン。四十であろうと八十であろうと関係ない。自分の関心の外だ」と言ってました（笑）。だから「老青年」なんです。

栗木――中年の後、老青年というのがなかなかドラマチックですねえ。こういう歌もあります。〈胸うちに濃霧を秘めてゐるやうなひそやけき子に式子を教ふ〉。

高野――心の中に濃い霧があるような人、つまり、無口でじっと物を考えているような学生がいて、「式子内親王にこんな歌があるよ」と教えてあげたということです。短歌の実作の他に、与謝野晶子の歌の授業をやったり、いろいろなことをしたので、式子内親王の歌も紹介したことがありました。

平成８年ころ
青山学院女子短大の研究室にて

栗木――『ことばの森林浴』（柊書房、二〇〇八年）に教え子さんのことを書いた「短大生の短歌」があって、何首か挙がっています。例えば秦野さおりさんの〈オーボエの音色のごとくわが髪にやさしく触れる君の指先〉。「オーボエの音色のごとく」という比喩がとてもナイーブでいいなあ。水上香葉さんの

〈この木に咲くかわいい野菊利根川か根と茎のいい若草にきのこ〉（は、回文、上から読んでも下から読んでも同じです）。

高野――香葉さんも、妹の芙季ちゃんもいい歌を作りました。二人が卒業した後、お母さんの水上比呂美さんが再入学されます。

栗木――秦野さんは歌壇賞の候補にもなられた方ですね。私も選考委員をやらせていただいていました。その時は惜しくも受賞しなかった。また出してくれるといいなと思っていたけれど、残念ながらその後、遠ざかってしまわれた。

高野――短大は二年間ですが、一年の時も二年の時も短歌の実作の授業があります。二年間、授業を取り、いい歌を作っていた子がたくさんいるんですが、ほとんどが卒業すると短歌から離れてしまいます。もったいない。

短歌三十首が卒論の代わり

栗木――みんなが「高野さんは女子大の先生になってから歌もまろやかになったし、人格も丸くなった」と（笑）。

高野――そうですか、あまり変わらないと思うけれど。まあ、最初の二、三年は物珍しいから教え子の歌をわりにたくさん作りました。

栗木――『天泣』の〈雷鳴ればなる方を見て教室のわが少女らは敏き水鳥〉、本当に無垢な目で見ておられます。巻末の歌が〈三連星よ初めて人を抱きし夜のその夜のやうに冷ゆるからすき〉。『天泣』にも語注の付録がついています。そこに「からすき」は「オリオン座中央部の三連星」とあります。二十代に戻ったような、初めて人を抱いた時の自分というものをオリオン座の星に託して歌っている。これは女子大で若い女性に囲まれている影響かなと思ったり。

高野――囲まれているということはないのですが（笑）。どこを見ても若い女の子がいる、というところに勤めていると、自然にそういう歌が出てくるんでしょうね。

栗木――小高さん、影山一男さんとか、みんなに羨ましがられたのではないですか。

高野――そうですね。そんなことを言われたことがあります。でも、女の子はなかなかちゃっかりしているところがあるんです。

栗木――どうしたら単位をもらえるだろうかとか（笑）。

平成７年ころ。短大の教え子たちと、鎌倉散歩夜、大下一真氏と会う高野――そうそう（笑）。純粋無垢とは限らないという感じですね。
栗木――その時は御本名の日賀志先生ですか。
高野――いえ。高野公彦です。
栗木――高野先生はやさしそうだから、欠席が多くても二十首くらい歌を作って出すと単位をくれるかなとか。
高野――ええ。それは逆に僕の方から言うんです。欠席が多く、歌もあまり出してなくて単位が危ないから、「何月何日までに十首ほど作って持って来なさい」って言うんです。単位をあげるために。
栗木――それでいい歌を出してくれれば単位を出す。
高野――別にいい歌でなくても、作ればいいという考えです。そうすると一生懸命作ってきますね。そしたら単位をあげる。なるべく落第させない方がいいと思って。短歌の授業を取って、そこで単位を落として一年を棒に振るのは可哀想だから。
栗木――それで短歌を憎むようになったら困りますものね。
高野――二年生になると、短大も卒論があるのですが、一年間、短歌実作の授業を取って、年間に五十首くらい作るかな。その中からいいのを自選して三十首くらい提出しなさい、それが卒論だと。

栗木——三十首でいいんですか。かなり甘い。

高野——それを全部保存してあるんです。いい歌がありますよ。

栗木——またそういう方が子育てなどが一段落して戻ってきてくれるとありがたいですけどね。

高野——ええ。最初に教えた人たちが今は四十歳くらいになっているでしょう。子育てが終わって、新聞歌壇でも見て、投稿してみようかなとか思ってくれるかもしれない。僕の名前は覚えてないにしても。

栗木——いいえ、覚えていると思いますよ。蒔いた種から花が咲くみたいなことがあるといいですね。

「ひげのあるフセイン、ひげのなきブッシュ」

栗木——年代は戻りますが、『地中銀河』で一つ、注目すべきは湾岸戦争を詠んだ歌だと思います。「オプション」の一連は特に注目しました。例えば〈燃ゆる水、幾時代かがありまして砂漠の国の茶色い戦争〉〈ミサイルがゆあーんと飛びて一月の砂漠の空のひかりはたわむ〉〈戦火映すテレビの前に口あけてにっぽん人はみな鰯〉、こういう歌は中原中也の。

高野——そうです。「サーカス」の詩をもじったものです。

栗木——「幾時代かがありまして／茶色い戦争ありました」「観客様はみな鰯／咽喉（のんど）が鳴りま

す牡蠣殻と／ゆあーんゆよーんゆやゆよん」という、よく知られた詩です。それをモチーフにしながら詠んでいらっしゃる。そういう着想はかなり温めていらしたのですか。

高野――いや。反射的に作りました。これは「オプション」というタイトルの一連ですが、この戦争の時から始まったと思うのですが、戦争の現場の映像が生で世界中に放送されるようになって、強い刺激を受けたわけです。だから、これはテレビを見てすぐ作りました。ゆっくりと想を練ってとかではなく、どんどん作っていく。人より早く作るという意識でね。ただし、何でもかんでもただやみくもに作るのではなく、いろいろ工夫を凝らそうと思った。その一つが本歌取りです。中原中也の詩を下敷きにすることを意識的にやりました。この時はそんなにたくさんの作品ではなかったと思いますが、二十首くらいありましたかね。

栗木――その中で、この三首くらいが本歌取りです。特に面白いと思ったのが〈戦火映すテレビの前に口あけてにつぽん人はみな鰯〉、これはうまい。

高野――僕も鰯の一匹です。

栗木――自己批判も含めて。〈みな鰯〉、結句が五音で字足らずです。高野さんは韻律に対しても繊細な方ですから、これはもちろんあえて字足らずにされている。この字足らず、この不安定な感じがものすごく効いていますね。「観客様はみな鰯」という中也の詩をただ引き写すだけではなく、調べの上で欠落感を与えることによって、日本人の虚脱した感じ、落ち着かない感じ、それを表現している。これは短歌だからこそできた本歌取りかと思います。

あるいは〈ひげのあるフセイン、ひげのなきブッシュ、そのはざまにて死にゆく兵ら〉。確かに中東の人は髭のあるのが立派な男、しかるべき男の証でしょうか。

高野——アラブ人は髭を生やすのがルールなんでしょう。髭を生やさないのは異端者でしょう。もともと髭の濃い民族なんでしょうけれど、基本的に成人男子は全員、髭を生やしているんじゃないでしょうか。

栗木——日本から後方支援で自衛隊が行きましたが、その時に自衛隊長も髭を生やしてました。やはり生やさないと一人前と認めてもらえないみたいな。

高野——受け入れてもらえないんですよ。

栗木——なるほど、そういうところまで気を使うのかと思いました。「ひげのなきブッシュ」は確かにそう。ブッシュは藪という意味ですが、アメリカのブッシュ大統領は髭がない。こういう歌なども、髭のあるなしで端的に国の違いや、フセインとブッシュの違いを言い当てている。この着眼点、これは直感的なものですか。

高野——ええ。片一方は髭があって、片一方は髭がないという二人の男が、二つの国家権力のトップに居るわけですが、この国とこの国が喧嘩していることによって人がたくさん死んでゆく。髭があるやつとないやつが喧嘩して、二人と無関係な人々が死んでいくのが不思議な感じがしてね。それで作った歌です。

栗木――この歌は上の句もすごい着眼ですが、下の句に深みがあるわけで、フセインは後に殺されましたが、その戦争自体ではトップの人は死ぬわけではない。死んでいくのは、間に居る一人ひとり。

高野――どの戦争もそうですね。戦争をする張本人、命令をするのはたいていそれぞれの国のトップですが、そのトップに居る人たちは戦場には行かない。その人たちに命じられた、兵隊の位の低い人たちが一番危ないところに送り込まれる。ここに戦争の不条理性があると思うんです。

栗木――上の句で湾岸戦争の固有のものを表しながら、下の句で戦争というものに対する普遍的な不条理というものを突いておられて、この歌も大変印象に残っています。社会詠を詠む時の一つのお手本にしている歌です。

高野――フセインがとらわれた時、栗木さんの〈囚はれのフセイン喉をさらすとき世界中から舌圧子迫る〉(『けむり水晶』)の歌がありますね。あっちの方が有名ですよ。フセインといえば舌圧子を思い出します(笑)。

栗木――いえいえ、そんなことはない。黒木三千代さんの『クウェート』の〈侵攻はレイプに似つつ八月の涸谷(ワジ)越えてきし砂にまみるる〉、イラクがクウェートに侵攻していくのをレイプに譬えた歌などがありました。高野さんがあの歌集の解説を書かれています。いろいろな方がいろいろな角度からアプローチして、後々まで残る印象的な歌が生まれました。

歌集『天泣』は第一回若山牧水賞受賞

栗木――『天泣』は刊行の翌年、平成九年に第一回の若山牧水賞を受賞されました。第一回というのが何と言ってもすばらしい。

高野――たまたま僕が『天泣』という歌集を出した、ちょうどその年に第一回若山牧水賞が設置されたんでしょうね。それが選考委員の方々の目に留まったみたいで、受賞した。これも運がいいというか。僕は大体、運のいい人生を歩んでいる男なんです。不運なことといえば、ときどき、電車で寝過ごすくらいです。これは自業自得なので、しようがない（笑）。

栗木――いえいえ。それだけ徳が深いというか。私は、若山牧水賞というのが宮崎にできるらしいと聞いた時は、大御所の方が取る賞かなと思っていたのです。最初の選考委員が大岡信さん、岡野弘彦さん、馬場あき子さん、伊藤一彦さんの四名。すごいメンバーが選考なさるので、迢空賞の上を行くくらいの賞かなあと思っていたら、第一回に高野さんが受賞されて、五十代の、第一線で活躍される方の賞なんだ、それはまた晴れやかですばらしいと思いました。受賞の知らせは伊藤さんから電話がかかってきたのですか。

高野――ええ。僕は牧水賞が設置されたということは全く知らなかったんです。噂も聞いたことがない。だから、ある日の夕方、五時くらいでしたか、家に電話がかかってきて、「伊藤一彦です。牧水賞に決まりましたのですが」と言われて、「エッ、ボクスイショウって何ですか」と答えました。で、説明していただいて、ああ、そりゃすごいなと思った。いや、すごかったのはその後です。電話が来て二週間くらい後に授賞式の打ち合わせにわざわざ宮崎県庁から二人、お見えになったんです。短大の研究室に来てもらいました。五十代と二十代の人でしたか。その時の説明では、式の前日に宮崎に行き、夕方から選考委員の方々とシーガイアで内輪のお祝いをやり、翌日、十一時からの記者会見はテレビ局や新聞社の人が来るので、それに答え、その後お昼ご飯を食べて、三時から授賞式だとか、細かい打ち合わせをしました。式の後は祝賀パーティで、その後二次会で、またシーガイアに戻って一泊。三日目の朝、宮崎発何時何分の特急に乗って延岡まで行って（講演をして）いただきたいとか。今もだいたいその路線でしょう。

栗木――そうなんです。あれが大変なんです。授賞式で終わりじゃないというところがね。講演もしなくてはいけない。

高野――授賞式の日より前に、新聞に（牧水について）三回の連載文も書きました。授賞式の次の日は延岡に行って講演、そして牧水の故郷の坪谷にも行く。

栗木――私も高野さんの七年後に牧水賞を戴きましたが、「塔」の仲間たちが来てくれましたが、一緒に延岡まで行って観光するグループもあって、県庁の方が必ず一人ついて、面倒を見てくださったので、本当にありがたかったです。ただ、講演だけはプレッシャーでした。牧水賞は受賞者が授賞式の翌日、講演するんですから。お酒を飲める受賞者は二日酔状態で講演したとか（笑）。小島ゆかりさん、米川千嘉子さんは講演の時、ずいぶんつらかったという話を聞きました。

高野――二人とも飲める人ですからね（笑）。

平成９年１月29日
牧水賞授賞式、宮崎県知事より賞状を受ける

牧水と酒

栗木――選評を読むと、大岡信さんが「老いの情けなさと老いの明るさの境目にあって、人間の内面に迫る歌い方である」と。岡野弘彦さんは「女性の持つたおやかな魅力を官能的に歌っているところが牧水に通じている」と。これは女子大生を詠んだ歌にそういうところがあるのかなと思うのですが。馬場あき子さんは「自然

や人間を信頼していこうという視点がある」と。そして、ユーモラスなところも評価されていました。伊藤一彦さんは「優れた身体感覚の歌を作る人であるが、身体を自然そのものとして捉える視点がこの歌集でまた顕著に生まれている」と。それぞれ高野さんの歌の世界を理解した選評を述べておられます。高野さんは牧水はお好きですか。

高野――ええ。牧水は東京へ出てきて、白秋とは同じ九州の出身ということで仲が良かったみたいです。一時、同じ下宿に住んでいたこともあるくらいです。牧水の歌は愛唱性の高さで典型的ですよね。中身は単純明白です。あまりごちゃごちゃ細かいことは言わない。白秋のほうが歌にいろいろ細かいことを入れている。

栗木――白秋のほうがひねりがあります。玄人っぽいというか。

高野――そうなんです。ちょっと玄人過ぎる。よく読むと味わいはあるが、何かの拍子にパッと思い出して口ずさむという点でいうと牧水の方が優れています。白秋は、第一歌集『桐の花』は愛唱性がありますが、中年以降は芸術性の高い短歌を作ろうという意識が強かったと思うのです。だから、細かくなってきて、素晴らしい歌はあるんだけれど、パッと思い出すのがなかなか難しいという傾向が出てきたと思います。白秋は詩も書いていたから、詩に負けないような短歌という意識があったんでしょう。牧水の方がもう少しのんびりと、短歌はそんなに大それたことを実現しなくてもいいんだというような考えではないかと思うんです。

栗木――高野さんは「牧水は本来は和魂（にぎたま）の人」と書いておられる。健やかで、濁りのない歌が多いですね。

高野――そうですね。性格もそうだったみたいです。あまり人の悪口を言わない人。

栗木――お金が入ったら、みんなでパーッと使っちゃうみたいな、育ちの良さもあるかもわからないですが。

平成９年１月31日
牧水賞授賞式の３日目、高千穂に行く
左より高野公彦、大松達知、小島ゆかり
（その後２人とも若山牧水賞を受賞）

高野――牧水は随筆をたくさん書いているけれど、短歌に対する批評は少ないと思うんです。批評を書いても、あまり悪口は書かない感じです。白秋の方がもっとカリカリしていて、こういう歌はよくないとか、わりに言うほうです。牧水は精神的におっとりしたところがあるんでしょうね。僕はなかなかそうはなれないですけど。

栗木――非常に自由人だったという感じがします。

高野――牧水のことで印象に残っているのは、二十代の終わりくらいかな、東京にいて、「創作」を復刊したころ、窪田空穂のところに訪ねて行って、「創作」のために仕事を頼んだ。用件が終わって、空穂さんが「君は朝から酒を飲んでるそうだけれど」と酒の話をしたら、急に牧水が泣き出しそうな顔になって、「僕は寂しくて寂しくて、朝から酒を飲まないではいられないんです」と言ったそうです。それを見て「牧水君はアルコール中毒だ」と空穂さんは書いています。これは牧水が言ったのではなくて、空穂さんがそう判断したわけです。だけど、そういう人だから、酒は一種、精神的な薬として飲んでいた。癒されない、深い暗闇みたいなものが心の中にはあるんだけれど、それに蓋をするためにまろやかな歌を目指したのではないか。一種、自己救済というんですか。

栗木――心の底にはかなり悲しみとかどろどろしたものがあるようです。親の後を継がずに文学をやって、家を出てきてしまったということもあるでしょうし。

一泊批評会――「桟橋」と「鱧と水仙」

栗木――少し戻りますが、「桟橋」が一九九二年一月の第二十九号から、それまでのガリ版印刷から活版印刷に代わって、その後、一九九四年に十周年記念として、まず五月二十八日、二十九日に静岡県の立教学院伊豆ユーカリ荘で、第一回の宿泊の題詠歌会が行われました。この年から年一回の恒例になったのですか。

高野――そうです。一泊批評会という名前でね。それまで批評会はいつも教育会館でやっていましたが、地方へ行って一泊してという批評会は初めてですね。十周年記念で、もうちょっと楽しくやろうということで、近距離ではありますが伊豆のほうへ出かけて行って、立教学院の別荘に泊まりました。これは桑原君が立教の教員だから借りられました。批評会をやって、その晩は懇親会で酒を飲むわけです。「桟橋」は結構飲める人がいるんです。でも暴れたり絡んだりはしない。わりに品がいい。

栗木——楽しいお酒ですね。

高野——そうそう。大声で歌うとかは禁止です。うるさいから。ただただ楽しく面白くという趣旨です。一日目の夜は近くで花火大会がありましたが見に行かず、酒を飲む。ピューン、バーンッ、花火の音を聞きながら、見るより酒を飲む方が好きだから（笑）。

栗木——徹底してますねえ。

高野——翌日はテニスコートでテニスをやっている人がいました。僕は見ていただけですけど。それが第一回で、面白いから毎年やろうよということになった。

栗木——そこでお互いの親睦も深まるし、読みに対する深い話もできますね。

高野——そうです。東京の教育会館でも批評会をきちんとやった後は、懇親会で近くの居酒屋で飲みますが、夜の九時、十時になったら解散。でも、一泊すると、その後、まだ飲める人は延々と飲む。ということで、親睦がよけい深まるという感じです。僕が泊まる部屋にみんなが集まるようになって、飲み物を持ち寄って、女性はおつまみを持ってくるんです。女性も飲める人がいるし、飲めなくてもそういうところに居るのが楽しいという人もいる。だから、夜中の十二時、一時くらいまで。

栗木――それででしょうか。写真を見ると高野さんだけ早々と浴衣に着替えて、ひとりだけ妙にくつろいでいらっしゃる（笑）。

高野――僕の部屋なので、僕だけが浴衣姿になっている。恥ずかしいな（笑）。

栗木――いいえ、それが似合っていて、いい雰囲気ですね。

同じ年の七月に、「鱧と水仙」という、関西の坪内稔典さん、香川ヒサさんたちがやっている超結社の会と合同で歌会があります。私もこれに参加しました。一日目は短歌の題詠で、その時の題が「不発」でした。馬場あき子さんの出題です。馬場さんはそこにはいらしてないのですが、題だけ出していています。

高野――そう、大阪のコロナホテルで歌会をやりましたね。僕が、「鱧と水仙」と一緒に「桟橋」で一泊歌会をやって題詠もやるので、題を出して頂けませんかと言ったら、馬場さんは「ああ、いいわよ」と言われて、ちゃんと封をしたものをもらいました。題詠歌会が始まる時にみんなの前で鋏を入れました。

栗木――はい、見ました。不正はしておりませんってね。

高野——開けてビックリ、「不発」なんですから。エーッと思った。意外な題でしたが、いろいろ面白い歌が生まれました。

栗木——翌日は箕面の滝に行って、坪内さんの指導の下で俳句を作ったんですね。

高野——ええ。嘱目詠です、滝の句。

平成6年7月30、31日
「棧橋」と「鱧と水仙」の合同歌会、大阪のコロナホテルにて（関西若手として栗木京子氏らも参加）

栗木——『ことばの森林浴』の「句作を楽しむ」にそのことを書いておられます。一人五句ずつ作ったんですね。その時の高野さんの句が〈一瀑布その内に澄む笛師かな〉。因みに私が作ったのが〈夏滝や天の時間を引き降ろす〉。一番点を集めたのが黒木三千代さんの〈滝落ちて身に垂線のひかれたる〉、うまい。吉川宏志さんは〈滝からはそう遠くない空家かな〉。

高野さんは別の句、〈滝見つつバニラアイスクリームかな〉で、坪内さんから「問題句賞」をもらわれた。特に面白いユニークな句に与えられる賞です。句跨りですが、定型です。そういう楽しい思い出もあります。

新人賞に応募するときの心得――選考委員として

栗木――もう一つ、歌壇賞のことですが、平成七（一九九五）年から始まりました。第一次歌壇賞の選者は五人いて、五年間、なさったあと、第二次で高野さん、佐佐木幸綱さん、山中智恵子さん、高島健一さん、私の五人で始まりました。

高野――第一期は中西進さんが入っていらした。

栗木――伊藤一彦さん、河野裕子さん、雨宮雅子さんとか。その時は五人総入れ替えでした。五年後は一人ずつ代わっていくかたちで、年長の山中さんが抜けて、代わりにたしか時田則雄さんが入り、次の年は一人抜けて、一人入りということだったと思います。高野さんとご一緒している間、のちの短歌界で活躍する方たちが受賞されました。今もそれぞれ活躍中の方々が受賞されていますが、特にすごい人が揃ったなあと。渡辺松男さん、東直子さん、永田紅さん、小黒世茂さん、本多稜さん、小林信也さん。

高野――東直子さんの時はよく覚えています。

栗木――高野さんが一番で推されました。

高野――東さんは「草かんむりの訪問者」というタイトルで、わかりにくい歌があったけれど、面白かった。〈てのひらにてのひらをおくほつほつと小さなほのおともれば眠る〉〈駅長の頰そめたあと遠ざかるハロゲン・ランプは海を知らない〉とか、今までなかったような歌が多かったですね。

栗木――渡辺松男さんが受賞された時は高野さんが渡辺さんの歌を「シュールな味わい」で、強く推されていました。あとから思うと先見の明がおありだったなあと。

高野――渡辺さんは、木に登ったような歌がありませんでしたか。自分が橋になっているような歌もあったと思います。不思議な歌でしたね。

栗木――そうです。非常に繊細な歌、浜田到みたいな感じの歌もあったり。私は渡辺さんの一連は読み切れなくて、うーんと思ったのですが、高野さんが渡辺さんの才能をすごく予見しておられたなあという印象があります。選考委員を一緒にやらせていただいて、すごく勉強になりました。

高野――こういう新人賞は緊張しますね。作者名がわからないし、年齢もわからないし、男女もわからない。たまに、若いのかなと思ったらサバを読んでいたり、選考委員をだますつもりで作ったような歌もある。歌壇賞ではなくて別の新人賞ですが、二十歳くらいかなと思うような歌があったのに実際は三十歳くらいだったので、あれっ、そういうことをしていいのかなと思いましたね。

無署名で出す時はフィクションはやめてほしいなあ。署名入りで、例えば受賞後第一作ならば何をやったっていい。作者名を出すんだから。お父さんが死んでないのに死んでいるとか、そういう歌は署名入りの作品の時にやってほしい。寺山修司はお母さんが生きているのに「亡き母の」という歌をたくさん作っていますが、あれは応募作ではない。

栗木——高校生時代のことを思い出して作ってもいいけれど、それだったら過去形で詠んでくれと言いたい。現在形で、「私十六」とあると、こちらは、ああ、そうか、十六歳でこれだけ作れるのかと思いますよ。

高野——そう。例えば三十首あって、二十五、六首までは十六歳のことを現在形で歌ってもいいんだが、最初か最後に「回想の歌ですよ」というのがわかるような歌を入れておく。それならOKです。それをやらないのはあまりフェアじゃないなあ。

栗木——本当にそう思います。

百首詠の作り方

高野——これは余談ですが、『地中銀河』にある「凹み」の一連について。平成五年「歌壇」一月号だったと思うのですが、百首詠を頼まれたのに、締め切りが過ぎてもまだ全然足りない。そのころ二泊三日で、池袋の短歌教室の受講生たちと旅をしていたんです。琵琶湖へ行き、竹生島へ渡ったり、余呉湖へ行ったり、渡岸寺へ行ったり、峠を越えて若狭の小浜に行って山川登美子の生家を見たり、登美子の墓を訪ねたり。そんな状態で歌を作らなければならない。その時だけですが、旅行をしながら歌を作った。夜は一次会でみんなと飲むことは飲むのですが、二次会はやめて、一人になって部屋でせっせと作りました。

作り方は縦糸、横糸みたいなのを設けました。そのほうが作りやすいと思ったんです。一つは「凹み（くぼみ）」。窪んでいるものを詠んだ歌をときどき入れる。例えば、てのひらの窪みに水をすくって顔を洗うとか、山川登美子は人間として一歩、窪んだような生き方をした人だとか。僕が行った時、生家がまだ残ってました。肺病になって隔離された土蔵も残っていました。今は記念館になっているそうです。お墓を訪ねた時は夕方になっていて、懐中電灯で戒名を照らし

高野公彦　氏
（平成10年11月　歌壇賞選考会）

栗木京子　氏
（平成10年11月　歌壇賞選考会）

たという歌を作りました。

もう一つは、ところどころに「ホモ～」という言葉を入れる。たとえばホモ・ルーデンスという言葉がありますね。人間は遊ぶ存在であるということ。それから、人間は歌う存在であるというホモ・カンターンス。人間は住処があって、職場があって、行きたいところがあって、つねに移動しながら生きている存在である。それがホモ・モーベンス。動物は住処と餌場しか往復しないが、人間は移動しながら人生を送るという。これは黒川紀章という建築家が作り出した造語だそうです。その「ホモ～」も一つの布石にしました。あとは訪ねた先の風物などで詠みました。その晩、旅館で作るんです。そうしないと間に合わない（笑）。

だから、『地中銀河』の「凹み（くぼみ）」を読むと、心の中で焦っていたこと、二泊三日の苦しい旅をしたなあ、と思い出します（笑）。旅行で作ったのは五、六十首ですが、その前に用意していたものと合わせて、帰って、すぐ出しました。

栗木——百首、できてしまうのがすごいですね。私は百首を作ったことはないですが、参考になるお話です。では、今日はこのあたりで。ありがとうございました。


（ＫＫＲホテル東京　２０１６・８・26）

【第8回】

第九歌集『水苑』、第十歌集『渾円球』、「明月記を読む」連載のころ

教授会は苦手、現場がいい

栗木――今日は高野さんが五十代後半から六十代にかけてのことを伺いたいと思います。第九歌集『水苑』（砂子屋書房、二〇〇〇〈平成十二〉年）は五十九歳の時、第十歌集『渾円球』（雁書館、二〇〇三〈平成十五〉年）は六十一歳の時に刊行されています。

この時期、青山学院女子短期大学の先生としての暮らしが続いているわけですが、そのお立場でいろいろな角度から詠まれるようになっています。例えば『水苑』に〈賢的愚者（りこうばか）の駄弁が我の大切の時を食むかな例へば教授会〉というちょっとシビアな歌があります。大学では教授会があまりお好きではなかったそうですね。

高野――ええ。短大の場合、五、六十人が集まって会議をしていました。学長が座長を務める

わけですが、何かの議題で議論する時、大上段にいろいろなことを発言する人がいました。言葉は悪いのですが「御託を並べる」みたいな発言ですね。もっとてきぱきと要点だけを言って欲しいと思うんです。河出書房にいた時、もちろん編集会議がありましたが、必要なことしか言わないので、てきぱきと進むのです。そういうのに慣れているから、大学の先生たちがいろいろなことをごちゃごちゃとしゃべるので、論議する目標に対して最短距離に行かないんです。「僕の人生の大事な時間が今、無駄遣いされている」という思いがありました。こんな歌は大っぴらには出せないのですが。

栗木——高野さんは授業に出て生徒と触れ合うのがお好きな方だなあとあらためて思います。

高野——そうなんです。運営するのは人にお任せで、私は現場で。

栗木——ユニークな生徒さんもいらしたようで、〈このをとめ美少女にして恋歌を詠まずミイラや星座を詠めり〉(『渾円球』)、この方に会ってみたいですね(笑)。

高野——その歌を作ったのはきれいな、おとなしい女の子ですが、ちょっと変わった歌、ミイラの歌など作るんです。恋愛の歌をどうして作らないんだろうと思ったのです。ときどき僕の部屋に遊びに来たりしてね。ある時、文庫本をくれたんです。「私は読んだから、先生にあげます」って。それが『中国拷問・処刑残酷史』で、いろいろな処刑の仕方、人をどうやって殺すかとか、絵まで入っているんです(笑)。見かけはおとなしい美少女でしたが、心の中はよくわからない。

栗木——カオスですねえ。ゼミも担当してらしたんですか。

高野——ええ。僕はゼミという概念がよくわからないのですが、主に短歌を作ることと、与謝野晶子のことを教えたり、近代短歌、あるいは寺山修司とか、短歌関係の授業をやっていました。そして、短歌関係で卒論をやる人は僕が担当しました。毎年、二十人前後いましたね。実作をやった子たちがそのまま卒論も短歌で行くということで。与謝野晶子論を書いてもいいし、短歌実作でもいい。二年生の授業で、一年間、といっても十二月ぐらいまでに作ったなかから、いい歌を三十首自選して提出すれば、これが卒論に代わります。論は、河野裕子さんとか、興味を持った現代歌人について図書館などで調べて書くわけです。

平成6年、青山学院女子短大にて。学長と。（新人教員演芸会に出演のため）

栗木——高野公彦論を書いた人はいませんか。

高野——一人もいませんでした。

栗木——恐れ多いですからね。

高野——いや、はっきり言われました、「先生の歌はわかりにくい」って（笑）。文語に対して苦手意識が強いんです。古文をやっているような印象なんでしょうね。

栗木——「たり」とか「かな」が出てくるだけで、もう。

高野——その点、河野さんはわかりやすい。寺山修司もわかりやすいですね。前衛短歌を取り上げた人は一人もいなかった。難しすぎて。

栗木——穂村弘さんはいないですか。

高野——あったと思います。栗木さんを論じた卒論もありました。

「五並びの顔」、年齢意識が色濃くなるころ

栗木——六十歳に近づくということで、年齢意識はわりとその前から持っていらっしゃると思うのですが、還暦間近になって、とりわけこの二冊の歌集あたりで色濃く出て来たかと思います。それと、ご自分をユーモアを籠めて客観的に見て詠んだ歌が楽しい。例えば〈ひげを剃る鏡のなかの高野氏のどこか朧な五並びの顔〉(『水苑』)、「五並び」とは「55」ということですか。

高野——そうです。

栗木——「高野氏の」と自分で突き放して言っているところ、鏡の中だからでしょうか。

高野——「朧な」はどこか間が抜けているなという感じ。

栗木――朝だから、多少、ボーッとされていたでしょうが。
高野――いや、もともとそういう顔なんです（笑）。
栗木――いえいえ。これは「五並び」だからいいんでしょうね。
高野――僕は三十になるころから、「もう三十になるんだ」みたいな、そういう気持ちになったんです。年齢に対する意識はいつもあって、五十代になったら、実際に年齢を入れた歌が増えたと思うんです。それは宮先生の影響もあると思います。宮先生の年齢の入った歌で覚えているのは、昭和二十年代後半、「コスモス」を創刊したころ、四十か四十一くらいで、〈新聞配達として働きき戦争に兵たりき今宵四十歳の矮（ひく）き影あり〉（『日本挽歌』）と詠まれた。僕はその歌が好きでね。
栗木――来し方を振り返っているわけですね。
高野――そうです。宮先生は老い（加齢）の意識がわりに強い人で、それよりもう少し後ですが、〈わがよはひかたぶきそむとゆふかげに出でて立ちをり山鳩啼けり〉（『日本挽歌』）は、四十歳前後の作品です。上田三四二さんが「宮柊二の早すぎる老の自覚」、「宮柊二は他の人より老いを自覚するのが早い」ということを書いていらした。僕はそういう歌の影響を受けたと思います。
栗木――ああ、光源氏が「四十の賀」をやりますね。老若と分ける時、平安鎌倉時代は四十歳が境目です。

高野――「四十の賀」は老人組に入ったよということです。

栗木――ええ。よく四十まで生きていられましたねという一区切りのお祝いですから。

高野――昔は四十とか五十とかが平均寿命だったから。菅原道真も四十になった時に、自分は年を取ったという漢詩を作っています。それから、例えば鎌倉の初期の後鳥羽院の時代、定家や後鳥羽院が歌をやって歌合も盛んだったころ、「老若五十番歌合」をやるんです。その時、後鳥羽院は二十二歳くらいかな。若いほうに良経や宮内卿がいた。定家は四十歳だから可哀想に老のほうに入れられた。家隆も老です。今は四十過ぎても老ではないですが、僕は年齢に興味があって、五十歳のころの歌を作ったり、五十五のことを五並びという言い方を知って、それもまた面白いと思って歌にしたんです。

「還暦一歳」を自祝

栗木――『水苑』に〈高野にはちよつと優しくしてあげて飲ませてごらんあつぱらぱあとなる〉〈自転車のサドルを酔つて撫でてゐたきのふの夜ふけ公彦さんは〉とか、自己劇化、カリカチュアしておられる歌があります。

高野――そう。自分のことを少しからかうような歌を作るのが好きなんです。自嘲の歌もありますが、それより自分をからかうという感じですね。

栗木――サドルを撫でている歌は、多少、反省の気持ちもあるのですか。

高野――ええ。酔っぱらって、夜中に自転車置き場に取りに行っている。「待っていたか」とか言って、サドルを撫でている（笑）。「あつぱらぱあ」は俗語です。パーのもっとひどい状態がアッパラパーです（笑）。

栗木――この歌は口語を自分のものにしながら歌っておられるという感じ。『渾円球』に「よく生きてきた。大したことはないが、還暦である。」という詞書のある〈串を抜き串の跡ある焼鳥を食ひつつ飲みて華甲（くわかふ）自祝す〉という渋い歌もあります。

高野――「還暦」という言葉でも歌を作っているかもしれませんが、「華甲（かこう）」という言葉を知って、その言葉を使いたくて歌を作りました。

栗木――いい言葉です。私はこの歌集で拝見するまで知りませんでした。焼き鳥を食べながら自祝しているところ、おじさんのほろ苦さみたいなものがあって（笑）。

高野――そうですね。日の出を拝みながら自祝すればいいんですが、そういう清らかな人間ではないので（笑）。

栗木――〈西ぞらの光のひとつ金星に向かひて歩く還暦一歳〉、これは晴れやかです。「還暦一歳」という発想も心憎いですね。暦が戻ってゼロ歳になる。

高野――そうですね。ある意味ではゼロ歳から出発するということ。

栗木――なるほどなあ、一歳なんだと思いました。六十一歳ということですが。

ロシア名を命名

栗木――自分を高野氏と詠んだり、公彦さんと詠んだりする歌の一つの変形ですが、〈「さすらひ人幻想曲」を聴きながらタカーノヴィッチ・キミヒコフとなる〉(『渾円球』)はたいへんユニークな歌です。ロシアのピアニストの演奏会を聴いた折の歌だそうですが。イリーナ・メジューエワにちなんで、ご自分でロシア名を命名されたわけですね(笑)。

高野――この名前、前からあることはあったんです。素麺とかラーメンが好きということからつけた、「メンスキー・タカノヴィッチ・キミヒコフ」というちゃんとしたロシア名があって(笑)、その名札を青山の短大の研究室の入り口に貼ってあったんです。高野と書いてある下に、ロシア名もちゃんと書いてあったんです。

栗木――フランスとかではなく、ロシア名というのはなぜですか。語感が合うんでしょうか。

高野――ええ。宮先生のロシア名を僕らで考えたことがあります。宮先生はプーシキンが好きだから、ミヤーン・シュージノヴィッチにしたんです(笑)。それからしばらくして、じゃ、自分もロシア名を作ろうと思って。

栗木――この時期の社会的な出来事に対しても、どっとたくさん作るというわけではないのですが、その都度、冴えた視点の光る歌を残しておられます。

〈ラメを着た蜥蜴がじつと熱き地に腹ばひてゐて　カルトほろびず〉（『水苑』）、これはオウム真理教の事件。

高野――ああいうのが出現して社会的に大きな問題になった。でも、オウム真理教の時はカルトという言葉はまだあまり普及してなかったんです。もう少し後にカルトという言葉をニュースで聞いて、オウム真理教に限らず、大小いろいろなカルト集団があるということを知って、こういう歌を作りました。

栗木――「ラメを着た蜥蜴」という暗喩がカルト集団の不気味さみたいな、じとっとしているけれど変な光を放っているみたいなものを表しているんですね。多くの言葉を弄するよりもイメージに訴えかけてくる気味悪さがあります。

高野――カルト集団も何らかの魅力があるから、結構高い知性の人も吸い込まれてしまうんでしょうね。

栗木――それが不思議ですよねえ。〈ドナーよりレシピエントへ空をゆく心臓、肝臓、腎臓ふたつ〉（『渾円球』）は、このころから臓器移植が法律で認可されたということが背景にあります。ドナーという言葉はあったかもしれないけれど、レシピエントという医学用語はそれまであまり使われていなかった。いち早く先端を行く言葉を使っておられて、しかもそれが浮いていない。言葉だけの興味に終わっていない。脳死と診断されて、心臓はまだ生きている段階で運ばれていくという生々しさが「空をゆく」で如実に表れているなあと思いました。

高野――実際はヘリコプターで素早く運ぶのです。車で運ぶと、生きている心臓が弱って死んでしまいますから。例えば高知県で人が亡くなったとしますね。本人もしくは遺族の臓器移植の同意書があると、もう待っている人がいるわけですから、心臓だけではなく、肝臓、腎臓も使えるということで、それぞれの箇所に運んでいく。そういうニュースを聞いて、その歌を作ったんです。心臓は大阪へ行って、肝臓は兵庫に、腎臓は別の所に行くなんて、世の中、ここまで進歩したのか。進歩はいい面ばかりではないけれど、これは素晴らしい面です。

栗木――脳死判定を巡っていろいろ難しい問題もそのころありましたけれど。

高野――そうですね。脳死しないのに臓器を取り出すと殺人になるわけです。この人は生かしておく必要はないというので殺してしまうなんて、それではいけない。たちまちそういう臓器売買の商売が成り立ちますよ。この人は死なせていいと誰か（例えば家族）が勝手に判定して、手術して取り出すということになったら大変なことになります。

ただ一首、アメリカの同時多発テロを詠む

栗木――〈ニューヨーク貿易センタービルのなか香水の香は死体を離る〉（『渾円球』）は二〇〇一年九月十一日のニューヨーク同時多発テロの歌です。

高野――正確に覚えていませんが、合計三、四千人が亡くなったんじゃないかと思います。その中に老若男女いろいろな人がいて、香水をつけていた女性も亡くなっただろう。そうすると、ここから先は想像ですが、人が死んでモノになってしまうと、香水って、離れていくような気がしてね。事実かどうか知らないのですが、そういう現象を勝手に想像して作った歌です。

栗木――香水は耳の裏などにつけると体温でフワーッと広がるので、体が冷えていくと香水も香らなくなる。

しかもこの歌は、同時多発テロの歌を何首か作ったうちの一首ではなくて、「香り」をテーマにした歌が続く一連の最後の一首です。例えば地下鉄に乗った時、前に乗っていた人の香りが残っていたというような日常的な歌のあとにポンとこの歌が置かれ

平成13年、北上市にて『水苑』により第16回詩歌文学館賞を受賞

ています。だから、他にはこの事件のことは歌っておられないのではないですか。

高野――そうですね。ほかに歌ってないですね。

栗木――言ってみればこの一首だけですが、ニューヨークの事件というといろいろなところでこの歌が引用される。私は、一連として何首か作っておられて、その中の一首だと思っていたのですが、今回、改めて読み直してみたら、一首だけ、この歌がある。それなのに、これだけみんなの気持ちの中に残って読み継がれていくのも、発想のリアリティからなんでしょうか。

高野――テレビの映像で、大きな建物が崩落して、ものすごい煙が立っていて、向こうの方からウワーッとたくさんの人が逃げてくる光景をよく見ましたが、僕は歌を作ってないですね。どうしてだろうなあ。

栗木――私はあの時、午後九時のニュースで生々しい現場を見ました。ちょうど二機目が突っ込んでいくところでした。

高野――超高層ビルに旅客機が突っ込んでいくのがまるでウソのような、あれ、ホントかなあって。しばらくすると、燃え上がって、ビル全体が崩壊していくというのがすごい。パイロットが最も効果的な破壊の仕方をしたということですね。

栗木――現地は朝で、きれいな秋の青空でしたね。私もこの時はけっこうたくさん、歌を作ったのですが、「待ってましたとばかりにそういう悲惨なことを歌にする態度はどうか」と言われたりしました（苦笑）。

高野――いや、関心があればたくさん歌を作っていいんですよ。

自然の法則に逆らってはいけない

栗木――〈草喰ひのわしらに肉を喰はせたね神を冒して死ぬのか、おたく〉（『渾円球』）は、狂牛病を牛の立場で詠んだ凄みのある歌です。

高野――牛は草食ですから、藁とか干し草とか、せいぜいオカラを食べさせられていたと思っていたら、ある時、肉骨粉（にくこっぷん）という名前が出て来た。草食の牛に肉を喰わせる。つまり商売のためには何でもやるということにショックを受けて、こんな歌を作ったんです。

栗木――牛の立場で恨みを述べるという発想がすごいと思います。

高野――「死ぬのか、おたく」は人間に対して言っているんですが、草食の牛に肉なんか食わせると、三十年、五十年後には牛がおかしくなるだろうし、牛肉が毒物を含むようになって、人体に害を与えるのではないかと。

栗木――まわりまわって人間の命が脅かされるぞと。

高野――ええ、不自然なことをやると、あとが恐いですね。遺伝子組み替えも人体に害があるという話ですから、自然の法則に逆らうと、金儲けになるかもしれないが、長い目で見ると人間の命そのものが損なわれて行きます。

栗木――「おたく」という言い方も怖いですねえ。でも、この歌のすぐ後ろに、狂牛病の歌で、〈月の夜のつはぶきのした健康なちひさなちひさな牛たち遊ぶ〉という、心がほっこりと温まるような歌があります。本来、健康な牛はやたら大きくなくて、小さな清らかな牛なんだという視点があって、「草喰ひのわしらに」の激しい動的なところと、「ちひさなちひさな牛たち遊ぶ」の静かなところの対比が見事だと思います。

高野――その小さな葉っぱの下で遊んでいる牛は、牛の理想郷をお伽噺みたいにして表現したかったのです。

栗木――メルヘンの世界ですね。命への敬虔な思いが伝わります。人間の命ももちろんですが、牛の命も、植物の命も、すべて命というものは大切なものなんだという思いがありますね。

高野――そのころはまだでしたけど、この二、三年前のニュースで聞いたのは、牛の遺伝子を組み替えると牛は無限にものを食べるようになる。その結果、普通の牛が体重一トンだとすると、三トンとか五トンもの肉の塊になって、巨大な牛肉の塊になる。そういうことができるそうです。ただ、その肉が食べて無害かどうかはまだはっきりしないみたいです。人間は、医学は、農業はそういうところに手を出してはいけない。なぜ、そっちへ手を出すか。結局、金を儲けるという欲望のためにやるんです。半年間で五トンの牛肉しか取れないのが、二十トンの牛肉が取れるとなると、金を儲けたい人はやりますよ。そういう人間がいると困るなあと思うんです。

栗木――いろいろな出来事に対して、自然に反応して言葉が紡ぎ出されるという感じで歌っておられるなあと思います。

「書留の文字几帳面なりき」、父を詠む

栗木――そういう日々の中、悲しい出来事もあって、一九九七年八月十日にお父様が病気で亡くなられます。

高野――亡くなる十年以上前、僕の住んでいるマンションの五階の三軒ほど隣の人が引っ越したので、その部屋を買って、こちらに引っ越してきてほしいと父親に言ったら、「いやだ。そっちへ行ったら友だちがいないから」と。

栗木――妹さんがお父様の近くにお住まいだったそうですね。

高野――ええ。父親が住んでいたところが長浜町で、妹は嫁いで松山市にいました。長浜と松山は汽車で一時間くらいです。ときどき妹は様子を見には行っていたみたいです。年とってから父は、肝臓が悪くて大洲市に入院していました。僕も何度か父を見舞いに帰りました。肝硬変で、じわじわと悪化して、亡くなった時、僕はこっちにいたので、すぐ飛行機で向こうに行きました。

栗木――お母さまが亡くなられてから二十年くらい経っていましたでしょうか。

高野――そうですね。母親は七十三で、女性としてはわりに早く亡くなりました。やはり肝臓でした。父親はわりに長生きでしたね。八十七まで生きました。

栗木――お父様はひとり暮らしをされていたのですね。

高野――父親は自炊力がある人で、ひとり住まいで自炊もちゃんとやっていたみたいです。毎朝、具だくさんの味噌汁を作ってました。軍隊経験があるから、自炊は慣れているんですね。

栗木――お父様が亡くなられた時の歌で、〈鯛焼の縁のばりなど面白きもののある世を父は去りたり〉(『水苑』)が私は一番、印象に残っています。鯛焼みたいなおいしいものがあるよ、ではない。「鯛焼の縁のばり」だから心に沁みます。縁の、型からはみ出たバリバリッとした、あそこがまたおいしいんです、カリッとして。お父様の死はとても重く大きなことだけれど、それを大きな言葉で言わずにこういう細やかな発見によって表したところに、愛情の深さがあるなあと思いました。

高野――母親が亡くなった時よりは父親の方は長生きをしましたから、そんなに強いショックとかはあまりなく、追悼の歌としてはわりにさっぱりしたものでした。

栗木――もう少し生きて楽しんでほしかったのにという思いが籠もっています。東京での学生時代、〈五年間学費を送りくれし父書留の文字几帳面なりき〉(『水苑』)と詠まれています。この歌もとても心に残る歌です。子どもへの送金は、今は銀行振り込みですから、ありがたみがありませんね。書留というのがいいですね。

高野——現金書留で毎月一万円ほど送ってくれました。昭和三十五年に日産に入社し、翌年に会社をやめてから下宿生活を始めたから、三十六年、三十七年、そして入学後も、毎月送金してくれました。字は几帳面でしたね。

栗木——高野さんのきれいな字はお父さま譲りですね。

高野——僕より几帳面で、整った字を書きました。趣味人でいろいろなことをやっていた。鯉も飼っていたし、昭和二十年代は謡をやっていましたので、謡の本がだいぶありました。盆栽もやってました。うちでよく、夜更けまで麻雀をやってました。母親が死んでからは、もう年ですから麻雀はやってなかったと思います。結構いろいろな楽しみを持ってました。犬を飼って散歩させたり。

平成７年10月、自宅で盆栽の世話をする父（85歳）

栗木——高野さんの短歌はお読みになられたのですか。

高野——あまり読んでなかったみたいです。そういえば父は晩年に川柳をやってました。愛媛県の宇和島のほうに川柳の結社があって、何年か投稿していたみたいです。代表作が〈あのころにこの分別があったなら〉。

栗木——飄々としていて、共感を覚えますねえ。味わいが深いですね。

高野——あまりひねりのない、素朴な川柳です。短歌もちょっと作っていたみたいです。「こんなのを作った」と言って僕に見せてくれたんですが、あまり褒めなかったので、間もなくやめました（笑）。短歌には向いてませんでした。

髭を生やした二年間、「NHK歌壇」に出演

栗木——その後、平成十二（二〇〇〇）年四月から二年間、「NHK歌壇」の選者を務められました。この時、私は僭越ながら司会進行をさせていただいて、いろいろお世話になったのですが、あの時、髭を生やされましたね。

高野——ええ。でも、髭を生やしたのはカッコつけたわけではなくて、僕はテレビとかそういうものが苦手なんです。全国に放映されるわけで、目の前に何千人か何万人かいるような場所ですから、見えないですけれど緊張するのでね。

栗木——スタジオはまた独特ですね、カメラが何台もあって、照明がカッと照りつけて。

高野——そうなんです。人間が緊張しないで済む方法は仮面をかぶるということ。自分の素顔

を隠してしまえばわりに楽なんです。でも、仮面でテレビに出るわけにいかないので、髭を生やすことによって違う自分になる。だから、その番組をやっていた二年間だけ髭を生やして、終わったら剃りました。だから、髭の生えている写真は「ＮＨＫ歌壇」をやっていたころのものです。どこで撮ったものでも時期がすぐわかる。

栗木——その後、暫くして、今度は「ＮＨＫ短歌」を担当された時もやはり髭を生やしていらしたんですか。

高野——その時はもう、生やしていないんです。もう慣れたから。ヒゲは評判も悪かったし(笑)。

栗木——いいえ、素敵でしたよ。すごく落ち着いていらして、淡々とこなしておられた。

あの時のテーマが、「食べ物の歌」で、いいテーマだなと思いました。身近だけれど奥が深いし、時代とか地域とか、いろいろなものが反映されるテーマです。

高野——食べ物には、例えば歴史性がありますね。歴史によって食べるものも変わっていくし、地域によっても変わるし、民族によっても違う。個人によっても好き嫌いが違います。食べ物の種類は無限に近いから、大きな面白いテーマだなと思いました。僕自身、若いころはあまり食べ物の歌は作ってなかったのです。二十代、三十代のころは少なかったのですが、中年過ぎてから、お酒を飲む時に何を肴にするかで食べ物に対する興味が大きくなってきて、それをまた歌でも詠むようになった。

栗木――この時のテキストで紹介した文章などを収めて『うたを味わう――食べ物の歌』という本が刊行されました。特に好きなのが〈生ビールうまき夕べよ塩つけてそら豆食へば若夏が来た〉（『水苑』）、いかにもお酒好きの人の至福感が表れています。注がついていて、「そら豆を見ると小さな筆で目鼻を描いてみたくなる」と記されています。そのコメントもいいですねえ。

高野――大豆だと目鼻は描けないですが、そら豆は結構大きいので、目鼻が描けそうな気がして。

女性ばかりゲストに呼んだわけではない

栗木――「ＮＨＫ短歌」にはいろいろなゲストの方が来られました。青山（学院女子短期大学）の同僚として片山由美子さん、与謝野晶子の研究家の逸見久美さんとか。

高野――逸見久美さんは与謝野晶子の研究では大ベテランで、第一人者です。歌集もある人で、実作をされているので、来ていただきました。あの人は女優の室井滋さんのおばさんに当たります。

栗木――特に印象的なゲストはどなたでしょうか。

高野――いろいろな人が来てくださったんですが。僕がお願いしたゲストと、ＮＨＫのディレクターが頼んでくれた人がいました。ＮＨＫ推薦のゲストは、僕があまり知らない人で、ほとんどの人が初対面でした。女優の宮崎美子さん、乙葉さん。女性のカメラマンもいらした。

栗木――宮崎美子さんはとても一生懸命でしたね。

高野――あの人は頭もいいし、短歌も自分で作っていたし、すてきな人でした。僕のゲストはどちらかというと女性が多かったんですが、それは僕の希望でした。というのは、画面には三人映るでしょう。僕と栗木さんがいつもいて、男のゲストだと、男二人が並ぶので画面が暗くなります。だから、なるべく女性の方がいいと考えたんです。もしも選者が男、アナウンサーが男、ゲストが男だったら、もう画面は真っ暗ですよ。お葬式をやっているような（笑）。だから、画面的には女性二人、男性一人、もしくは三人みんな女性が見栄えがいいですね。僕はそういうつもりで女性に多く来ていただきましたが、その結果、高野さんは女好きで、女ばかりゲストに呼んでいるというあらぬ噂を立

髭を生やして出演、NHK 歌壇
左より逸見久美、高野公彦、栗木京子の各氏

てる人がいたりして（笑）。

迢空賞受賞記念、娘からのプレゼント

栗木――二〇〇一年には第九歌集『水苑』で迢空賞と詩歌文学館賞をダブル受賞されました。その前に若山牧水賞をすでに取っておられたわけですが。迢空賞は歌人にとってはとても重い賞といいますか。

高野――そうですね。歴史が長くて、偉い人が受賞されているから。

栗木――迢空賞を受賞された時、〈迢空賞受賞記念に娘のくれし縞ドジョウ二尾バケツに飼へり〉（『渾円球』）というほのぼのとした歌があって、いいですね、これ。

高野――僕の父親は鯉を飼うのが好きで、庭に小さな池を作って、錦鯉とか色々な鯉を飼ってました。犬もずっと飼ってました。僕も何か飼うのが好きですが、マンションでは犬は飼いにくいし、吠えたりするといけない。吠えない生き物というと水生動物なんです。音声を出さない。

栗木――ああ、確かに。

高野――一番飼いやすくて、近所に迷惑をかけないのは水生動物だから、僕は水槽で小さな鯉を飼ったり、ドジョウを飼ったり、メダカを飼ったり。あるころはゲンゴロウを飼ったりして

ました。そういうものは比較的短命です。ドジョウは動きがユーモラスで、鯉と一緒に飼っていたのです。鯉は普通に泳いでいるんですが、ドジョウはパイプみたいなものを沈めておくと勝手に入っていって、頭と尻尾を出している。餌を入れてやるとひょろひょろと水面に上がってきて、餌を食べ、またひょろひょろと沈んで、なぜかパイプの中に入る。しかし、それも寿命だと思うのですが死んでしまって、それから何年か後に娘が、お父さんはドジョウが好きみたいだということで、縞ドジョウを買ってくれたんです。

栗木——いいお嬢さんですねえ。いまではヒメダカ、ヌマエビというと高野さんの歌の主要な登場人物になってますけど。

高野——ヌマエビは二十数年前から飼っていて、メダカはもっと前からです。もう四十年以上、飼っているかな。メダカは二、三年で死ぬみたいです。産んだ卵を孵してきたから、（今いるのは）歴代の子孫です。ちゃんと手入れするんですよ。真冬は餌を食べず、ずっと水草の蔭に隠れていますが、夏が繁殖期なので、五月くらいから動きが活発になって、餌もたくさん食べるし、水草に卵を産み付けるんです。その水草を別の水槽に移すと、一週間か十日で稚魚がいっぱい孵ります。

栗木——移し替えるのがポイントなんですね。

高野——ええ。そのまま置いておくと、稚魚は食べられてしまうようです。水槽にまた新しい水草を補充しておくと、また卵を産み付ける。せっせとその作業をやるとすぐ百匹くらいになる。だから今、百匹くらいいます。初夏に孵ったものは大きくなって、一夏で親くらいになっています。成長が早いですね。メダカは、まあ、飼いやすい。

栗木――水温調節はしなくてもいいのですか。

高野――ええ。ベランダで飼っていて、放ったらかしです。水はつねに替えてやらないといけないけれど。

栗木――名前をつけたりされるんですか。

高野――いやいや、いっぱいいるから区別がつかないですよ（笑）。何かを飼って名前を付ける人がいますが、僕はそういう考えはなくてね。メダカと人間とは違う生物であるという考えです。

定家の『明月記』とのかかわり

栗木――二〇〇二年から「短歌研究」で「明月記を読む」の連載が始まります。これが四十九回という長期にわたる連載になるわけです。一月号の第一回に、定家と高野さんとのご縁と言いますか、河出書房にお勤めの時代からずっと定家にかかわる本を出しておられたということが記されています。

高野――河出から定家関係の本を何冊か出しました。一つは、日本文学全集の中で、古典和歌に現代語訳をつける巻(かん)がありました。藤原定家の歌に関しては塚本邦雄さんに現代語訳していただいた。凝りに凝った、詩のような表記をした訳であり、かつ、独立した詩の作品みたいなもので、あとでこれを単行本にして『定家百首』というタイトルで出版しました。

『明月記』は膨大で、すべて漢文ですが、読み下しにした人がいます。京都在住の今川文雄という高等学校の先生です。僕の友人の加納重文という人から「こんなのがあるけど、君のところから出したらどうか」と紹介されて、河出書房から出すことにしました。それが『訓読明月記』全六巻です。読み下し文になっていても解釈はなかなか難しい。それを割付(わりつけ)しながら読むと、面白い事実に出会って、ときどきそれに関して歌を作っています。

その後、久保田淳先生に書きおろしで、『藤原定家全歌集』の全注釈をお願いしました。全二巻、菊判の大きな本です。原稿を最初に戴いてから十年がかりで本にしました。そういった本を担当したので、『明月記』を読んだり、定家の作品を読んだりすることが多く、定家に興味を持って作った歌があります。『雨月』に八首、『渾円球』に一首、『甘雨』に六首くらい。これ以外にもありますから、十数首、作っていると思います。

例えば〈隣人としたくなけれど「明月記」の定家は実直繊細の人〉（『雨月』）、実直で繊細な人だけれど、隣に住んでいるといやだなあと（笑）。

あるいは〈上流に非ざる公家ら貧しくて庭を麦壠となせり定家は〉（『雨月』）、定家は下級貴族でした。下級貴族は貧乏だから、いろいろな副収入を得なくてはいけない。定家は庭を耕して、麦畑を作った。そういう記事も『明月記』に出ています。

〈定家卿六十五歳にて子を生しき身ごもりし若き小婢も哀し〉（『雨月』）。定家は六十五歳の時に小婢、十代の身分の低い女の子、つまり召使に子どもを生ませています。定家もちょっと隅に置けないなあ（笑）。『明月記』を読むと、「自分の子」と明言はしていないが、これは子どもだなとわかる。子どもが生まれたあと、わざわざ見に行って抱き上げるんです。父親が誰か触れてないところを見ると、ああ、これはと。そういうことも『明月記』に出て来る。

晩年には連歌に熱中したり、写本、写経もします。老眼で目がよく見えなくて、自分は本当に齢を取ってしまったと嘆く記述もたくさん『明月記』にあります。原文は全部漢字ですが、〈あけくれに写経なしつつ己が眼を〈衰老盲目〉と定家なげきぬ〉（『雨月』）。当時は眼鏡もあまりなかったから、老眼になったらお手上げなんですね。

〈朽ちし歯を糸まきて抜く老定家少年の日の如しと誌す〉（『雨月』）。虫歯になると糸を巻いてキュッと抜くんです。そして、少年のころもこうやったなということを『明月記』に書いてあります。

ゴシップ好きだった定家

高野――あとは、近所に住む男が誰それの奥さんに手を出して密通をしたという事件も記録している。

栗木――けっこうゴシップ好きだったんですね。

高野――ええ。ゴシップ大好きで、すぐに家来を走らせて詳しいことを聞きに行かせるんです。妻を寝取られた男が寝取った男を斬り殺す。そういう顚末もちゃんと調べています。どこそこの邸が火事で全焼したとか、いろいろなことがいっぱい出ています。でも、『明月記』全体の三分の二くらいはいろいろな宮廷行事の手順を記したものです。後鳥羽院がこういう行事の時にこういうことをしたが、その時に誰それの座る席はここだ、自分はここに座って、頭にはこういうもの載せて、服装はこういうもので、誰それがこういうことをした後、ここから立って行って、ここで受け取って下がっていくということなどが詳しく記されている。また、これこれの会はどう行われて、自分はそこでどう振る舞えば

今川文雄著『訓読　明月記』
全六巻（河出書房新社）

いいか。これ、間違えると大きな問題になるんですね。そういう記事が多い。

栗木――それは子々孫々伝えていくものですね。

高野――ええ。子孫のため、息子の為家のために書いているみたいです。有職故実関係の記事が三分の二くらい、それ以外はゴシップ記事など多種多彩で、面白い。

栗木――それがおかしいですね。

高野――記事はまさに多種多様ですね。ある日、ふと庭を見たら、蛇がいて蛙を呑み込んでしまった。蛙が可哀想だからと家来を呼びつけて、蛇を殺して、蛙を救い出したら、とろけ始めていたが、水で洗って生き返らせたということも書いてあります。定家も優しい人なんでしょうね。あるいはどこかへ出かける途中に、道端の竹やぶの中を覗いたら死体が転がっていたとか。犯罪が横行しているんでしょう。警察力が今のようにしっかりしていないので、追い剝ぎとかもいた。そういう面白い記事がいっぱいあります。

いぶせき人生を送った人、定家

栗木――定家の歌だけ読んでいると完全に雲の上の世界で、美しいだけの世界みたいですが、「明月記」を連載したいと思われたのは、表の世界だけではなく、もう少し人間味のあるところに踏み込みたいと思われたからですか。

高野——いや、そんな大それた気持ちはないのですが、「短歌研究」の編集部から何か連載してくださいと言われたとき、なぜ『明月記』の連載を思いついたのか、よく覚えていないのです。とにかく、そのころ河出の仕事で定家関係の本をいろいろやっていたので、定家に興味がありました。

定家は歌人として出発時点に「初学百首」を作るんです。十八歳か十九歳の時ですが、そこにもう代表作がありまして、出発点からすごい。晩年まで歌をずーっと作っています。現実的なものを歌に入れてはいないけれど、全歌集を読むと、この一連は何年に後鳥羽院に召されて詠んだ百首歌であるとか、制作年代がわかります。それを追っていって、そのころの『明月記』を見ると、そのころ何をしていたかがわかる。歌に詠み込まれた架空の世界とそのころの定家の実生活を照らし合わせながら最後までたどっていったのがこの連載です。まだ本になってないんですが。

栗木——刊行すると二冊くらいになりますか。

高野——いや、もっと多くなるんじゃないですか。放り出したままでね。注釈がないと、訓読だけではわからないですが、今川文雄さんは訓読の本を出した後、『明月記抄』を出してくださった。それは注釈付きで、かつ面白い部分を抜粋してある。有職故実部分は全部切り捨て、面白い記事だけ出ています。連載の時この本が大いに役立ちました。

栗木――こんなことを言うと学者さんに悪いけれど、国文学者の方の歌の鑑賞はどうしても、この言葉はどこに出典があって、みたいな、文献的なものが中心になるので、言葉の味わい、その時の心情の味わいなどが薄くなって、読んでいて面白くない。でも、高野さんのこの連載は実作者として踏み込んだ鑑賞をなされていて、そこが読んでいて惹かれるところかなと思うのです。

高野――定家にも、わりに実生活が直接反映されたような歌、例えばお母さんが亡くなって、お墓参りした時の歌とか、そういうわかりやすい歌もあります。大体は架空の世界をうたっていますけど。

栗木――定家の持つ「鬱悒さ」というか。

高野――そうですね。いぶせき人生を送った人です。

栗木――貴族としての仕事も大変なわけだし、勅撰集を編めと言われて、苦労して歌を集めて、選ぶし。

高野――後鳥羽院にいろいろなことを言われて、振り回されたようですね。

栗木――確執もありますし、家というものを背負って立つわけだから、西行とは全然違う部分もあります。そういう「鬱悒さ」を打ち払うためにこうやって日記を書くことに没頭したのではないかと高野さんは記しておられて、なるほど、深いなあと思いました。その一つが短歌であり、一つが『明月記』であったと。だから、両方読まないと定家の人間像は浮かび上がらないかもしれない。

高野――そうですね。短歌からはなかなか定家の人間像は浮かび上がってこないですね。作者は作品の後ろに隠れているという感じです。だから『明月記』の記述を頼りに定家の実像を調べるわけです。

『明月記』の最後の方に行くと、定家は年を取ったので部屋の中で転んで怪我をする。七十代になったころに転んだわけですが、今で言えば八十何歳くらいの老人でしょうね。それを嘆いているんですが、今の老人と全く同じですね。

栗木――『明月記』を七十四歳まで書いていますね。

高野――ええ。定家は八十まで生きるのですが、『明月記』の最後は空白です。

よれよれの中年サラリーマン

高野――後鳥羽院がエネルギッシュな人で、定家は短歌に関してしょっちゅう呼び出される。例えば定家は京都に家があるんだけれど、後鳥羽院は船に乗って水無瀬（みなせ）離宮というところで遊んでいる。水無瀬離宮があった所は、今でいうと大阪府島本町ですね、淀川の中流ですが、そこへ行っている時に「歌会を開くから来い」と後鳥羽院から呼び出しがかかった。定家はすぐ行って、二、三日滞在しては、また家に戻ってくる。あるいは別の時ですが、熊野詣にも供奉して行きます。難行苦行ですね。これが四十歳くらいのころです。そのことを僕は歌にしています。これは『甘雨』に入れてあります。二首あげますと、

〈はるばると京より来て那智の滝のひかりを仰ぐ初老の定家〉、〈ちはやぶる熊野の竹柏の一つ葉を手折りて祈る貧しき定家〉。「竹柏」は竹柏です。「竹柏の葉を一葉手折った」と『明月記』に出てきます。残念ながら定家はこのことを歌に詠んでいません。

もう一首は、〈建仁元年十月二十日雨しげき熊野路をゆくずぶ濡れ歌人〉、日付を入れた歌い方です。「ずぶ濡れ」のことは『明月記』に書いてあります。定家のころは、江戸時代の籠なんてないから、馬に乗るか輿に乗る。輿は二人か四人で担ぐ。山道ですから、右に左に、上に下に揺れる。屋根はあるが土砂降りだからずぶ濡れです。行きも帰りもそう。南海電車でもあれば楽なんだけれど（笑）。それも、後鳥羽院に命じられて供奉するのだから、大変です。後鳥羽院が行く日の二、三日前に「前乗り」という下見をやって、家を確保しておく。下級貴族だから、そういうこともやらされているんです。サラリーマン（の悲哀）ですね。

栗木――お花見で場所取りをするようなものですよね（笑）。

高野――何を言われてもせっせと、定家は自分に与えられた仕事を愚痴を言いながらちゃんとこなしていく。しかし、愚痴の多い人です。

栗木――なんか親近感が湧きますね。今は定家は奉られてしまっているという感じがどうしてもあって、まあ、歌人として優れているからそうなんでしょうけれど。

高野――本当はよれよれの中年サラリーマンなんです、イメージとしては。

栗木――定家は七十歳を過ぎて権中納言正二位になりましたが、俊成の場合は歌の功績でようやく皇太后宮大夫正三位ですね。

高野――そうです。位は低いが、歌人として評価されたから、何となく偉く扱われている。

栗木――時代の背景もわかりますね、このころ飢饉があったから貴族も麦畑を作ったんだとか。

高野――ええ。鎌倉幕府の動きも定家に影響を与えています。

栗木――「紅旗征戎は吾が事に非ず」、という世俗に背を向けるような定家の言葉がよく知られていますが、日記を見るとそうとも言えなかったんだ。時代に翻弄された部分もあったんだということですね。

高野――時代には敏感です。しかし、定家の歌はそういうものからは超越したものという感じです。

平成18年、大阪府島本(しまもと)町。後鳥羽上皇の水無瀬宮の跡を訪ねて

栗木——だから、歌だけ見ると定家という人の片面しか見てないことになるかもしれませんね。「明月記を読む」の連載はぜひ本にしていただきたい。こんなところで、今日は終わりにしたいと思います。ありがとうございました。

（如水会館　２０１６・９・29）

【第9回】

第十一歌集『甘雨』、第十二歌集『天平の水煙』のころ

天草への旅の歌――『甘雨』所載

栗木――今日は高野さんが六十代半ばのころの活動についてお話を伺っていきたいと思います。この時期の作品を収めた歌集は、平成十八（二〇〇六）年に柊書房から出された第十一歌集『甘雨』と、平成十九（二〇〇七）年に本阿弥書店から出された第十二歌集『天平の水煙』です。『天平の水煙』は、平成十七年の一年間、「飛行船やまと漂遊記」と題して毎月、「歌壇」に連載された作品と新たな作品を加えて刊行された一冊です。

『甘雨』の巻頭の一連は天草への旅の歌で始まります。その他にも宮古島の歌、桜島の歌、琵琶湖のほとりの近江長浜へ行った歌などもあって、五十代の終わりくらいから旅の歌がずいぶん増えてきたなあという感じを受けます。お勤め先が河出書房新社から青山女子短大に変わ

られたことも関係しているのでしょうか。

高野――そうですね。青山女子短大は週に三回か四回、行けばいいのです。わりに休みが多いので自由な時間が増えました。例えば「桟橋」の一泊批評会を長崎でやって、それが終わって、翌日は天草へ行こうということで、出席した人の八割くらいが天草にフェリーで渡って二泊したと思います。「五足の靴」のあとを辿るという旅行をしました。旅行詠を作るつもりで行ったわけではないのですが、あとで何となく歌ができたということです。旅行はちょくちょくしてますけれど、歌はたまにしかできないですね。

栗木――前に（第7回）、どうしても百首を作らないといけなかった時にプロットを立てて、旅先で夜、二次会を切り上げて一生懸命作ったというお話を伺いましたが、必要に迫られた時以外は、ホテルの部屋に引き上げてから歌を作るタイプではないですね。

高野――ええ。天草の場合はまあ、何となく歌を作りたくなったんです。二、三首できたら、もう少しできたという感じで、僕にとってこの時は楽しい旅行でした。それで、歌が出来たんだと思います。

栗木――巻頭歌が〈わだつみをほういと飛んでまた一つほういと飛魚(あご)の飛ぶよ天草〉ですね。

高野――ええ。長崎市で批評会をやった後、翌朝、長崎を発って、枇杷で有名な茂木からフェリーに乗って天草に渡り、車で西海岸沿いに移動して、いくつかキリシタンの遺跡を見ました。

たまたま茂木から天草へ渡る船で、まるでわれわれを歓迎するかのように、海原に飛魚が出てきて、飛んだんです。天草の市役所に雇われている飛魚が、「フェリーが来たら飛びなさい」って市役所の人に言われているんじゃないかって（笑）。

栗木――私は天草へ行った時にイルカが飛ぶのを見ました。それはもう、豪快でした。

高野――そっちのほうが珍しいですね。

栗木――巻頭歌のオノマトペ、「ほうい」という掛け声が魅力的です。明治四十（一九〇七）年の夏に「明星」、東京新詩社の若者たち五人が天草へ行きます。いわゆる「五足の靴」の旅です。その一員だった北原白秋がその思い出を『明治大正詩史概観』に書いています。大江天主堂のガルニエ神父を「パアテルさんは何処に居る」と訪ねて行きます。その中に「ほほういほほういと帰つて来た」という言葉があって、それを高野さんはこの歌に採り入れられたのかなと思ったのですが。

高野――そうではないんですけどね。でも

天草の旅

「ほうい」は白秋的なオノマトペですね。パアテルさんのこともどこかで読んだことがあって、影響があるかもしれません。

栗木――行く前に、その土地についてガイドブックを見たり、下調べをされるタイプではないのですか。

高野――僕は下調べ0(ゼロ)です。ガイドブックも見ない。面倒くさいから。無精者なんです。

外国は、路地に入っていくと面白い

栗木――角川「短歌」の「高野公彦を解剖する」(二〇〇七年七月号)に、大松達知さんが「高野さんの旅の歌について」書いておられてます。それが非常に的確で、なるほどと思いました。大松さんともよく旅をされますね。

高野――ええ。韓国に行ったり、宮古島にも一緒に行きました。

栗木――ソウルは二人旅だったとか。その時の高野さんの様子を見ていると、名所旧跡へ行くというよりも、裏通りの住宅街に入り込んで、どんな洗濯物が干されているかを観察する。ゴミ収集車の動きを二十分近く観察する。停めてあるバイクのメーカー名をチェックする。お葬式があるとのぞき込むとか。

高野――葬式もいろんなのがあって面白いんですよ。韓国は日本と違うし、中国も違うんです。

隣の国なのにずいぶん違う。韓国では派手ににぎやかにやっているんです。黄色の花をいっぱい飾って。お祭りをやっているのかと思ったくらい。

栗木――有名な寺院より、その前で鶏の羽根をむしっているおばさんを見ると喜ぶとか。視線を小さく、低くというか、大きく詠もうとしないのがコツでしょうか。

高野――ソウルに行ったらソウルの人がどんな生活をしているかに興味があるんです。家の中には入れないから、外側からだけど。特に路地に入っていくと面白いですね。上海も一つ裏通りに入ると、こっちの建物とあっちの建物と両方がロープでつながっていて、そこに洗濯物がいっぱい干してある。その下に椅子があって、おじいさん、おばあさんが腰かけて雑談をしている。そういう一般の生活のほうが面白い。大松君もそうなんです。名所旧跡より一般のところのほうが好きなので、だから、二人でソウルなどに行くとせっせと目的もなく、ただずーっと歩いて行く。

栗木――いいコンビですねえ。親子ほど違う年齢の二人で旅をするなんて、そうとう気が合うということですね。

高野――ま、一回だけですけど。あとは大松君の奥さんも一緒だったり、沖縄の時は草田照子さんも一緒だったり。だから、旅行は四、五人というのが多いですね。大松君と二人の時にソウル・プリズンに行きました。絞首台も公開しているんです。「ここで韓国人が絞首刑で殺された。韓国人は自分たちが死ぬための絞首台を日本軍に命令されて作らされた」という説明文がありました。恐ろしいですね。

栗木——日本人への恨みの象徴として遺しているものがあるのかもしれません。

高野——ソウルを歩くと怖いですよ。ときどき、罵られるんです。韓国語はわからないのですが、指さして、大声で何とかかんとかって言って。日本人だということがわかるみたいです。大松君と歩いていて、二、三回、罵られました。

知識ではなく、感覚に訴える

栗木——宮古島の歌ですが、〈草むらに白百合咲きて矮(たけひく)し風速七十五米の島〉(『甘雨』)、この歌は数詞が効いていると思います。「風速七十五メートル」は相当な暴風雨で、命の危険がある。

高野——ええ。僕らが行った一、二年前に来た台風が風速七十五メートルで、風力発電の白い巨大な風車塔が根元からパタッと倒れ、国道を塞いでいたのでびっくりしました。

栗木——宮古島は風が強くてどうこうというのではなく、「風速七十五米の島」と端的な具体性で攻めていく。あるいは『天平の水煙』の〈塔の秀(ほ)の水煙をふり仰ぐとき補陀落(ふだらく)そこにある如き燦(さん)〉は奈良の薬師寺ですね。タイトルの由来にもなった一首です。これも、知識というのではなくて、時間の長い流れに身をまかせて、補陀落がそこにあるようだと感覚に訴えながら表していく。そこに説得力があります。

高野――この時は奈良で用事があって、用事が済んだ後、一人で見に行ったんです。学生時代に一度、行ったことがあるので、どれくらい変わっているか、知りたくて見に行ったんです。日光菩薩、月光菩薩、いろいろ見たものを普通の旅行詠の感じで歌っています。

栗木――〈羅睺羅以下十大弟子は飽食の世にしあらねばみな骨立す〉、「骨立」はこの歌で初めて知りました。痩せて骨ばかりという意味ですね。

高野――そうです。骨ばっているということ。僕も今この歌を見ると、こんな言葉があったのかと自分で使ったのを忘れていました（笑）。

2004年、宮古島にて
左より草田照子、高野公彦、大松達知の各氏

栗木――薬師寺というと（佐佐木）信綱さんの〈ゆく秋の大和の国の薬師寺の塔の上なる一ひらの雲〉とか、そういうのも意識されたりしたのですか。

高野――そうですね。あの歌はときどき思い出しますが、僕はわりに写実的な感じで歌っていますね。

旅の歌のコツは、なるべく作らないこと

栗木——旅の歌は得意な人とそうでない人といて、私の同世代だと米川千嘉子さんが特別うまいなといつも感心しながら読んでいます。私は旅の歌が非常に苦手で、ほとんど作らないんです。それなりにいろいろなところへ仕事とかプライベートで行っているのですが、行くとうれしくなって、歌を作ろうとすると気持ちが沈むんです。宿題を与えられたみたいで（笑）。

高野——いいじゃないですか。旅の歌は作るほうはある程度楽しいのですが、読むほうはそんなに楽しくない。だから、旅の歌のコツはなるべく作らないこと（笑）。

栗木——それでも残ったものを掬い上げればいいということでしょうか。

高野——そうですね。旅の歌が得意な人はいることはいるけれど、でも旅の歌が多い歌集はあまり魅力がない。名所旧跡に行ってそれを詠むから、まずダメなんですよ。名所旧跡を詠まないというのが大事です。

栗木——だから、高野さんみたいにその土地のお葬式を詠むとか、ゴミ収集車を詠むとか、そういう視点を持っていれば面白いかもしれない。

高野——いや、僕もまだ詠んでないんです、見ているだけで（笑）。ソウルでゴミ収集車の歌を作るのは、なかなか難しい。旅の歌はどこかで事実の背景を説明しなくてはいけない。だか

ら、難しい。

栗木――地の歌との兼ね合いもありますしね。何とか挑戦したいのですが、無理なことはしないほうがいいかなという気持ちもあって。

高野――そのうち絶賛されますよ、「旅の歌に全く興味を示さなかった栗木京子は偉い。先覚者だ」と（笑）。

山西省の旅――宮先生の足跡を辿る

栗木――時代は戻りますが、昭和六十三年には山西省の旅の第一回に行かれます。この前（第5回）、その写真が出ていました。その時にお聞きしそびれたことですが、これは宮先生の足跡を辿るということで企画されたのですか。

高野――そうです。宮先生が兵隊として出征して、中国の山西省のあちらこちらを移動するわけです。かなり山奥の小さな村へ移動しています。わかる範囲でそこを訪ねてみようということで、毎年一回、全部で八回くらい、宮英子さんが「山西省の旅」を企画されました。昭和六十三年が第一回です。僕は旅の歌ということで言うと、山西省の歌としてまとまったものはゼロです。ときどき思い出して作ったのが二首、三首という程度で、合計しても十首もないくらいです。だから、山西省の旅に関しては「旅の歌を作らない」というのを守っている。地名の説明その他、複雑でね。そんな面倒なのは最初から作る気持ちなしです。

栗木――〈「牙」といふ看板出して歯科医院ありし東寨(とうさい)の路地の恋しき〉が『天平の水煙』にあります。山西省の歌ですか。これ一首だけ、ポンとありますね。

高野――ええ。『天平の水煙』では、言葉というものに対して興味を持っていて、面白い言葉をいろいろ集めて歌を作りました。この場合は山西省というより、「牙」という言葉を歌いたかった。中国では歯のことを牙と言うんです。宮柊二の部隊が駐屯していた東寨という小さな町をぶらぶら歩いていたら、民家の入り口のドアに「牙」と書いてある。あれ、ここは牙さんという人の家かなと思った。ガイドさんに聞いたら、「牙」は歯のことで、その看板は歯科医院という意味だそうです。歯医者さんらしい建物ではないから、よけい気が付かなかった。

山西省の歌はたまにしか作ってないのですが、第一回の旅で思い出したことだけ言ってみますと、飛行機で北京へ行って、北京を見学したあと、夜行列車で山西省の端の大同まで行きます。午前四時ごろだったか、真っ暗なうちに着き、マイクロバスで招待所へ。外国人を止める宿泊施設でいちばんランクが下のところです。シャワーの水があまり出なかったり。外国人を受け入れる体制がまだ整ってなかったので、とりあえずそういうところに泊めてもらいました。朝ご飯を食べた後、大同の石窟を見学しました。夕方、招待所へ帰って晩御飯を食べた後、村の青年男女が交流するダンスパーティにわれわれも呼ばれて、生まれて初めてダンスをしました（笑）。

栗木——社交ダンスですね、フォークダンスではなくて。

高野——ええ。この前、山西省の写真（第5回）で、宮英子さんと田谷鋭さんと僕と、もう一人、女の人が写っていましたが、それがダンスの相手の玉井周子さんです。彼女はダンスが出来るから、「こうしなさい」って言われて、教わったままに踊りました。

次の日にバスで山西省の省都、日本でいう県庁所在地みたいなところですが、太原へ行きました。山西省は本州の半分くらいの広さです。どの省もみんな、日本の県よりずっと広くて移動が大変です。三十両くらいつながったような長距離列車か、あとはバスです。高速道路と一般道路がありますが、外国人観光客を乗せたバスでも一般道路をものすごいスピードで飛ばすんです。時速一二〇キロくらい。ババババババーッとクラクションを鳴らし続け、そのまま離陸するんじゃないかという勢いで走る。生きた心地がしませんでした（笑）。でも、道端には牛車がのんびり往き来している。

栗木——交通量はそんなにないんですか。

高野——自動車が少ない。自転車、荷車、リヤカー、牛の曳いている荷車などなど。太原が一番大きな都市で、ちゃんとしたホテルに泊まりました。宮柊二は山西省のあちこちに移動して駐屯していますが、その一つ、寧武という町に行きました。「牙」の歌を作ったのはさらに田舎の東寨鎮（とうさいちん）です。鎮は村くらいの意味でしょうか。東寨には何度も行っているので、あの歌は第一回の時のではなく、何度目かのことを思い出して歌にしました。

汾酒（ふんしゅ）で憤死

栗木――宮英子さんの文章にありますが、汾酒（ふんしゅ）を飲み比べして高野さんが負けたそうですね。相当、強いお酒でしょう。すごいですね。

高野――ええ、負けました（笑）。汾酒は強い酒です。普通ので、ウイスキーくらい、四十度くらいです。六十度とか八十度とか、濃いのもあります。全く透明ですね。

栗木――原料は高粱（こうりゃん）ですか。

高野――ええ。高粱のウイスキー、蒸留酒です。山西省を旅行している時に、晩御飯に青島（チンタオ）ビールがよく出て来ました。そのあと、もっと飲みたい人は汾酒を飲みます。水で割って飲む習慣がなく、ショットグラスで出てきて、ちびちび飲む。宮英子さんが「飲み比べしよう」とおっしゃって、のせられて（笑）。五、六杯で僕が負けました。

栗木――二人とも十本並べたと書いてありますよ。英子さんはそれで何ともなかったけれど、高野さんは翌日、朝からひどい二日酔だったそうですね。そこで大松さんが「汾酒で憤死ですね」と駄洒落を言ったというオチがあります（笑）。

高野――そうなんです。僕は頭が痛くて、バスの中でうーんと唸っているのに、そういうくだらない駄洒落を飛ばすので、よけい二日酔がひどくなった（笑）。翌日の夕方四時くらいまで続きました。朝ご飯はもちろん、昼も食べられなかったですね。みんなが食べている横で、じーっとしていました。

栗木――英子さんは平気だったみたいですけど（笑）。

『日本文化フェスティバル』のモスクワへ派遣される

栗木――平成十五（二〇〇三）年十一月には国際交流基金の派遣でモスクワへ行かれます。

高野――いろいろな団体が一緒に合流した行事なので、正確なことはわかりにくいのですが、大まかに言うと、「ロシアにおける日本文化フェスティバル二〇〇三」というタイトルで二〇〇三年に行われた行事です。その前に、日本の現代詩、短歌、俳句で現在活躍している人たちの作品をセレクトし、それをロシア人がロシア語に翻訳した本が出版されました。小説分野は別に出ています。詩歌部門の本は『現代日本詩歌』という書名で、サブタイトルが「ふしぎなかぜが」です。その出版記念会を兼ねてロシアでイベントが行われました。

詩歌部門の編集、人選をした人が高橋順子さんです。作品を出したのは、現代詩が十八人、短歌が二十八人、俳句が二十五人、すべて現存の作者です。その中から、現代詩部門の代表として高橋順子さんが、短歌部門から僕が、俳句部門は正木ゆう子さんがモスクワに行きました。小説も別に同じような形で出版され、小説家の代表は島田雅彦さんと石黒達昌（たつあき）さんのお二人が、僕らと一緒にモスクワに行きました。合計で五人ですね。あと東大のロシア文学科の先生の沼野光義さんが全体を統括する人として同行して、現地でロシア人と接触したり、シンポジウムの時はロシア語で挨拶されました。

栗木――何日くらいですか。

高野――二〇〇三年十一月二十五日に成田を出発し、帰ってきたのが三十日です。そのうち、二日間はフェスティバルの行事に参加しました。それ以外はモスクワ市内を見学しました。赤の広場も見ましたが、それよりもトレチャコフ美術館でイコンの所蔵品をたくさん見たのが印象的でした。

日本語の母音の豊かさ

栗木――フェスティバルではご自身の短歌を朗読されたそうですね。何首くらいですか。

高野――翻訳されているのは十五首ですが、シンポジウムの時に詠み上げたのが十一首。自分でそれにコメントをつけます。二つくらい紹介しますと、〈白き霧ながるる夜の草の園に自転車はほそきつばさ濡れたり〉（『汽水の光』）、これを僕が日本語で朗読する。そうすると、これを翻訳してくださったラゴージンという人がロシア語でこういう意味だと説明してくださる。そのあと、僕が「夜、公園に置いたままになっている自転車を白い霧がゆっくりと包んでいるという情景です。霧に触れた自転車のハンドルが濡れているのを翼が濡れていると表現しました。ロマンチックな雰囲気を出そうとして翼という言葉を用いました」という、短いコメントをつけました。

もう一首、〈梨の花真白に咲けり地下の根は大きなチェロを抱きてかあらむ〉。自歌自釈は「梨の花が真っ白に咲いていました。これは地面の下にある根の働きだと思いました」と。そして、「もしかすると、地下の根は大きなチェロを抱いて、チェロの奏でる音楽を伝えるかのように白い花を咲かせるのかもしれないと私は想像したのです。目に見えるもの、白い花から、目に見えないもの、チェロを連想した作品です」としゃべると、またラゴージン氏が、ロシア語に翻訳して、会場の人に知らせるという方式でした。

現代詩も俳句もそういうふうにやりました。

栗木――高橋順子さんが、牧水賞シリーズ「高野公彦」にその時のことを書いておられます。「初日の高野さんの朗読は棒読みだった」と（笑）。

高野――そうなんです。でも、次の日の夕方、オギと

『現代日本詩歌　ふしぎなかぜが』

いう大きな文学カフェというか、イベントをやるようなところですが、そこで朗読会をやった時は、棒読みでは面白くないだろうと思って、例えば初日は「白き霧ながるる夜の草の園に」と普通に読んだのですが、二日目は「白き霧ぃーーー、ながるる夜のぉーー、草の園にぃーー」と、「百人一首」を読み上げるみたいに読み上げました。一度もそういう読み方をしたことがないんだけれど、ロシアの人のために節でもつけたら伝わりやすいかなと思って、無理やりやりました。

栗木——それがよかった。「日本語の母音の豊かさが、声のつばさに乗って流れ、カフェの客たちの私語もしばし止んだ」と書いてあります。会場が暗いから余計、ムードがあったかもしれません。

高野——みんな唖然としたでしょうね、何が起こったんだろうって（笑）。その後、正木さんが俳句を朗読したけれど、俳句は長く伸ばせない。やはり短歌は独特です。長く読み上げると、外国人には伝わりやすいですね。

栗木——正木さんも『十七音の履歴書』というエッセイ集で、この時のことを書いておられます。最初に日本語で読み上げると、ロシアの方たちは意味がわからないから、「言葉を受け止めようとする強いエネルギーを発する」。しかし、すぐに翻訳して、ロシア語になって語られると、意味として了解され、「かえってその緊張は緩むのだ。伝えようとし、受け取ろうとする力は「意味」がわかった途端に、まるで電灯が点ったときの闇のように霧散する」と書いておられます。

高野――俳句は短歌よりもたくさん翻訳されているので、ロシア人には馴染みがあると思います。短歌も、『万葉集』とか石川啄木の作品はロシア語訳があるという話を聞いたことがあります。だけど、現代の歌人の作品はあまり翻訳されてなかったみたいです。

栗木――朗読は国内ではあまりなさいませんよね。

高野――全くないです。他の人のを聴きに行ったこともないし。

栗木――私も朗読は苦手です。恥ずかしくて。アナウンサーの加賀美幸子さんみたいな方が朗

正木ゆう子氏とロシアの文学者と

翻訳家ドミトリー・ラゴージン氏と

モスクワにて

読してくださるならいいんですけど。素人の私が声張り上げて自分の歌を読んで人に聞かせるのはすごく厚かましい気がして。

高野――自作朗読は恥ずかしいですね。そうではなくて、この人に僕の作品を読んでもらえたらという人はいますね。松たか子さんに読んでほしい。やさしい声で。

栗木――いいですねえ。そういうリサイタルをぜひ（笑）。

「飛行船やまと」で日本語の中を漂流

栗木――『天平の水煙』は日本語の麗しさ、懐かしいことば、優雅なことば、そういうものに注目しながら詠んだ一冊であるということでしたが、いろいろな出来事、社会的な出来事などを詠んでも、言葉を通して本質に迫るという発想が顕著だと思います。

高野――そうですね。『天平の水煙』は元の題（雑誌連載時のタイトル）が「飛行船やまと漂遊記」でした。これは「宇宙戦艦ヤマト」をもじったものです。僕は「飛行船やまと」でゆっくりと日本の上空および日本語の中を漂流したいというつもりで。

栗木――大和言葉を観察しようというふうなことですね。

高野――そうです。大体が大和言葉ですが、好きな言葉をたくさんメモで集めておいたものがあります。連載のために集めたというより、いつも好きなことばがあるとメモをしておくのですが、それを見ながら歌を作って、それ以外、そういうのと無関係な歌も間に挟むわけです。
この『天平の水煙』の中では、遠い昔、日本で使われた言葉だけれど、現代はあまり使われなくなったような言葉を意識的に使いました。例えば「日の辻休み」、昼寝のことです。折り紙の「山折り谷折り」は多少、聞きますね。「赤み上戸」は、お酒を飲んで、すぐ赤くなること。女の人なんかそうですが、あれが僕は大好きです。青ざめる人より、ちょっと赤くなる人の方が可愛い感じがするので。「雀隠れ」「すりきり」「するすみ」とか、大体、大和言葉ですね。現在忘れられているような言葉を生かしたいと思って。短歌だから生かせるので、小説なんかではこういうふうに使えないと思うんです。少しでもいい歌が作れたら、それを読んでくれた人が、「じゃあ、私も〈日の辻休み〉という言葉で歌を作ろうか」なんてことになれば嬉しい。その後、「日の辻休み」を使った歌を実際見かけました。だから、少しは僕の希望もかなえられたりしました。

栗木――漢字へのこだわりも窺えます。〈被災地のニュース終りて義捐金の〈捐〉といふ字の行方さびしも〉、日常的なところから発想の種を拾っておられる。

高野――「捐」の字は常用漢字にないから、意味の通じる「援」に取り換えられているのです。そうすると、難しい漢字でなく、漢字を習得しやすくなるということで、いい面もあるのですが、「意気軒昂」は「軒高」になって、ああいうのはよくないなあ。

栗木——漢字は旁（つくり）と偏（へん）で、意味がありますから。あまり均してしまうのもどうかと。
高野——難しい漢字を残せということではないのですが、違う字で代わりをさせるのがあまり好きじゃないですね。
栗木——今風の言葉を皮肉っている歌もあります。〈ポパイなやつポップコーンなやつなどがぞろぞろ歩くペプシな渋谷〉、なるほどなあと思いました。
高野——『天平の水煙』の歌は大和言葉をたくさん使っていますが、例えば『般若心経歌篇』の時、仏教臭い歌が出てくるから、必ず反対の要素を持ったものを歌の中に混ぜるという考えを大体いつも実行しています。大和言葉の漂流記だから、逆に西洋風な軽薄な言葉を使ったのを入れようと思ってね。その歌の「ポパイな」は、ときどき見かける無理な形容詞的表現です。
栗木——ああ、マッチョを誇っているという感じですか。
高野——そうですね。じゃあ、「ポップコーンなやつ」がいるだろうと。
栗木——弾け飛んで頭が空っぽみたいな感じですか。
高野——そう、軽薄な奴。そして「ペプシな渋谷」、これは厳密な意味なんて何もないんです。
栗木——渋谷のスクランブルの交差点なんか歩いていると、ペプシな感じがしますね（笑）。
高野——「ポパイな」は多少現実的に使われている言葉だけれど、それを利用して、「ポップコーンなやつ」と「ペプシな」を使ってみたのです。「日の辻休み」とか「するすみ」とか、和語の世界と反対のものを一連の中に取り入れたいと思って。

栗木――対比することによって、美しい言葉がよけい際立ちます。「ぞろぞろ歩く」という、わざとありきたりなオノマトペを使う。かなり皮肉の効いた歌なども入れてアクセントにしながらも、でも、大和言葉のうるわしさというようなものを教えてくれる一冊です。

方言は新仮名で詠まざるをえない

栗木――一方で、『甘雨』には、初めての試みと思うのですが新仮名づかいで作った一連が三章あります。この意図は？

高野――僕の生まれ育った伊予の方言を短歌に残したいと思って、数十首作りました。しかし、方言を旧仮名で表記するのは不可能です。例えば四国、特に愛媛でしか使わない方言で「がいな」があります。「ひどい」という意味です。「がいな奴」とか「がいなこと、するなよ」とか言います。

栗木――〈橙(だいだい)は食べごろやけど盗めんぞあそこの犬ががいに鳴くけん〉ですね。

高野――そう。その「がいな」の「い」は、「ひ」か「い」か「ゐ」か、全然わからない。語源がわからないから、方言を旧仮名で表記するのは不可能です。だから、最初から新仮名で表記する。そういうことで、「桟橋」で三回ほどまとまった作品を作りました。

栗木——すべて少年時代の思い出ですね。

高野——そうです。僕らが実際に使った方言を思い出しながら、昔あったような風景をそこで創造して、そこに方言を入れて行くというかたちで短歌を作りました。

関西だと「ねき」という言葉を使うでしょう。「〜の近く」という意味です。その言葉を使ったのが〈四つ角でオート三輪横転しねきをゆっくり荷馬車過ぎゆく〉。方言というのは漢字で表記しない。耳で聞いて、口で伝える言語だから。「そがいな」も、愛媛らしい方言です。関西弁は「そないな」と言いますね。

「もんてくる」は「戻ってくる」ということ。〈「満州で弾に当たって死んだけん二宮はんはもんてこんのぜ」〉。この結句は、戻ってこないんだよ、の意味です。

古典的な、平安時代の言葉が方言に残っている例で、親から「食べもってものを言うな」とよく言われました。「食べながら」ということです。これは和泉式部の歌にもあるんです。「〜もって〜する」は、「〜しながら〜する」ことです。由緒正しい古典用語です。〈〈食べもって物を言うな〉が決まりにてわが家四人の朝餉ひそけし〉。

栗木——俗な感じがしますが、そうでもないんですね。

高野——ええ。方言の中には由緒正しい古典用語も入っています。『万葉集』の言葉も使いました。「洗い笥」は「笥を洗う」という意味です。「笥」は食器のことです。『万葉集』で有間皇子が〈家にあれば笥に盛る飯を草枕旅にしあれば椎の葉に盛る〉と詠みました。四国では食事の後、食器を洗うのを「洗い笥」と言います。僕らは子供のころ、万葉語を使いこなしていたんだと（笑）。

方言を使うことで少年時代を回想した歌に

高野氏の郷里長浜町（現、大洲市）を訪ねた「桟橋」同人たち

栗木――「ひりかずく」は、〈座ったままひりかずきたる少女いてめそめそと泣く五年松組〉。

高野――「おしっこやうんこをもらす」ことを言うんです。

栗木――でも、「ひりかずく」と言うと優雅に聞こえます（笑）。

高野――いや、僕らは優雅とは思わなかった。子供って、ときどき漏らすことがありますね。「あいつ、ひりかずいたぞ」と言われたら、ものすごく恥ずかしい。

栗木――旧仮名だと「ひりかづく」ですか。

高野――それがわからない。だから、新仮名で書くほかないんです。この一連は新仮名を使いたかったのではなく、方言を使った歌を作りたかった。
方言を使った歌を作っているうちに、方言は出てこないけれど、自分の子供時代のいろいろな風景が出てくるので、全体が少年時代を回想した歌という感じになっています。「卓袱台」のことを僕らは「飯台」と言いました。〈簡素なる夕餉なれどもひじき煮が濡れて飯台にかがやいている〉。

栗木――〈つばえたらいけん　教室に入りきておごそかに言う藤渕先生〉、「つばえる」なんて初めて知りました。

高野――「ふざける」ことです。よく使いましたねえ。

栗木――「いけん」は「いけない」ということですね。

高野――はい、そうです。

栗木――〈大きい星こんまい星があつまって天の川だね夜空に斜めに〉、「こんまい星」ってかわいい感じです。新仮名で詠まれたのはこの時だけですね。それは方言というテーマがあったから。

高野――ええ。確か今東光の小説に「こんまい女」というのがありましたね。

幼子を詠む

栗木――『甘雨』からお孫さんを詠まれた歌が登場します。ご長女にお子さんが生まれたのですね。

高野――はい。女の子が生まれました。〈みどりごに白南風（しらはえ）吹きて右の耳、左の耳のやはらかき渦〉、これだけだと孫かどうかはわからないが、歌集では孫であることがわかると思います。赤ちゃんは小さいころは人格がないので、珍しい生き物を見るという感じですね。人格が出てくると可愛いとか憎たらしいとか、そういう感じが湧いてくるんですけど、今は孫娘も中一になって、僕がいろいろとっちめられてますよ。口で負ける（笑）。

栗木――その歌を読んで、高野さんの有名な〈みどりごは泣きつつ目ざむひえびえと北半球にあさがほひらき〉（『汽水の光』）を思い浮かべました。これは最初のお子さんを詠まれています。この歌と通じ合うところがあるなあと思います。朝顔の蔓の巻き方が北半球と南半球では違うところから発想したとおっしゃった。『甘雨』の歌も、「右の耳、左の耳のやはらかき渦」は三半規管のことを言っているのかもしれませんが、ここで「渦」を「みどりご」と重ね合わせたところに、「あさがおの蔓」と通じ合うものがありますね。

高野――高野という人間は、幼子を見ると巻いているものを連想する変な癖がある、ということですね（笑）。

栗木――いえいえ。そこが宇宙の神秘とも通じ合うのかなあ、「星雲の渦」みたいな。身近な

「耳」というものを詠んでおられるのですが、遥かなところに連れて行ってくれる感覚があります。

〈抱きやれば笑む幼子よゆたかなる白紙（タブラ・ラサ）ありこの子の脳（なづき）〉、空白の部分、脳はこれからどんどん進化していくわけですが。「白紙（タブラ・ラサ）」は何語ですか。いい言葉ですね。

高野――ラテン語っぽい感じですね。『広辞苑』には、哲学用語で「〈文字などが消し去られた板の意〉何も書いていない書き物板、つまり白紙と同じ意味で、外界の感覚的印象を何も受け取っていない心の状態を表す語」とあります。多分これを誰かの文章で読んで、メモ用紙に書いていたんだと思います。その言葉を、幼子を詠む時に思い出したんでしょう。

栗木――「ゆたかなる空白のあり」だったら、普通の歌になってしまうところを、「ゆたかなる白紙（タブラ・ラサ）あり」で、思索性、哲学的な感じが出たなあ、一語の重さってすごいなあ、と思ったのです。

〈娘の子つかまり立ちす　あな危ふ　あいやのほろ　あいやのほろほろ〉（『天平の水煙』）、もうちょっと大きくなられたころですね。「あいやのほろ　あいやのほろほろ」という囃子言葉は既成のものですか。

高野――ええ。『広辞苑』にちゃんと出ていまして、「江戸時代、幼子をあやす語。「あいや」は歩行、「ほろほろ」は調子をとるために添えた語という」とありますね。たぶん「あんよは上手」ほどの意味でしょう。僕はこの言葉を歌舞伎で知りました。演目は忘れましたが、役者さんの台詞の中に出て来たんです。そのあと、女の子を歌う時に「あいやのほろろ　あいやのほろほろ」を思い出して使ったということです。僕は意味の稀薄な言葉が好きで、前も石臼の歌で「とうほろほいや　とうほろほいや」と詠みました。あれは自家製の囃子言葉ですが。

栗木——内容自体は、つかまり立ちしている子どもの危うさと可愛らしさの両方を見ているという歌ですが、リズムがとてもいいですね。「あ」の音が多くて明るい感じがします。

孫という言葉は使わない

孫（広川亜美）を初めて抱っこする

栗木——それから、「娘の子」であって、「孫」という言葉は使われませんね。

高野——ええ。ふだんから使いたくないと思っています。それで「わこさま」と言ったり、「みどりご」と言ったり、「娘の子」と言ったり、できるだけ孫という言葉を避けています。この後も歌を作っているんですが、孫という言葉を使ったかどうかはっきり覚えていないけれど、たぶん使っていないでしょう。

栗木――こだわりがあるんですね。

高野――宮先生も「孫」という言葉を避けていらっしゃる。一度も使ってないかどうかは調べてないのですが。例えば宮先生だと〈稚児（をさなご）のこゑ電話より優々（やさやさ）し羅睺羅（らごら）のごとき声よと思ふ〉と、お孫さんをうたっています。でも、「コスモス」会員の詠草を見ると「孫」が頻出するんです。それでうんざりしている。

栗木――孫を詠むのは難しいと言われますね。

高野――「孫」という言葉を使った人の作品は「孫が可愛い」という表面的なのが多いですね。「孫」という言葉を使わなければもっと孫の本質的なものが歌えるのではないかなあ。「孫」で済ませないほうがいいと思います。

栗木――因みにお孫さんにはどう呼ばせていらっしゃいますか。

高野――「おじいちゃん」です。

栗木――あ、普通にですか。「おじいちゃん」とは呼ばせないとか、こだわりがおありかと思ったら（笑）。

朝日歌壇の選者に就任

栗木——平成十六（二〇〇四）年の十月から、朝日歌壇の選者になられます。これも大きな転機だったのではないかと思うのですが。

高野——そうですね。島田修二さんが急死されました。一人住まいだったようでして、亡くなって一日か二日後、発見されました。朝日歌壇は、島田さんが亡くなった直後の何回かは残りの三人の選者で紙面を作っていました。十五首ずつ選んでらしたが、いつまでもそれを続けるわけにいかないので、どなたが決めたかわからないのですが、島田さんが「コスモス」の方なので、僕のところに依頼が来たんだと思います。僕は学生時代に宮先生のお手伝いで朝日選歌の現場に何度も行ったことがあるから、大体、やり方は知っていました。違うのは、僕がお手伝いで行ったのは昭和四十年、四十一年くらいですが、そのころは選者は三人でした。五島美代子さん、近藤芳美さん、宮柊二でした。投稿葉書を読んだら次の人に回していきます。宮柊二は第一次選で五十首くらい選びました。僕はその歌と住所を全部、メモ用紙に書き写す仕事です。大変なんですよ、近藤さんはたぶん二十首くらいじゃなかったかと思います。まさか宮先生に「多すぎる」と言うわけにもいかないし、間違いがあってはいけないから、正確に写さなくてはいけない。そのころはせっせと字を書いても手が痛くならなかったのですが、今だったらできないですね。今はコピー機を置いているので楽です。

栗木——平成十六年のころの選者は近藤芳美さん、馬場あき子さん、佐佐木幸綱さんで、そこに入られたのですね。

高野――ええ。僕が島田さんの後、選者になったころは、近藤さんが少し弱っておられて、三人の選が終わった葉書を近藤さんのところに送って、近藤さんはご自宅で選歌されていました。間もなく近藤さんが亡くなられます。その後、永田和宏氏が入ってまた四人になります。

近藤さんが亡くなる前、馬場さんと佐佐木さんと僕とでお見舞いに行きました。成城にあるサクラピア成城という所です。本当に年をとられてね。奥さんの方が当時はまだお元気でした。近藤さんは髪の毛が白くて、おばあさんみたいな印象を受けました。そういえば上海の路地裏で、洗濯物の下で雑談をしていたおばあさんに似ているなあと（笑）。

四人の選者それぞれの選歌ぶり

栗木――朝日歌壇にはたくさんの葉書が、何千と送られてくるでしょう。二週間分の選をされるんですね。

高野――ええ。俳壇は毎週やっているみたいですが。朝日新聞の選歌室はわりに広いところで、テーブルがあって、葉書が四つに分けて置いてあるんです。

栗木――草田照子さんが角川「短歌」の高野さんの特集の時、朝日歌壇の選歌風景を書いています。草田さんは馬場さんのお手伝いとしてずっと行っておられますが、高野さんがためつすがめつ、葉書を味読しながら選んでおられる。一枚取っては眺め、一枚取っては「ほう」と感心しながらやってらっしゃると（笑）。

高野――いや、そんなことはないですよ。でも、他の人よりは僕の選歌が遅いことは確かです。だから、宮先生と似てます。やはり宮先生が一番遅かった。近藤さんが一番早くてね。

栗木――他の方は昼過ぎに来られるんだけれど、高野さんは他の人より早く行かれて、一番遅くまでなさっていて、やり残すと持ち帰ることもあるそうですが。

高野――ええ。午前十一時ごろに僕と永田氏が選歌室に入ります。永田氏は朝、六時くらいに起きて新幹線で来るんでしょうね。

栗木――永田さんは選者に就任するにあたって、ストップウォッチで、どの速度で何枚に目を通したらいいかを練習したとおっしゃってました（笑）。結局、皆さんに葉書を回さないといけないから、ご迷惑をかけないようにと。私は家で一人で（読売新聞歌壇の）選歌をやりますから、三日かかろうと四日かかろうと、構わないのです。

高野――たしかに、ぼんやりしていると僕のところ

平成16年12月、朝日歌壇選者で近藤芳美氏をお見舞いした時

に葉書がたまってしまうんです。焦りますね。

栗木――それでも歌をしっかり選びたい。

高野――そうですね。

栗木――一堂に会して選ぶのは大変だろうなあと思うのですが、お話を聞いているととてもいい雰囲気で、楽しそうですね。永田さんと高野さんが駄洒落の応酬をされているという話もありますが（笑）。

高野――駄洒落というか、お互いにからかうという感じですね。「さっき静かだったけど、居眠りをしてたんじゃないの」とか、永田氏のケータイが鳴ると、「ほらほら、原稿の催促でしょう。締め切りが十日くらい過ぎてるんじゃないの」とか、いろいろちょっかいを出すんです。馬場さんもときどき、永田氏と僕との会話に参加される（笑）。佐佐木さんが一番真面目に選歌に打ち込んでいらっしゃる。無駄話をしていると遅れてしまうから。ですから、終るのもバラバラで、早く終わった人から帰っていくんです。

栗木――馬場さんはその場で、選評まで書かれるそうですね。

高野――ええ。「持って帰るとたいへんだから、ここでやってしまうのよ」とおっしゃってました。だから、馬場さんがいつも最後まで残っていらっしゃいます。馬場さんが帰られるころ、僕もやっと選歌を終えて、一緒に帰ることが多いですね。

栗木――朝日歌壇でますますご活躍をというところで、今回は終わらせていただきます。ありがとうございました。

（如水会館　２０１６・10・19）

【第10回】

第十三歌集『河骨川』、第十四歌集『流木』のころ

「老いの入口」という認識

栗木――今日は『河骨川』と『流木』の二冊の歌集に添って、お話を伺ってまいります。

第十三歌集『河骨川』は二〇一二年に砂子屋書房から刊行されています。第十四歌集『流木』は二〇一四年に角川学芸出版から刊行されています。多彩な歌が収められていますが、「老いへの意識」が私には印象的でした。しかし、『甘雨』の時から、例えば〈一つまみ塩を置きたる枡酒の、老いの入口を香（かぐは）しうせり〉の歌に、「老いの入口」という言葉が出て来ますから、五十代のころから「老いの入口」という認識を持っておられたようですが、その後、特に『河骨川』『流木』へ来て、「老い」という言葉が具体的に出てくることが多くなったと思うのです。

以前（第8回）、宮柊二先生も年齢を意識した歌を作っておられたというお話を伺いましたが、宮先生の影響というのはどうでしょうか。

高野――そうですね。宮柊二の〈足の爪きれば乾きて飛びけりと誰に告ぐべしや身のさかり過ぐ〉は四十代の時の歌です。「早すぎる老いの自覚」と上田三四二さんが書いていらしたが、宮柊二は老いの自覚が早かったですね。そういう影響もあると思うのですが、わりに僕も早くから「老い」の歌を詠みました。人間は、男でも女でも金持ちでも貧乏人でも、いい人でも悪い人でも、みんな年を取って死んでいきますね。だから、老いはすべての人に共通です。そういう意味で普遍的なテーマです。ということで関心があって、歌を詠みました。自分自身がモデルみたいなものです。

栗木――女子短期大学に奉職されていて、まわりに若い人が多いし、「桟橋」や「コスモス」にも各世代の仲間がいますね。高野さんよりもっと年上の方もたくさんいらっしゃる。それから、お孫さんもできて、いろいろな世代の人と触れ合うことが多いなかで、定点みたいな感じで自分の年齢を意識されたのかなと思うのですが。

高野――人生を歩んでくると、老若男女、非常に幅の広い人たちと接触しますね。親しくなるのはごく一部の人ですが、いろいろな人と接触するようになって、短大生を見ていると、「あ、若い女の子だな」と単純にうれしい（笑）。でも、僕はそのとき五十代で、女の子から見ると、五十代というのは男でもないし、人間でもない、その辺をのそのそと歩いている生き物、そういう認識なんです（笑）。

栗木――いや、向こうはやはり、「ロマンスグレーのすてきな先生」と思っていたんじゃないでしょうか。

高野――いやあ、そんなこと、ないですね。女の子がもうちょっと年を取ればそういうこともあるんでしょう。三十代、四十代になれば。

栗木――ああ、二十歳前後だと若過ぎますかねえ。

高野――そうなんです。五十代の男なんて山から下りて来た熊と同じなんですよ。

栗木――「花園の熊ン蜂」に譬えたのは栗坪良樹先生ですか。

高野――そうです。栗坪さんが自分のことを熊ン蜂と言ってましたね。なかなか面白い比喩です。

「濃霧（こぎり）のやうな色欲」のころ

栗木――『河骨川』の歌で、〈退屈と想ひし老いにさしかかり濃霧（こぎり）のやうな色欲のある〉がたいへん好きです。生々しいですね。枯れてないというところがすばらしい。

高野――まあ、男は大体そうなんじゃないですか。あまり態度には出さないけれど。

栗木――谷崎潤一郎の短歌版みたいな。

高野――谷崎の影響はちょっと受けましたね。あれぐらいエロチックなことを書いてもいいんだと。

栗木――『瘋癲老人日記』とか。

高野――ええ。刺激を受けましたねえ。あれは異常だなと思いますが。

栗木――ちょっと耽美的過ぎるところはありますけど。

高野――色情狂ですよね、あの人。色情狂でも、いい作品にすればいいわけです。だから、人間の色欲の面をクローズアップして描いた作品ということでしょうね。

栗木――『鍵』とか。

高野――女の人が読んでも面白いでしょう。

栗木――ええ、ぞくぞくしますすね。独特の関西の文化みたいな世界があります。多分、西鶴とか浄瑠璃の世界から吸収したものもあるのかなあ。

でも、「色欲」なんて言葉、私は一度も使ったことがないと思うのですが、斎藤茂吉の有名な〈わが色欲(しきよく)いまだ微(かす)かに残るころ渋谷の駅にさしかかりけり〉は遺歌集『つきかげ』の歌なので、このころ茂吉は七十近かったと思います。愛人の永井ふさ子さんを住まわせていたのが渋谷の近くなので、彼女と別れてだいぶ経ってから、戦争の後ですけれど、渋谷の駅の近くを通りかかった時に、まだ色欲の熾火が掻きたてられるような気がしたという歌かなと思って。

高野――「渋谷」という地名で永井ふさ子のことを思い出したのかもしれませんね。

栗木――なんて切なく、生々しい歌なんだろうと。あらっ、高野さんはこの歌を本歌取りにされたんですか。

高野――いえいえ、そんなことはないです。

栗木――「色欲」という思い切った言葉を使いながら、「濃霧（こぎり）のやうな」、「のうむ」ではなく「こぎり」というルビが清らかです。

高野――「のうむ」と言うと、天気予報みたいな感じですね。現象としては同じですが、雰囲気が違いますね。

栗木――高野さんの歌は大胆な言葉と非常に繊細な言葉のバランスがよく、「退屈」なんて言葉も日常的な平板な言葉ですが、下の句の強い言葉を引き立たせるため上の句を平坦にまとめておられて、その塩梅がいいのかなあと思います。

「外部より女は傷（いた）み内部より男は傷む」

栗木――でも、『流木』に来ると、〈じだらくに丸寝するこ と体力がなくてやめたり六十代にて〉。「丸寝（まるね）」は『万葉集』にもある言葉だそうですね。

高野――そうなんです。古い言葉です。

栗木――まろね、まろぶし、とか言いますけれど、洋服を着たまま寝てしまうこと。私はしょっちゅう洋服を着て昼寝してますが、体力が要るんですね。

高野――服のまま寝るのはわりに疲れるんです。ちょっと窮屈でね。くつろいだ寝巻に着替えると、寝ても楽なんです。それに気がついたということで、いよいよ中年から老年に入ったと（笑）。

栗木――一瞬、逆転の発想みたいで、年を取ったからどこでも丸寝してしまうんだと思ったら、そうではなくて、「六十でやめた」というところが。

高野――不思議なもので、年を取ると、眠るのに体力がないから途中で目が覚める。

栗木――『流木』の〈外部より女は傷み内部より男は傷むらし老いの日々〉、鋭いところを突いておられる（笑）。

高野――ちょっと女性に失礼な歌を作ったなあ。

栗木――いやあ、よく観察しておられる。女性は皺とかシミとか、いろいろなところが垂れ下がってくるとか、やはり老いは外から来ますねえ。この歌、結句が句割れになっているところ、このちょっとした屈折が味わいになっていると思います。きっちりと五七五七で分けて、最後、七で収めるのではなく、四句から結句へと段差がある。一見小さな技なんだけれど、これが大きく歌の味わいとして作用しているなあと思います。

高野――女の人は若い時、化粧をしてきれいですが、年をとると化粧をしても昔と同じというわけにいかなくて、外側からだんだん年を取る。でも、生命に直接かかわるような重要な部分は傷まない。だから、長生きするんです。男はそんなに老けてなくても内部が傷んでくる。心とか胃とか腸とか、精神や内臓関係が早くダメになる。だから、男のほうが長生きしないんです。

栗木――それだけ心が繊細だから内臓にも影響するということでしょうか。

高野――男はふだん友だちとムダ話、バカ話をして、ゲラゲラ笑うことは少ないですけど、女の人は電車の中でも華やかにおしゃべりしてますねえ。女子会をやってる。三、四人、お互いに向き合って。女の人は体を必ず相手のほうに向けるんです。男の場合は相手のほうに顔を向けるだけですけど。だから、女性は正直と言えば正直。相手の顔を見て話すという癖があるんですね。そういうことをしなくても声は届くのに。

栗木――お互いに肩をたたき合ったりして、けっこう密着してしゃべりますから。

高野――女の人はよく相手に触りますね、男に対しても。あれで女の人はストレスを発散しているんでしょうね。

三十五歳の時、髄膜炎で一か月入院

栗木——高野さんはこのころ、ガクッと体力が落ちたとか、そういうこともなく過ごされたのでしょうか。

高野——ええ。あるころからずーっと大病はしてないです。でも、三十五歳の時にひと月ぐらい入院していました。

栗木——えっ、そうなんですか。全然知らなかった。

高野——病名は髄膜炎です。「もう少し発見が遅いと危なかったですよ」とお医者さんに言われたけれど、最初、風邪を引いたという感じで高熱が出て、二、三日我慢していたら四十度を超えてしまったんです。『汽水の光』を出した後、その年の十一月くらいかな。頭が割れるように痛いので近所のお医者さんに行ったら、「これはうちでは診ることができないから、すぐ入院したほうがいい」と言って紹介状を書いてくださって、「国府台病院へ救急車で行きなさい」と言われました。行ったら、お医者さんがすぐに注射器で腰のほうから髄液を採りました。脊髄のちょっと下の方です。それを検査して、すぐ「髄膜炎です」と言われました。高熱で意識が薄れて、そこから後はもう、うとうとしてました。半睡半醒みたいな感じ。なかなか治らなくて、結局、三十日以上、入院していました。

栗木――では、抗生剤を打ったり、点滴をしたり。

高野――ええ。点滴と抗生物質と飲み薬です。体力をだいぶ消耗していたようで、三十日も寝ていると脚が弱くなるんです。自分が自分じゃないみたいで、歩けなくなって、ふらふらしました。十二月に「コスモス」の合同出版記念会があって、そこで『汽水の光』についても取り上げてくれたんですが、僕は入院していたから、それに出られなかった。

栗木――それは今も「コスモス」で続いている会ですね。

高野――ええ。半年単位で、まとめて十何冊、批評するんですが、僕の『汽水の光』は宮里信輝君がしゃべってくれて、だれかが録音して、持ってきてくれました。大病はそれだけです。

栗木――では、六十代になっても体力、気力、万全でいらっしゃる。

高野――体力はまああるけれど、気力はどうも。

二合五勺（こなから）は酒好きの適量

栗木――食べ物の歌が四十代のころからふえていますが、本当においしそうにお酒を飲んでおられるなあと思うような歌もふえてきて、特に好きなのは『河骨川』の〈あぶりたるふぐひれ沈め酒飲めば温もりは直（ぢか）にマグマより来る〉、この大袈裟な感じがとてもいいですね（笑）。

高野――本当に全身が熱くなるんです。ちょっと大げさに言えば、地底から熱さがやってくるという感じ。ひれ酒はものすごく酔うんです、調子に乗ってお代わりなんかすると危ない。外で飲むと、しょっちゅう乗り過ごしをしました。

栗木――そういう歌がありますね。乗り過ごし歴二十何回とか。

高野――そうなんです。一度、電車にカバンを忘れたことがありました。小銭が入っていたくらいでしたから、大したことはなかったですが。まあ、飲むとダメですね。大失敗はあまりないですが、小さな失敗は数限りなく（笑）。

栗木――お酒にまつわるいろいろ味わいのある言葉も歌集の中に出てきて、例えば『流木』の〈こなからは真綿のやうなやはらかき言葉、今夜もこなから飲みぬ〉、「こなから」という言葉はこの歌で初めて知りました。

高野――半井（なからい）という姓がありますが、一升の半分が「半（なから）」で、五合です。「小（こ）」はその半分という意味。だから、「こなから」は四分の一升、つまり二合五勺です。これがまあ、お酒の好きな人の飲む適量の目安です。この言葉をどこで知ったかというと山本周五郎の時代小説に出て来たのです。調べたら、『広辞苑』に載っていました。「二合五勺のこと」とあって、いい言葉だなあと思ってね。大和言葉です。

栗木――あ、「小半（こなから）」ですか。「藍尾（らんび）の酒」という言葉も出てきます。

高野――ああ、それは難しいなあ。中国に出典があったと思います。自分で難しい言葉を使って、忘れてしまうことがあるんです。だから、ときどき自分の歌集を読み返すのに字引を引いたり（笑）。『広辞苑』に出てない言葉を使う場合は前書きなどで註を付けてます。昔は別刷りで「註」を入れてましたが、あの方式はやめて、『広辞苑』に出ているものは註を入れない、出てないものは前書きか何かで意味を説明することにしました。「藍尾」は『広辞苑』では「饗宴の際、杯を順次にめぐらし、最後の者が3杯続けて飲むこと」。大変ですね、これは（笑）。

栗木――「二日酔」に「もちこし」とルビがあったり。これは造語ですか。いかにも持ち越すわけですけど（笑）。

高野――それも『広辞苑』に出ています。「食物が消化せず胃中に滞ること。前夜の酒の酔いが翌日まで残っていること」で、『浮世風呂』に出ている言葉のようです。

お酒の飲み方

栗木――いかにもお酒好きの人が言い訳しつつ飲んでいるみたいな歌があります。例えば『河骨川』の〈えをとこの琴欧州が勝ち進みこの嬉しさが焼酎に走る〉、べつに琴欧州が勝ったからって、それが何の理由になるんだろうと思うのですが、何か理由を見つけて（笑）。

高野――ええ、そうなんですよ。男は、理屈をつけて酒を飲んでいる人、多いですよ。「今日は広島が勝ったから飲むか」とか、「今日は丸がホームランを打ったから飲もう」とか。どうせ、丸がホームランを打たなくても飲むんですけどね（笑）。

栗木——前に蒲郡の短歌大会に行った時でしたか、みんなで二次会、三次会といろいろおしゃべりして、それぞれがホテルの部屋に引き上げる時、高野さんが「これから寝酒を飲むんです」と、小さいウイスキーボトルとおつまみの「柿の種」を持ってきてらして、びっくりしました。十二時くらいまで地元の歌人たちと一緒に飲んでいて、さらに締めで飲むのかと。

高野——今はあまりしませんが、外で飲んで、あるいは家で晩酌した後、寝る前にもう一回、飲みたくなるんです。その時はウイスキーがわりに多い。おかずなしで飲めるので。水割りか何かで、つまみはピーナッツくらいあればいい。でも、寝酒は七十代になってからあまりやらない。体力がないというか、胃が疲労困憊するという感じで、やめました。晩酌はやってますが。

栗木——『流木』に〈ある刹那日酒（ひざけ）やめむと思ひしが日酒は健康の証でもある〉という歌もあります。「日酒」は毎日飲むお酒のことですね。今でも毎日ですか。

高野——ええ、毎日。ああ、日酒ですね。自分で使った言葉を忘れてますね。

栗木——飲めるっていいなあと思います。『流木』の〈サイイサイイ、サイモチクとは楽しけれ肴（あて）はおからとひじきが良けれ〉、いかにも楽しそうですね。

高野——これは沖縄の言葉でして、それを前書きで書いています。「琉球語、「サイサイサイ、サイモチク」は「酒、酒、酒、酒持て来」の意。」だと。この琉球語はお酒を飲む時の楽しい気分をよく表しているなと思って、これを使って、下句は「肴はおからとひじきが良けれ」。僕の歌に出てくる食べ物は庶民的なものばかりです。実際にこういう簡素なものが好きです。あまり手の込んだ、西洋風な、フランス料理とかは苦手。

栗木——「肴」も「あて」と言うと通な感じがします。

高野——僕は四国の生まれですが、お酒を飲む時は「酒の肴」とか「酒のおかず」みたいな言い方をしていました。「あて」という言葉は九州の人が使っているので初めて知りました。こういうのを自分の歌の中で一回、使いたいなと思ってたんです。栗木さんは東海地区のご出身ですが、この言葉は使いますか。

栗木——いえ、使いませんでしたが、高野さんの歌を見て、「さかな」というより「あて」と言ったほうがいいなと思って。さりげない感じがしますね。

高野——ええ。「あてがう」の「あて」だと思うのです。味のある言葉ですね。

栗木——前に天橋立に行った時に朝早い新幹線で東京を発って、小高賢さんと沖なもさんと席を向かい合わせにして一緒に行ったのですが、すごく楽しかった。最初からちびちびお酒を飲んでいらしたのか、高野さんが替え歌で「天橋立男伊達、家を持つなら一戸建て」って歌っ

天橋**立だて**音頭

作詞　高野公彦
作曲　水上比呂美
踊り　コスモス社中

一、
天橋**立**　男**伊達**
女は気**立て**　チョットチョットネー、チョットチョットネー
いっしょに住もうよ、ソーレソレソレ　　一戸**建て**
　コーヒー入れ**たて**
　風呂は沸き**たて**
チョットチョットネー、チョットチョットネー
お**だて**にのるなよ**伊達**男、お**だて**にのるなよ**伊達**男

二、
天橋**立**　後ろ**盾**
恋のくわ**だて**　チョットチョットネー、チョットチョットネー
邪魔**立て**するとは、ソーレソレソレ　　憎らしい
　今日の献**立**
　君は子そ**だて**
チョットチョットネー、チョットチョットネー
お**だて**にのるなよ**伊達**男、お**だて**にのるなよ**伊達**男

三、
借金取**立て**
ペンキ塗り**たて**
チョットチョットネー、チョットチョットネー
天橋**立だて**音頭　天橋**立だて**音頭

てらした（笑）。
高野――ああ、その天橋立音頭は現地で作ったんですよ、生まれて初めてでした、天橋立を見たのは。
栗木――私もそうでした。股覗きとかしましたよね（笑）。
高野――ええ。天橋立を歩いている時にふと浮かんだフレーズが、「天橋立、男伊達、女は気立て、一戸建て」です。歌詞が短いので、あれに少し足したものに水上比呂美さんが曲を付けたのが「天橋立音頭」です。それを一昨年の「コスモス」の新年歌会で歌って踊ってもらいました、おかめの面をつけて（笑）。小島なおさん、水上芙季さん、片岡絢さんとか五、六人で。

青学女子短大「クーリエ歌壇」の秀歌

栗木――平成二十二（二〇一〇）年三月に青山学院女子短期大学を定年退職されました。結局、何年間くらい勤めておられたのでしょうか。

高野――十五、六年です。

栗木――インターネットで検索していたら、「青山クーリエ」という冊子がちょうどアップされていました。

高野――短大の広報誌みたいなものです。

栗木――それの二〇一〇年三月五日、152号に三月で退任される先生の特集が組まれていて、高野さんの顔写真入りで「退任の言葉」が出ていました。「私は短歌を作るのが好きなので短歌の授業も楽しい。さほど進歩がなくても、真面目に授業を受けていればいいと私は思う」と、包容力を持って接しておられたことがわかります。「卒業する学生に「君たち、結婚して子育てが終わって、ひまが出来たらまた短歌を作ってね」と言う。すると彼女たちは「先生、そのころ、生きてますか」と返す。私は苦笑しながら「大丈夫、この世にいなければ、あの世にいるから」と答える。」という大変ユーモラスで温かい文章が載っていました。「この世にいなければ、あの世にいるから」というのはうまい返しですねえ。その「青山クーリエ」に「クーリエ歌壇」というコーナーがあって、何人かの学生さんたちが歌を載せておられます。高野さんは一首ずつ、とても懇切なコメントを載せておられる。この「クーリエ」は年に何回か出ているのですか。

「コスモス」新年歌会で「天橋立音頭」を踊るみなさん。

高野――月に一回かふた月に一回か、わりによく出ています。もう一つ「青山学報」というのがありまして、そちらは青山学院大、女子短大、高等部、中等部、初等部、全部を対象とした広報誌です。「青山学報」にも歌壇があって、そこは年に一回、作品を募集します。選者が僕と日置俊次さんと津金規雄さん。今は僕が辞めたので水上比呂美さんがやってます。短大の「クーリエ」は僕の授業で作った歌から、いい歌を僕が選んで載せます。だから、二か所に短歌の欄があったということです。「クーリエ」は、年末に僕が一年間の秀作を選んで載せました。秀歌選ですね。

栗木――いい歌があるんです。〈片方のイヤホンで聴くコブクロの「蕾」と君の心臓の音〉の作者は早坂麻由さん、国文一年生です。コブクロの「蕾」という曲をイヤホンで片方ずつ一緒に聴いている。

高野――二人で聴くのが楽しいんですよ。

栗木――そうなんですよね。鬱陶しいと思うんだけど（笑）。「二人でくっついて聴いているからあなたの心臓の音も聞こえる」。「コブクロの「蕾」」という曲の出し方もうまいなあ。

高野――恋の歌が多くて、かつ、ちょっと洒落た歌い方をしたがるんです、若い女の子は。

栗木――高野さんの歌も最後に一首、載ってます。〈ふっさりと芒、花舗（かほ）にて売られおりこの世に届くかの世の光〉。さすが。お洒落なススキが花屋さんの店先で売られていて、「この世に届くかの世の光」で、歌が大きく幻想の世界に飛躍している。ここに「この世にいなければ、あの世にいるから」という言葉も重なってきますね。

高野――「クーリエ」は先生方もお読みになるので、僕の歌は先生方向けの歌を出しています。女の子向けの歌だったら、もう少しわかりやすいのを出しますね。たまに僕の歌を読んだ学生が「先生の歌、わからない」と率直に言います。「難しい」とか。正直ですね（笑）。

栗木――今は花屋さんのことを「花舗（かほ）」とは言いませんから。でも、意味的には共感を呼ぶ歌だと思いますけれど。

大下一真さんが一升瓶を提げて来てくれた

クーリエ歌壇

『教え子たちの短歌――今年の作品から（平成21年4月〜12月）』

国文学科教授　高野 公彦 選

片方のイヤホンで聴くコブクロの「蕾」と君の心臓の音
国文一年　早坂 麻由

コブクロのヒット曲「蕾」を、イヤホンで仲良く二人で聴いている。曲と一緒に君（好きな人）の心臓の音も聞こえる、という初々しい恋の歌。

鉄板の上でとんぼを滑らせて二百のクレープ生地焼く土日
国文一年　金 美里

バイト先でクレープを焼いているのだろう。とんぼは、そのとき使う道具。「二百」という数字が、仕事の苦労をリアルに物語っている。

モバイル化頁をめくる音を消し紙の文化の行く末どこに
国文一年　加藤 成美

ケイタイで本が読める時代。電車の中で読書してもページをめくる音がしない。紙の文化はどこへ行くのか、と心配している知的な歌である。

背の高さ気にする我に君が言う「十人十色」は魔法の言葉
家政一年　宮本 紗耶加

身長なんて気にしなくていいよ、だって十人十色だもん、と彼が言ってくれた時、魔法にかかったように気が楽になった、という喜びの一首。

葉が擦れる音と足音だけがする屋久島の杉太陽隠す
国文一年　角田 美穂

屋久島に茂り立つ巨大な杉の群れ。時折り、葉擦れの音や、人の歩足音がする。うっそうと茂る木立の中の静寂をたくみに表現した作品。

木に木足し林に木足し森になり森に木を足しジャングルと読む
国文一年　上野 香葉子

木という文字に木を足すと、林という文字になり、林に木を足すと森になる。さらに木を足せばジャングルだね、という面白い言葉遊びの歌。

栗木――教え子さんとは〈教へ子のくれし童謡のオルゴール年経て定年の春にまた聴く〉（『流木』）という心温まる交流もあったみたいです。

高野――学校の近くに「ひごの屋」というおいしい焼鳥の店があって、ときどき、短歌を作っている女の子たちを四、五人連れて飲みに行きました。そのお返しということでオルゴールをくれた女の子がいて、その子が卒業した後、僕の本棚に置いてあったのですが、僕自身が退職する時、これはあの子にもらったんだなと思って、あらためてそれを聴いたという内容です。

栗木――第7回に学生さんを連れて鎌倉へ行った時のお写真がありました。吟行というか。

高野――あれは入学して間もないころ、希望者がいたら鎌倉散歩をしましょうという、一種の課外授業です。そういうことをなさる先生がいたので僕もそれに倣ってやったものです。希望者は十何人かいたかな、朝十時ごろ北鎌倉駅に集まって、そこから歩いて円覚寺や建長寺を見学しながら、峠を越えて八幡宮まで歩きました。夕方、遠い人は帰して、山崎方代さんとつながりのある鎌倉飯店で食べたり飲んだりしたんです。一緒に行った短大国文科の小林先生、『源氏物語』が専門の方ですが、鎌倉飯店と知り合いでして、僕のことを「短歌をやっている高野公彦という人です」と紹介してくれたら、店のご主人が僕の名前を知っていて、「それじゃ大下一真さんをお呼びします」と、呼んでくれたんです。大下さんは一升瓶を提げて来てくれました。そこで初めて彼と会ったのです。酔っ払って色紙を書いたりしましたが、今年(二〇一六年)の九月、方代忌で瑞泉寺に行ったら、その時に書いた色紙をわざわざ出してきてくれていた。ビックリしました。何を書いたか覚えてなかったんですが、久しぶりに見たら「方代さんの歌を読んで、歌がますます好きになりました」みたいなことが書いてありました。イラストを入れて。

栗木――自作短歌ではなく、コメントとイラスト。大下さん、喜んだでしょう。

高野――僕は気持ちよく飲んでいるうちに、あるころから記憶がなくなるんです。「あれっ、そんなことをしたかな」とか、その時に色紙を書いたのを全然覚えてないんです。記憶はないんだけれど、普通の行動をしているらしい。

栗木——別に傍若無人な振る舞いをするわけではない。

高野——それはしないんです。酔って、女の人に触ったりできるといいなと思うのですが。

栗木——そういうところは見たことがないですね。

高野——そちらは抑制しているみたいです（笑）。

栗木——今でも同窓会などでお誘いがあるんですか、「先生、来てください」と。

高野——いや、もうあまりないですね。栗坪先生も退任されたし。知っている方が次々と定年で退職なさるんです。それと、学校自体が変わりつつあるんです。学部が再編成されて国文科がなくなりました。国際教養学科みたいな名前になって、だから、ちょっと違ってきてますね。

前さんのお宅にはファクスがあった

栗木——この二つの歌集の中に前登志夫さんの歌があります。『河骨川』に十津川の前さんを訪ねた時の歌があって、〈前を行く前登志夫氏の揺るる臀（しり）を見つつ渡りぬ長吊橋を〉。

高野——それは和歌山県の熊野古道が世界遺産に登録される前のことですが、和歌山県の海岸から内陸部に入ったところの中辺路（なかへち）という町で熊野古道を顕彰するための短歌大会を毎年やっていて、お隣の奈良県の前登志夫さんが世話係になっていました。毎年、一人、講師に招かれて、選歌をしたり、講演をしたり。僕は電車で行きましたが、前さんは吉野から中辺路まで車で来られる。鉄道がないので南へ南へと十津川沿いに下って来て、山越えをして中辺路まで来て、世話役として会を見守っていらっしゃる。その会の行事が終わった後、「高野君、うちに来ませんか」と誘ってくださって、前さんの運転する車で吉野へ行きました。

栗木——シーマに乗ってらした。運転が相当恐ろしいと聞きましたが。

高野——運転はうまいですね。車は、高級車のシーマです。三〇〇〇CC以上あるような、馬力のある車でね。山道だからパワーが必要なんでしょう。前さんは、大阪の大学やカルチャーに教えに行く時、自分で車を運転して行かれる。帰りは、もし眠くなってこれは危ないと思ったら、崖下のところに止めて、仮眠をしてから帰るそうです。だから、事故は起こしてない。その歌は十津川の長い吊橋を案内してくださって、前さんの後ろからついていった、その時の歌です。そのあと前さんのお宅まで伺いました。和室の応接間は畳部屋で、座り机でした。部屋の隅にファクスがあったので驚きました。

栗木——ファクスくらいはあるでしょう。

高野——いや、当時、ファクスは僕の家にはまだなかった。

栗木——お好きだったのかしら、機械ものが。

高野——たぶん、原稿が遅いからファクスがないと間に合わないんでしょう。どこかの出版社から、「先生、お宅にファクスをつけていただけませんか」と言われたのではないですか（笑）。

栗木——郵便は雪でも降ったりするとなかなか集配が大変でしょうから。

高野——いやあ、郵便屋さんの問題ではないでしょう。ご本人の問題ですね。なにせ、雑誌の校了の日にまだ前さんの原稿が来てないんだから。

栗木——いろいろな武勇伝がありますよね。お弟子さんが新幹線の駅まで届けに行ったとか、航空便を羽田まで編集者が取りに行ったり。

高野——そう、昔は航空便というのがあって、空港まで持っていくと、すぐ飛行機に載せる。その飛行機が着く空港まで編集者が受け取りに来ているわけですが、ファクスのほうがずっと早いでしょう。

栗木——前さんの歌で、一首、この歌がというのをお伺いできれば。

高野——晩年の二つの歌集、『鳥總立』と『大空の干瀬』に、いい歌が幾つもあります。そのうちの『大空の干瀬』から挙げると、〈けだものの餓ゑをおもひて山の雪ふりはじめたる時間をあゆむ〉、冬になって獣は食べ物が少なくなって飢えているだろうと思いながら山の雪が降り始めた時間の中を歩いているという、ふところ深い吉野を思わせる歌です。もう一首、少し砕けたユーモラスな歌い方で、〈何のためのダムかはしらず、ダム以後はふきげんに川流れくるなり〉、川が不機嫌に流れ来るというのが面白いですね。もう一首、〈素寒貧の翁なれどもよく笑ふその妻をりて冬の山住〉、自分が素寒貧の翁なんだけれども、よく笑う妻がいて、明るい妻に救われて冬の山に住んでいる、という歌。「冬の山住」、いいですね。

河野裕子さんの六千余の歌はみな読んだ

栗木――前さんが亡くなったのが二〇〇八年で、河野裕子さんが二〇一〇年八月に亡くなりました。『流木』に「近江の人」という一連があって、裕子さんの死を悼むねんごろな歌が入っています。私が特に好きなのは〈会ひしこと五、六度ならむ而して歌六千余みな読みにけり〉です。遺歌集を含めて十五冊、六千あまりの歌をみんな読んだというところに河野さんへの親愛感が籠もっているなあと思います。〈その人を思へば顕ち来ねこじやらし鳰のみづうみ卵かけごはん〉、裕子さんの歌の題材の特徴を「猫じゃらし」と「鳰のみづうみ」と「卵かけごはん」で実に的確に捉えておられます。

高野――それぞれいい歌がありますからね。「鳰のみづうみ」は〈たつぷりと真水を抱きてしづもれる昏き器を近江と言へり〉。

栗木――原風景ですねえ。

高野――河野さんも、若い時にいい歌集があって、晩年の『葦舟』、そして遺歌集の『蟬声』がありますす。青春時代の第一歌集と最後の歌集、両方がいいというのはやはり大きな歌人に共通した特徴です。『葦舟』で一番好きなのが、あちこちで引用して書いていますが、〈生きながら死んでゆくのが生きること眠るまへ明日の二合の米とぐ〉、「生きながら死んでゆくのが生きること」は、単純なものの言い方ですが、深いものがあります。

栗木――哲学的ですね。

高野――ええ。乳がんが再発して、余命というものがわかっていた時の歌です。「生きながら死んでゆく。これが生きることなんだ。とりあえず今は、眠る前に明日の二合の米を研ぐ」と、自分の今していることを簡潔に描いています。「二合の米」は多分、二人分ですね。朝、昼、晩を一度に炊かないで、一食分ずつ炊く。そういう炊き方ではないかと思います。おいしいご飯をその都度食べる。

栗木――最後まで自分は食欲がなくて食べられなくても、家族には作るということでした。

高野――おいしい米のご飯を作るというのに愛着があったみたいですね。ユーモラスな歌もあります。〈投稿のハガキの山の間に沈み永田和宏あくび大明神〉。なるほど、「あくび大明神」、こういう感じなんでしょうね。シリアスな歌もありユーモラスな歌もあり、いい歌集だと思います。

遺された「あなたとあなたに」

高野――『蟬声』もいい歌集です。特に最後の歌、〈手をのべてあなたとあなたに触れたきに息が足りないこの世の息が〉、力を振り絞って作った歌です。「あなたとあなた」は解釈が二つあると言いますが。

栗木――そうなんです。「あなたとあなた」と並列なのか。

高野――「あなたと言いながら、あなたに触れたい」ですと、「あなた」が一人になります。あなた及びあなたと、家族に向かって作っているのか。それともある一人に向かってか。

栗木――そこは「塔」の中でも解釈が分かれています。私は「あなたとあなた」で複数かなあと思うのですが、永田さんは「俺ひとりのことやろ」と言ってました。でも、吉川宏志さんは別々の「あなたとあなた」だと。「　」がないですし。私はファーストインプレッションで「あなたにも、あなたにも」ということかなと。

高野――僕は最初、読んだ時にそう思いました。ただ、「あなた」と言いながら、あなたに触れたい、という解釈もあるなと、あとで気が付きました。

栗木――言われて、ああ、そうかあと思いましたけど。

高野――二つの「あなた」のうち、最初の「あなた」にカッコがついていると、一人のことを差すことになりますが。いずれにしても、いい歌です。すごいなあと思います。

栗木――骨の髄から歌人だったという感じ。高野さんも同じ時期に「コスモス」に入会されて、ずっと歩んでこられた。偲ぶ会にも来てくださいましたね。

高野――「コスモス」に入会したら、雑誌の最後の「通信コスモス」というページに今月の新入会員として名前が出ますが、全く同じ号に河野さんと僕が出ています。僕の歌では五、六回しか会っていないと言っていますが、もう少し会っているかもしれません。賞の選考で一緒の時がありました。でも、それは選考のための話をするだけですから。会って、話をしたというのには当たらないと思います。雑談もしないし。

栗木――河野さんはわりとサッと帰ってしまいますからね。それこそ一緒に旅をするとか、そういうことも。

高野――ええ。そういうこともないんです。二人で会ったことは一度もないし、だから親しいとは言えないです。むろん、歌は読みましたけど。

栗木――河野さんも高野さんのことはすごく尊敬して、折に触れて高野さんの歌を引用されていました。

三月十一日の翌日から無我夢中で歌を作る

栗木――『流木』で大きな位置を占めているのが、二〇一一年三月十一日の東日本大震災の歌だと思います。高野さんは直後から詠み始められて、ずっとその後の原発の問題など、今でも引き続き福島に対する思い、東北に対する悼みを詠み続けられていて、印象深いのですが、三月十一日はどこにおられたのですか。

高野――その日は外出する用事がなくて、自宅で本を読んでいたか原稿を書いていたかしていました。二時四十六分でしたね。揺れ始めて、あ、これは大きいなと立ち上がったら、部屋の中のヌマエビを飼っている大きな水槽が、フロアに置いていればそんなには揺れなかったんでしょうが、見やすくするために鉄で作った四本脚の台の上に置いていたのですごく揺れたんです。水が入っていたから、大きく揺れて、中の水が飛び出した。エビは飛び出さなかったのですが、フロアがびしょ濡れになりました。僕のところは五階なんですが、この水を早く拭き取らないと四階の部屋の天井に染みが出来てしまうと思って、大急ぎでぼろ切れを集めて、零れた水を吸い取ってはバケツに絞るということを三十分以上やりました。へとへとになるくらい。

栗木――絨毯などは敷いていなくて、フロアそのままですか。

高野――絨毯でした。絨毯に沁み込んだ。でも、すぐに水を拭き取ったので、下の階には迷惑をかけなくて済みました。その後、水槽はベランダに出しました。僕の部屋には作り付け本棚があって、それは揺れない。スチール製の本棚は、地震が来ると本棚が倒れて危ないという話を聞いたので、前もって本棚が倒れないようにすべての本棚を紐で柱に括りつけてありました。だから本棚の本が数冊こぼれ落ちたくらいで、大して被害はなかったですね。

　でも、すぐテレビをつけて愕然としました。あまりにもひどいことが起こっていて。ずーっと見続けて、そのうち、こうしてはいられないと、次の日くらいから無我夢中で歌を作ってね。だから、だいぶ作りました。

栗木――「コスモス」の方々との、そういう時の連絡網はないのですか。

高野――「コスモス」は事務室があって、いつも三人くらいが常住で仕事をしています。狩野一男君たちが、彼は特に宮城の出身だから知り合いが多いので、あちこち電話をして「大丈夫ですか」と問い合わせたようです。

栗木――『遠浅』という歌集を出された斉藤梢さんとか。

高野――あの人がいちばん被害が大きかった。住まいが閖上地区の近くでした。マンションに住んでいて、車で避難したらしいのですが、そのあたり一帯が津波でやられちゃってね。そのあと、閖上近辺のことを三十首、歌にしました。でも、「コスモス」で亡くなった人はいなかったですね。

映像や報道を通じて見たものをどんどん詠んだ

栗木――『流木』の中に心に残る歌がいっぱいあります。「津波は多数の遺体を沖に連れ去つたといふ。」という詞書のついた歌で、〈《花束》は太平洋をただよへり一つ一つの〈花〉に分かれて〉、ものすごく凄惨な状況を詠んでおられる。遺体が完全な体として残っているわけではなくて、あれだけの津波だから、手とか脚とかばらばらになって連れ去られてしまう。「一つ一つの〈花〉に分かれて」、ここに鎮魂の思いがあるなあと。これは直後の歌ですね。

高野――ええ。とにかく早く作りました。何かの締め切りが近づいていたわけではなく、どんどん作りました。

栗木――〈口に鼻に泥の詰まりし遺体ありその気高さは人を哭(な)かしむ〉、津波の遺体ですね。それを「気高さ」とおっしゃっているところに迫力があります。

高野――情報はテレビの映像が中心ですが、あと新聞記事とか、いろいろな報道の記事や映像を見て作りました。しかし、例えば今挙げてくださった「口に鼻に泥が詰ま」るみたいな遺体の映像は、画面に出ないんです。津波で亡くなった人の口にも鼻にも泥が詰まっていたという報道を聞いて、あとは自分で想像して詠んだんですね。肉眼で見たものは一つもない。みんな映像を通して見たもの、あるいは報道を通じて作ったものです。

栗木――ドキュメンタリータッチというか、〈三・一一すなはち遠藤未希さんの忌日、呼びかけながらの水死〉、防災無線を続けた、町職員の方でしたね。

高野――そうです。「津波が来ましたから、早く避難してください」って放送しながら津波に呑まれた。

栗木――最後まで職務を遂行され、ついに自分は逃げ遅れてしまった。この固有名詞の重さでこの歌は事実として残っていくなあと思いました。

高野――その女性を追悼したいと思って、名前を入れた歌を作りました。歌がよくなくても構わないと思って作ったんです。

人のいない所へ「人影」として

栗木――その後、東北を訪ねていかれたのですか。

高野――行ったのはその年の十月です。まだ石巻までは行けないんです。仙台と石巻をつなぐJR仙石線が松島までしか開通してなかった。松島の東側にあるのが東松島で、非常にたくさんの津波の死者が出たところです。そのあたりの鉄道は全て津波でやられてしまって、石巻に行く人はバスを利用する状態でした。被災地の人はみんな避難して、以前より人影が少なくなっているわけです。だから、僕は「人影」として現地に行くという気持ちで行けばいいんだという考えで、何人かで行って、仙台に泊まりました。仙台市内はあまり被害が目立たない。ただ、青葉城の石垣が壊れていて、一部分ですが、それを修理していました。

あとは仙石線に乗って松島まで行って、そこから船で松島湾を一周しました。松島の町は海のすぐ近くまで土産物屋さんがいっぱい並んでいるのですが、店の人に聞いたら、床下浸水だけで済んだそうです。湾内にたくさんの島がありますが、あの島が津波の力を弱めたんですね。隣の東松島は島がぜんぜんなくて、九十九里みたいにのっぺらぼうの浜です。だから、もろに津波でやられた。そういうことを実感しました。

去年（二〇一五年）、女川に行きました。あそこはまた異常ですね。原発は遠いので行けなかったのですが、石巻まで行って、そこから乗り継いで女川に行きました。女川の駅を出ると、まわりがすべて通行止めで、出られるところが限定されている。一つは土産物屋へ行くだけ。住宅を見たいと思ってずーっと歩いて行っても、人の住んでいる住宅は見あたらない。異常な感じでした。住んでいた人はどこに行ったんだろう。周りに人家はゼロでした。周囲全部、嵩上げ工事をしていてね。ダンプカーがいっぱい走っている。嵩上げしているところにいずれ住宅を作るんでしょうけれど、四、五年経っているのに、まだ一軒も建っていないんです。嵩上げが済んでも、そこに帰るかどうかがはっきりしない。いろいろな問題がきっとあるんでしょうね。女川は、復興しているようでありながら、人を拒絶しているような印象でした。恐ろしい気がしました。

「原子炉を許し焚火を許さない国」

栗木――今回の地震が阪神淡路大震災と違うのは原発の問題があったということで、原発については今までも何回も触れましたが、もともとふるさとの伊方原発の時から、高野さんは違和感を持って常に詠んでおられる。まだ収束のメドがついてないわけです。除染の問題とか。〈蜂の巣に蜂の羽音のせぬ真昼　除染といふは移染にすぎず〉、まさにフレコンバッグが盤回しみたいに、仮置き場、仮仮置き場みたいな感じで。百パーセントの除染というのは果たしていつになるんだろうかと。

高野――除染といっても、放射能で汚染された土を掘って移動させているだけです。除染すればするほど汚染土がたまっていく。置き場がない。「自分の住んでいる近くに置いてくれるな」とみんな思っているから。根本的な解決は何もないのに、原発を再稼働しようとか、原発を外国に売りに行くとか、そういう動きがある。

栗木――地震の多い日本という国で原発は危ないと改めて思い知りました。

高野――昔、福井県の小浜を訪ねたことがあって、「原発を見ないで帰った」という歌を作ったことがあります。それよりもっと前に福井県に行った時に、地元のある詩人が「立石岬の原発の近辺の村に緊急有線がある。原発は安全だと言いながら、いざという時はそれを使って皆に知らせるそうだが、緊急有線を設置したこと自体、原発が安全じゃない証拠だ」、そういう詩を書いていました。僕はその人の影響を受けました。地元の人で「原発は危ないぞ」ということを作品にしている人が昔からいるんです。

栗木――「歌壇」の二〇一六年十二月号の「今年の十首選」で高野さんの歌、〈地震(ぢしん)の巣あまたある国　原子炉を許し焚火を許さない国〉を三人の方が挙げておられます。

高野――焚火はダイオキシンが出るということらしいですが、出ても大した被害はないと思うんです。原発の方がずっと危ないですよ、破壊的で始末に負えない。

　つい、二週間ほど前、生まれて初めて鳥取に行きました。鳥取県は東半分が因幡、西半分が伯耆です。因幡の海岸線を車で走っていたら、あの辺は山が海のすぐ近くまで迫っていて、海岸線が険しいのです。その一か所に「原発建設反対」という看板を立てた畑があった。そこが原発を作ろうという候補地だったのですが、原発を阻止するためにその土地を買って畑に野菜を植えたりして土地を売らなかった。それで結局、鳥取県には原発ができなかった。代わりに隣の島根県にできてしまった。そういうことを地元の人が話してくれました。反対する人がいても、地元に賛成する人が多いと、島根のように原発ができてしまう。

栗木――事故がある前は「町が潤う」というので賛成する人もいますから。

高野――そうなんです。お金の関係です、原発ができてしまうのは。

栗木――佐賀県に行った時に玄海原発に連れて行ってもらいましたが、そんなに人口が多い町でもないのに、ものすごく立派な町民会館とか体育館とかがあって。

高野――原発を作るのになぜ、大金を使って、あまり必要のないような立派な建物をどんどん作るのか。

栗木――後ろめたいことがあるからじゃないかと思ってしまいますね。

架空の地名で遊んだ歌

高野――話は変わりますが、『河骨川』で「地名屛風図絵」という一連を作りました。じつは全部架空の地名です。これは架空だとわかると思ったから断り書きも何も付けなかったら、実在すると思った人もいたみたいで、申し訳ない気持ちです。

栗木――高野さんだから、いろいろな地名を知っていると思ったのでしょう。グーグルで探した人がいたりして（笑）。

高野――そうなんです。あの一連は十首作ったんですが、いくら探してもすべて出てこないから、架空の地名だということがわかるはずなんです。水仙岬（すいせんみさき）、虎杖峠（いたどりたうげ）、野分ヶ原、十六夜沼（じふろくやぬま）、星ヶ淵、五郎太谷（ごろただに）、小日向川（こびなたがは）、蓬萊湖（ほうらいこ）、水銀（みづがね）の滝。みな僕の創作です。最後の一首だけ実在の地名を詠みました。ああ、これがまずかったんだなあ、〈立売堀（いたちぼり）、金持（かもち）、彼方（をちかた）、未明（ほのか）あり地名は匂ふばかり妖しき〉、ありそうにもないような極めて希少な地名ですが、これらは実在なんです。立売堀は大阪市、金持は鳥取県、彼方は富田林市かな。こういう珍しい地名について書いた本がときどきあるんです。

栗木――塚本邦雄さんも凝っておられましたねえ。

高野――ええ。人の名字もそうですし、地名も面白いものがたくさんあります。

栗木――天使突抜（てんしつきぬけ）というところが京都にありますし。

高野――天使突抜は最近読んだ島田幸典さんの歌集の中にありましたね。

栗木――京都では歌枕のようになっています。では、今日はこのあたりで終わります。ありがとうございました。

（如水会館　２０１６・11・16）

【第11回】『うたの回廊』『わが秀歌鑑賞』『短歌練習帳』など

文章の連載で四冊の本を編む

栗木――高野さんは二〇一一年から二〇一三年にかけて、短歌の鑑賞書や入門書を次々にお出しになります。

『うたの回廊』（柊書房、二〇一一年）は総合誌各誌に掲載された文章を収録したものです。『わが秀歌鑑賞』（角川学芸出版、二〇一二年）は角川「短歌」の連載です。『わが心の歌』（柊書房、二〇一三年）は「NHK短歌」のテキストの連載などを収めたもの。『短歌練習帳』（本阿弥書店、二〇一三年）は「歌壇」の連載をまとめたもの。ですから、つねに月刊誌に文章の連載をしておられたと思うのですが、文章をお書きになるのはそんなに苦痛ではないですか。

高野――いや、ちょっと苦痛ですねえ。歌は一首一首作って積み上げていって、あと、配列を考えればいいから、まあ、とっつきやすい。でも、散文は、二、三枚の随筆ならまだ気楽ですが、評論めいたものを書くとなると何か考えなくちゃいけない。テーマを考えて、どう論理を進めていくか。前へなかなか進まない。だから、うーん、どちらかといえば苦手ですねえ。

栗木――こういう本は、「連載をしてください」と言われて、高野さんが「じゃ、秀歌鑑賞をします」というふうにテーマを設定されたのですか。

高野――いろいろありますね。『うたの回廊』の中心は長い評論です。歌論的なものが十年以上経ってたまったので一冊にまとめました。これは昔出した『地球時計の瞑想』の第二篇みたいなものです。歌論集という感じです。例えば『短歌年鑑』に二ページとか四ページで書いたようなものが中心です。

栗木――時評的なものよりは本質論ですね。

高野――ええ。時評的なものはあまりないですね。それから『わが秀歌鑑賞』は、角川編集部から「内容は自由ですから二年ほど連載してください」と言われて、好きな歌を取り上げて鑑賞をしました。読み方について問題がある、あるいはこう読むともっと歌のよさがわかるんじゃないか、というのをなるべく取り上げるようにしました。

決まり文句は使わない――『短歌練習帳』

高野――『短歌練習帳』は文字通り入門書的なもので、いろいろなテーマから書いたわけです。例えば初心者がいちばんはまりやすい問題点は「決まり文句を好んで使う」。例えば「満天の星」とすぐ使うんですよ。なぜ、あんな決まりきった言葉を使うんだろう。それは使わないほうがいい。それをわかってもらうために、決まり文句を使った歌を集めたりしました。

栗木――かえってつらいですね。いい例を集めるのならいいのですが。

高野――ええ。手垢のついた決まり文句を集めるんですから、ゴミ拾いのような仕事です。短歌で決まり文句を使う人は、それが決まり文句であるという自覚なしで使っている人が多いですね。

栗木――本人は得意になって、「ここで決めたぞ」と思ったのでしょうが。

高野――ええ。例えば「満天の星」と言ったらきれいだと思っているみたいですが、全然きれいでも何でもない。あるいは「日が暮れる」を「暮れなずむ」と言うとカッコいいと思っているようだが、むしろカッコ悪いし、だいいち「日が暮れる」と「暮れなずむ」は意味が違います。

栗木――なずんでいるわけですから、なかなか暮れないということですものね。

高野――そうです。そういうのを好んで使うのは初心者に多いですね。

栗木――「決まり文句を使わない」というものの、使ってうまくいった例も紹介されています。

だから、頭ごなしにダメと言うのではなくて、「どうせ使うなら、こうやって使えばウルトラC級になりますよ」と。

高野――ものすごく歌の上手な人は、わざと決まり文句を使ってアッと言わせるわけです。例えば「雨がざあざあ降る」は決まり文句ですが、「コスモス」の野村清さんは、宮柊二の兄貴分くらいにあたる人ですが、〈見てをれば悲しくなりぬ止むとなく雨はざあざあざあざあ降れり〉という歌があります。野村さんは「雨はざあざあ降る」と平気でやるんですよ。「てくてく歩く」とか（笑）。しかも、すごくうまく使う。

栗木――「ざあざあ」も二回続けると独特のインパクトが出ますね。

高野――技を見せたという感じ。

いい歌の動詞は一首平均二・八六

栗木――『短歌練習帳』の「動詞の数は少なく」では、動詞の数はどのくらいが適正か、数値化して説明しておられるのがとても斬新だと思いました。

高野――下手な歌は大体、事柄を説明しているから動詞が多い。あるいは説明的な歌だから動詞が多くなる。いい歌をよく見ると、動詞が少ないいんです。そこで、いい歌の動詞の数と平凡な歌の動詞の数を実際に調べてみたら、やはり明らかな差がありました。

栗木――大岡信さんの『折々のうた』第一冊で取り上げられている秀歌八十三首の動詞の平均値を出したら二・八六だとか。そこに実証性があって、説得力に富むなあと思ったのですが。

高野――ええ。僕が自分の好みで歌を選ぶと、最初から動詞の数が少ない歌を選んだのではないかと言われるかもしれないので、大岡さんの選んだ秀歌を材料にしました。

動詞の数え方で難しいのは「歩き行く」など、複合動詞です。それで、数え方に断り書きを付けておきました。「歩き行く」は「歩く」「行く」が合体した一つの複合動詞である。それに対して、「歩いて行く」は「て」が入って一旦、切れる。「行きて帰る」もそうです。「て」があると、「行きて」と「帰る」が別々だし、「歩いて行く」も「て」が入ると動詞二つと考える。では、動詞が三つ続いたらどうするか。滅多にないのですが、牧水の歌の「幾山河越えさりゆかば」は「越える」「去り」「行く」ですから、三つですね。しかし、三つ続いて複合動詞一つと考えるのも身勝手だから、これは二つと数えました。これは余り根拠はないんです（笑）。

栗木――「行く」は助動詞みたいな感じで使うことがありますから。

高野――ええ。だから、数えるのに難しい面もありますけど、でも、複合動詞以外は紛らわしくないですね。逆に動詞をわざと多用した名歌もあります。例えば実朝の有名な歌、〈おほうみの磯もとどろに寄する波割れて砕けて裂けて散るかも〉。これは動詞が五つある。数字だけでいうと下手な人と同じくらい動詞があるけれど、波の激しい動きを表すために動詞をわざと重ねている。ちゃんと「て」も入っています。みごとなものですよ。名歌はすごいですね。いろいろな面できちっとしています。でも、動詞の数は基本的には少ないほうがいい。

栗木——私も歌会などで批評する時に、いつも「一首の動詞の数は三までいかない。二・八くらいですよ」と言うと、皆さんにすごく納得してもらえますね。「少なくしましょう」だけでは、「いや、少なければいいというものでもないでしょう」と反論されてしまいますが。

高野——動詞一つでも、歌は作れます。

栗木——実際に数えながら作るというより、意識するということが大事なんでしょうね。

高野——ええ。動詞を減らす方法もありますね。それは、元は動詞だけれど名詞化すること。僕はそれを宮柊二の歌から学びました。宮先生がおっしゃったわけではないけれど。こういう歌があるんです。〈見下しの棚田の面に浮苗は片寄りにけり日本の平和〉。「見下しの棚田」は「見下している棚田」のことです。普通の人だったら、「見下せる棚田の面に浮苗は片寄りにけり日本の平和」とするでしょうが、「見下しの棚田」とすると、「見下しの」が名詞化するわけです。もう一つは、〈峡沿(かひぞ)ひの日之影といふ町の名を旅人われは忘れがたくす〉です。普通なら「峡に沿ふ」でしょうが、「峡沿(かひぞ)ひの」と名詞化している。そこで動詞が一つ減ります。

栗木——それはすごい勉強になりました。「の」でつないでいくわけですか。

高野——ええ。動詞を名詞化して、「何々の何々」とやる。

栗木――リズムも「の」が入るときれいになりますしね。

品位のないルビはつけるな

栗木――「ルビの使い方」では、短歌は言葉の数が決まっているので、強引に「亡母（はは）」「息子（こ）」とかつけるけれど。

高野――あれは許せないですね。

栗木――とにかく例歌が豊富ですねえ（笑）。

高野――ええ。世の中に氾濫してますから（笑）。明治時代はああいうルビの使い方はなかったと思います。あんなルビを振ったら、先生から「とんでもないことだッ」と横っ面を張り倒されます。「亡母（はは）」なんて品格がないですよ。

栗木――そうですね。恥じらいがないというか。これも高野さんの一つずつの評価の仕方がおかしくて。例えば「亡母（はは）」は「じつに安易な方法ですね」とわりと軽くたしなめているのですが、「病室（へや）」は「自分勝手なルビです」とちょっと怒っている。「箱根駅伝（えきでん）」は「どうしてこんな情けないルビをつけるのでしょう」と呆れている。さらに、「マクドナルド（マック）」「川端康成（かわばた）」などは「馬鹿々々しいルビです」と、怒りがこみあげて来る。

高野――書いているうちにだんだん逆上しました（笑）。

栗木――最後に「読者は、あなたが考えるほど無知ではないのです」とあって、これに拍手しました。

高野――本当にひどいんですよ。そこには書かなかったけれど「ハーレーダビッドソン（ハーレー）」というのもあった。「ハーレー」と言っただけで、オートバイだとわかるのに。

栗木――私の経験ですが、「姑（はは）」とルビを付けた人がいたので、「ルビは取りましょう。『母』でいいじゃないですか」と言ったら、「いや、実母と姑は区別したいので、絶対、この漢字は代えられません」と言うから、「じゃ、字余りになっても『姑（しゅうとめ）』と読んでもらえばいいんじゃないですか」と言ったんです。

高野――まあ要するに安易なんですよ。

栗木――そうですね。一首の内容でわからせればいいわけですから。

高野――面白いルビならいいんです。「安倍晋三（きけんぶつ）」とか（笑）。

栗木――江戸の戯作者のルビみたい。島田修三さんがよくやるルビですけど。

高野――特殊なワザですから、あまりやりすぎるのも問題ですけど。とにかく、音数が字余りになるから振り仮名で補うというやり方が最低です。

「コスモス」流、短歌表現能力検定試験

栗木――『短歌練習帳』第二十三章に「高野短歌塾・卒業試験」があって、これもとてもユニークです。私は一応、百点満点が取れましたけれど（笑）。仮名遣いの問題、漢字の読みとか、ルビも出てきます。

高野――ええ。こういうことを思いついたのは、ご存じのように漢字能力検定試験というのがありますね。あれの短歌版というのを考えたんです。名前を付けるとすれば、「短歌表現能力検定試験」でしょうか。

栗木――それは文法や、仮名遣いや、いろいろですか。

高野――ええ、いろいろ。これ（『短歌練習帳』の「高野短歌塾・卒業試験」）が見本です。仮名遣いが【問題一】で、旧仮名を新仮名に直す。ここが一番簡単です。【問題二】は、新仮名で表記された短歌を旧仮名に直す。【問題三】は、ちょっと難しい漢字、例えば虎杖、馬酔木、蒲公英、仙人掌などの読み方を問う。【問題四】は、不適切なルビを抜き出す。例えば「昼餉（ひるげ）」はいいけれど、「雑草（くさ）」は許さない。「雑草」と言わなくてはいけない。【問題五】は語法の誤りです。「疲るれど」と言わなくてはいけないのに「疲れど」で済ませてしまう。それから、連体形と終止形の区別がつかないような人は困る。【問題六】は、短歌を一首書く時の適切な漢字の配分。この字は漢字で書いてほしい。ここは漢字で書くと堅苦しいから平仮名のほうがいいとか、バランスがいい書き方があるんです。表記法ですね。

そんなことで、僕が選歌しながら気づいたいろいろなことから思いついた総合的問題です。

栗木——これは実際にどなたかに解いてもらったのですか。

高野——ええ。水上比呂美さんに解いてもらいました。よくできてました。僕がガミガミ言うのをそばでよく聞いているから（笑）。東京歌会でもガミガミ言うんです。「勝手な振り仮名をしているのは安易で、品がない。自分がバカであることを大声で叫んでいるようなものだ」って。この「短歌表現能力検定試験」は、大っぴらにやるといろいろ批判が出るので、そのうち「コスモス」の内部で遊び半分にやろうと思ってます。問題を解いているうちに勉強になるんです。ああ、こういうところに気をつけるんだなと注意事項がわかってくる。

栗木——それは生きた勉強になりますね。二〇〇八年の「塔」の全国大会で「塔検定」というのをやりました。「塔短歌会」について、例えば高安先生の創刊の言葉に書かれているフレーズを四つの中から選ぶとか。択一式問題で。短歌史的な問題も加えたりして。

高野——「塔」の創刊は何年何月号であるかとか。

栗木——ええ。結果は一位が梶原さい子さんでした。ほとんど満点。選者の点数も発表したんです。私はわりあいできてたからよかったんですが、上位十人に入っていない選者もいました（笑）。なぜか一回しかやりませんでしたね。

着衣言語、裸形言語、自然言語

栗木――『短歌練習帳』の二年前に出た『うたの回廊』（二〇一一年）は内容の充実した評論集です。「着衣言語」「裸形言語」「自然言語」と分類されておられる。ネーミングも含めて、とても個性的ですね。

高野――言葉というものは、世の中の秩序に従って使われている言語であって、外へ出る時に服を着て歩くのと同じようなものだから「着衣言語」と名付けました。普通、作られている歌はほとんどが「着衣言語」ですが、普通のルール、社会的秩序を壊した言語がある。壊し方はいろいろで、駄洒落が素朴な例ですが、例えば〈行く春や鳥啼き魚の目は泪〉という芭蕉の句がありますね。それをもじって「行く春や鳥啼き魚の目に青葉、やまほととぎす初がつをかな」とやると、秩序を壊しているわけです。二つの作品をくっつけて、笑いを生む。こういうのは秩序から逸脱した言語ですが、意味はわかります。しかし、普通の着衣言語ではない。こういうのを「裸形言語」と名付けました。

栗木――絶妙のネーミングですね。

高野――裸形言語は種類がいっぱいあって、例えば「岸信介が、ははは と笑つた」は着衣言語ですが、「ははは」を「歯歯歯」と書くと、歯をむき出して笑ったというイメージになります。

「岸信介が、歯歯歯と笑つた」ですね。これは裸形言語です。もっとめちゃくちゃに壊して、「岸信介蛾、はは鳩笑つ田」にすると何だかよくわからない。半分壊れている。これは要するにワープロが発達して、変換ミスでいろいろな日本語が出てきますが、あれなんかがベースになっている裸形言語です。裸形言語はものすごく範囲が広い。ジェイムズ・ジョイスの『フィネガンズ・ウェイク』なんて、最初から最後まで裸形言語を書きまくっている。これはこれで特殊な面白さがあるけれど、短歌はそんなわけにいかないから、そこからまた、もとの着衣言語ではない、別の秩序に戻っていく。だから、一見、社会的ルールに従っているけれど普通の着衣言語ではない、いったん裸形言語を潜り抜けた感じの言語があるんじゃないか。それが「自然言語」ということで、葛原妙子さんのと佐藤佐太郎さんの短歌を二首ずつ挙げました。葛原妙子さんの〈他界より眺めてあらばしづかなる的となるべきゆふぐれの水〉、これは意味はわかるが、着衣言語とは言えないような、質が変わっているような感じですね。こういうものを僕は「自然言語で出来上がっている短歌」と考えるんです。

栗木——それほど知的操作が前に出ていないということですか。

高野——そうです。知的な操作をしたものは、まだ裸形言語です。

栗木——謎めいた、ミステリアスな感じもあります。

高野——そうなんです。作品が謎めいた感じになる。それが理想の言語なのではないかと思ったということです。

栗木――やはり目指すべきところですね。一つ一つはわからない言葉はないけれど、脈絡に奥深いものがあるということでしょうか。

塚本邦雄著『ことば遊び悦覧記』を編集

栗木――同じく『うたの回廊』の「新しさについて」の章では、そのころ塚本邦雄さんが亡くなられたということもあって、塚本さんの歌について書いておられます。先日、「現代短歌」十二月号（二〇一六年）、「秘蔵の一冊」のページで、塚本さんの『ことば遊び悦覧記』（一九八〇年、河出書房新社）は高野さんが編集者として担当されたことを初めて知りました。

高野――ええ。あれはちょっと因縁があって、小野茂樹さんが亡くなった後、形見分けで、小野雅子さんから「高野さん、お好きな本があったら持って行って下さい」と言われて、本棚にあった本を何冊か貰って来たんです。その内の一冊が和田信二郎という人の『巧智文学』という本で、ずいぶん昔のものですが、ことば遊びを集めた本でした。これを読んでいたら、塚本さんはことば遊びには興味を持っていらっしゃるから、これをもとに何かお書きになったら面白い本が出来るんじゃないかと思って、塚本さんに「小野さんの遺品ですが、よかったらご覧になって、ことば遊びについてお書き戴ければ嬉しい」みたいな手紙をつけて差し上げました。

それから十年くらい経って、大修館から出ていた「言語」という雑誌に、塚本さんが一年間十二回連載で「ことば遊び」について書かれた。その種本の一つは『巧智文学』だったのです。それプラス、塚本さんが自分で調べて集めた用例です。連載が終わった後、河出から単行本を出させていただきました。

栗木――帯文は高野さんが書いていらっしゃいますね。

高野――ええ。帯文は大体、担当の編集者が書きますので。この本の中に、「アラベスク和歌」とか「折句（おりく）」「いろは歌」とか、面白いことば遊びが幾つも出ています。塚本さんが自分の名前を詠み込んだことば遊び、「塚本邦雄」が二か所に入っている歌があります。「つかもとくにお」の逆読みで、上のほうに一つ、下にも入っているので、一首に二つ入っていて、中身もちゃんとある歌です。「美女紫苑来（く）とも克つべし太刀取らば柄（つか）も徹れと国を出でたり」です。

栗木――跋のタイトルが「鬼來とも勝つ（おにくともかつ）」でして、後ろから読むと「塚本邦雄」になっていますね。

高野――それから、塚本さんの電話番号は（七四五）六二六二ですが、それを「梨五つ浪人六人国を出る（なしいつつろうにんろくにんくにをでる）」という俳句にしています。

栗木――この間の詩歌文学館の塚本邦雄展（二〇一六年三月一九日～六月五日）の図録にも、永田和宏さんが書いてましたね。

高野――ええ。あの俳句は広く知られています。その番号で電話をかけると「邦雄」が出ますよということです。

塚本邦雄の歌は難解ではない

栗木――なるほど、凝りまくってますねえ（笑）。でも、塚本さんの歌については難解とか言われますが、そうではないと書いておられますね。

高野――ええ。塚本さんの歌は難解ではないですね。近ごろの若い人の歌の方が難解です。何を言ってるんだか、よくわからない。塚本さんの歌は日本語としてしっかりしています。

栗木――整合性がありますね。

高野――中に読み込まれている人名、地名、あるいはそれにまつわる物語とか、そういうことが難しいだけで、それは調べればわかることです。短歌としては完璧です。曖昧なところがないので、全然、難解ではないです。

栗木――高野さんは塚本さんについて「礼節を保ち、決して読者を韜晦しない人だつた」（『うたの回廊』）と書いておられます。私もそう思います。「煙に巻く」とかそういうのがないのです。

高野――そうなんです。短歌では実に真面目に、読者がわかるように作っていらっしゃる。僕らは知識が足りないだけで、塚本さんの短歌は日本語としては完璧なんです。しかし、今の若い人の短歌は日本語としてフニャフニャです。

栗木――ええ。なんだか文脈が取れないですね。それも「レティサンス」すなわち「故意の言ひ落とし」ということで、『うたの回廊』の「あとがき」に書いておられます。作っていたら突飛になってしまったというよりは、あえてわからないように詠んでいるみたいな。

高野――ええ。多少、そういう意識があるんでしょうね。わざとわからなくする。歌にわからない部分があると、どういう意味かなと引き寄せられる。わからないと言うのは読者として悔しいから、何かあるんだろう、自分の読み方が間違っているんだろうと思ってしまうのですが、そう思う必要はない。単に、歌が下手だからわからない。

栗木――不完全でわからないのか。

高野――ええ。不完全なんです。不完全な歌を平気で作る。要するに自分勝手なんですよ。

未完勝手な歌は困る

栗木――『角川短歌年鑑２０１７』に高野さんが今の「レティサンス」について書いておられます。角川「短歌」平成二十七年四月号の「次世代を担う20代歌人の歌」の特集の二十代十人の歌を二首ずつ取り上げて、非常に丁寧に言葉と向き合って読んでおられる。わからないと言いながらも、こういうふうに言葉に寄り添って読んでくれる先輩がいれば若者たちは嬉しいでしょう。「世代が違うから読めない」とパッと切ってしまう方もいるけれど。

高野——僕は「世代が違うから理解できない」という考えはゼロです。ただ、「この歌はここがよくわからない。主語がはっきりしない」と、一つ一つの歌について具体的に言う。

栗木——私も、それはおかしいと思うんです。作風が違うとか、生きて来た時代が違うというふうに読んではいけないのではないかという気がする。でも、わかる歌って本当に少ないなと、この特集を読んで思いました。

高野——昔から、わからない歌は何か価値があって、わからないのは自分たちのほうに責任があると思う人が多いんだけれど、そんなことは全然ないんですよ。作品に責任がある。

栗木——歌会などで年配の方が率直な歌を出された時に「わかりすぎてつまらない」という批評をすることがあるんです。若い人がそれを聞いていて、「わかりすぎる」と言われるのを極度に恐れ、それであえてこんなひねくり回したような歌を作るのかなと思うのですが。

高野——どこか謎めいたところがある歌はいいのですが、言葉遣いが不分明なのは困るんですよ。

栗木——ええ。本人もわかってないんじゃないかというような。

高野——内容的に、こんなことはあり得ないということは歌っていいけれど、内容はきちっとわかるようになっていてほしい。でも、なかなかそうなっていない歌が多い。それでも評価する人がいるということは、意味内容を曖昧にして、適当に、自分勝手に読んでいると思うのです。

栗木――やはりその辺は厳しく批評の場で言わなければいけないですね。高野さんの『流木』にある〈凡歌、駄歌、難解歌など良けれどもこのごろ多き未完勝手うた〉、まさに未完成で勝手な歌が氾濫しています。よくぞおっしゃった。しかし、「凡歌、駄歌だったらいい」ともおっしゃっている。

高野――そうです。「未完勝手うた」よりも、凡歌の方がいいですよ。訳のわからない歌を読まされるのがいちばんいやです。変なものを食べさせられている感じで。

栗木――だから、平明であることを恐れないことが大事なのかなと思いますね。

高野――斎藤茂吉の歌は平凡な歌が延々と続いているでしょう。そういう歌を平気で作っている。ただ、リズム感がいいから、読む楽しみはある。あれでいいんです。平凡を恐れることはない。なかにときどきいい歌があればいい。ただし、ずーっといい歌がない人、最後まで平凡を守り切る人はちょっと困るんですけどね（笑）。

先ほど、若い人の歌のことを言いましたが、若い人の歌集を読むと必ずいい歌は探し出せます。ただ、わからない歌が多すぎて歌集としては評価できない。でも、いい歌が何首もあります。

歌の読みについての一書――『わが秀歌鑑賞』

栗木――『わが秀歌鑑賞』は歌の読みについて学ぶ一冊です。新鮮な読みに随所で出合ったのですが、特にアッと思ったのが、正岡子規の非常に有名な歌、〈瓶にさす藤の花ぶさみじかければたゝみの上にとゞかざりけり〉、いわゆるただごと歌の元祖みたいに言われ、病臥している人の歌だから、こういう視点になったと鑑賞されがちですが、そうではなくて、子規は『伊勢物語』の百一段の、あるシーンを思い浮かべていたのではないかと。

高野――子規のあの歌は、新聞「日本」に連載した「墨汁一滴」というエッセイの中にあります。「墨汁一滴」にいろいろな歌が出てくるのですが、あいだ、あいだに入ってくる前書は、文語つまり平安朝時代の言葉で書かれたものもあるし、明治時代の日常語で書かれたものもある。この歌の前書は、読んですぐわかるように平安時代の言葉で書かれているし、また「物語の昔などしぬばるゝにつけて」とあるので、オヤッと思うのです。だから、平安時代の気分で正岡子規はこの歌を作ったんだろうと思った。直接、『伊勢物語』とは言っていないが、『伊勢物語』に、長い立派な藤の花を瓶にさして飾って宴会をする。その藤の花を褒め称える歌を誰かが作るという段があるので、それと結びつけるとこの歌がよくわかる。藤原家はあんなに栄えて、立派な三尺六寸ばかりの藤がある。それに比べて、わが枕元の藤の花は短いので畳の上にも届かないいんだと詠んだ。歌は、歌集なら歌集に収められている形で読んで鑑賞しますが、この場合は「墨汁一滴」に入っている形で鑑賞する。そうすると本当の理解が出来ると思うのです。

栗木――藤の花は長くしなって、色の濃いのがよいと、『枕草子』にも出て来ます。

高野――たしか、三十七段の「木の花は何々」と。

栗木――藤の花は藤原氏の象徴でもあったから長ければ長いほどいいわけで、そういう王朝和歌に対するアンチテーゼも子規の歌にはあるのかなと。

高野――そうですね。「貫之は下手な歌詠みにて」（『歌よみに与ふる書』）と目の敵にしてますから。

栗木――美意識に対して藤の花が象徴的に取り上げられたのかなと。

馬場あき子さんの歌から「マタイ伝」を連想

栗木――あるいは馬場あき子さんの歌、〈植えざれば耕さざれば生まざれば見つくすのみの命もつなり〉、この三つ続く否定形。

高野――そうですね。動詞三つ、すべて否定して、これをしない、これをしない、これをしないので、私はこの世を見つくすだけの命と思って生きてゆくんだと。

栗木――この歌も名歌の誉れ高く、よく引用されますが、これから新約聖書の「マタイ伝」を連想された。

高野――最初読んだ時は正確に連想できなかった。でも、何かあると思ってね。それから十年くらい経って、そういえば「何々せず何々せず」は聖書にあったなと思って探したら、「空の鳥を見よ、播かず、刈らず、倉に収めず。然るに汝らの天の父は、これを養ひたまふ。」とあった。「鳥は何々をしない、何々をしない、何々をしない、しかし神は鳥たちを養っている」と言っています。馬場さんの歌は、内容的に重なるわけではないのですが、短歌の構成の仕方が聖書のやり方を踏襲していらっしゃって、ちょっと厳粛な雰囲気が出てくるんです。

栗木――馬場さんというと能の文言や源氏物語などを私たちは連想するのですが、馬場さんと聖書を結び付けたという、そのダイナミズムがいいなあと思いました。

寺山修司の「母殺し」の歌

栗木――さらに寺山修司の、これも有名な歌、〈中古の斧買ひにゆく母のため長子は学びをり法医学〉、「～のため」を使う時、侮蔑的な気持ちを表すことがたびたびあるということですが。

高野——寺山さんには、「のため」という用例が三つ四つあって、〈ある日わが貶めたりし夫人のため蜥蜴は背中かわきて泳ぐ〉など、「～のため」と言いながら、むしろ「～」という人を侮蔑しているような歌です。だから、これも「母のため」と言いながら、「母のためにいいことをしよう」ではなく、「母を何とかしようとしている」。歌のナゾを解くカギとして、いくつかの要素を組み合わせると、一つは「斧」、そして「法医学」を結び付けて、あとは寺山修司はロシア文学のことがよく出てくるので、「斧」といえば『罪と罰』のラスコーリニコフ。「法医学を学ぶ」ということは、斧で殺して、自分が犯人として逮捕されないようにトリックを仕組むということではないかと。寺山短歌は、母を捨てたいとか、生きているのに「亡き母」と言ったり、何とかして母をこの世から消そうとしている。その文脈の中にある歌だと思えば、これは数年後に母殺しをしようとしている歌だと僕は解釈した。こういう解釈をした人はいますか。

栗木——独創的な新解釈ですね。それを「～のため」から読み取ったというところがすごい。冴えているなあと思いました。

高野——ほかにも〈ある日わが欺きおえし神父のため一本の葱抜けば青しも〉、これも神父のことを軽蔑している感じです。だから、寺山さんの「～のため」はその人を打ち砕くためみたいな使い方です。その人を助けるためじゃないんです。

栗木――そういうのも寺山論の本質に迫っていますねえ。高野さんは寺山修司さんと誕生日が同じですね。

高野――ええ、でも、寺山と似ているところはゼロです。善良な人間だし（笑）。寺山のような母殺しなんて大それたことは考えたことがないし。でも、いい歌を探し出してきて、その鑑賞文を書く、これが一番、楽しいですね。

塚本邦雄の「山川呉服店」の変遷

栗木――少し戻りますが、『わが秀歌鑑賞』にも出てきますが、塚本さんの「山川呉服店」シリーズの歌も詳細にチェックしていらっしゃる。「玲瓏」二〇〇九年一月の七十二号に「塚本邦雄作品「山川呉服店」の運命」ということで全部拾い出しておられる。「玲瓏」の「全国の集ひ」の講演で使われた資料ですね。

高野――はい。「玲瓏」の人たちは僕なんかより塚本邦雄の歌に詳しいんですが、そこに大胆不敵に乗り込んでいって塚本邦雄の歌を論じたんです（笑）。「山川呉服店」はいろいろ変遷があるんです。あれが面白くてね。

栗木――私も「ブティック山川」くらいまでは記憶していたのですが、改めて見ると「キャフェ「山川」」「山川鯨肉店」とか。「茶寮「山川」」は三男が引き継いだとか。

高野――ええ。親族、親戚が継いでいくんです。

栗木――これだけ追跡して一覧表にした方はいないんじゃないですか。

高野――「玲瓏」の人がやっているかもしれないけれど、僕は見ていない。いやあ、塚本さんはやはり読者を楽しませてくれる作者ですよ。〈いふほどもなき夕映にあしひきの山川呉服店かがやきつ〉から始まって、いくつか、「あ、シリーズをやっていらっしゃるな」とみんな気づいて、それがずーっと続いているということは何となくわかるけれど、それを追跡した人はいないんじゃないかと思って、せっせと探してね。まだ二、三首、落ちているのがあるかもしれませんが。

栗木――〈髪のほか切りしことなき鋏冷ゆ紅葉の夜の山川美容室〉（『水仙の章』）という私の歌は高野さんに「NHK短歌」で引いていただきました。それをある超結社の歌会に出したら、「塚本さんにゆかりの深い『山川』をここで使わないでください」って言われました（笑）。

高野――僕は逆に、塚本さんの山川呉服店シリーズに第三者が意識して参加するということが、面白いと思いました。

栗木――ええ、意識しました。そして、紅葉の夜なので山川でいいかなと。

高野――美容室もあるんじゃないかと枝道ができた（笑）。

栗木――次女が美容室を開いたんじゃないかって（笑）。

高野——美容室ではないのもぜひお作り下さい。

栗木——ありがとうございます。そう言っていただいたら、また作ろうかと思います。でも、塚本さんの御子息の青史さんが嫌な思いをされてはいけないから。

高野——面白がるんじゃないでしょうか。大丈夫ですよ。

「コスモス」編集人となる

栗木——では「コスモス」のことをお聞きします。二〇一四年一月から「コスモス」の編集人になられます。武田弘之さんの後を継承されたのですね。

高野——そうです。武田さんが八十歳になられた。八十歳になると選者もやめるし編集部もやめるという規則があるので、まだ武田さんはお元気でしたが、その規則に従って引退なさった。そして、宮英子さんが「高野さん、お願いするわ」ということで、原稿用紙にその旨を書いたものを戴きました。それで編集人になりました。でも、「コスモス」の雑誌はもう型が出来ているし、僕は入会してから五十年間ずっと編集に携わっていたから、編集人になったからといって何かがガラッと変わったわけじゃないんです。少しずつ、中身を改良していこうと、あまり目立たないようにちびちび改良していきました。東京歌会の場所を変え、やり方も変えました。まず場所ですが、それまでの下北沢の会場をやめて、いちばん便利な新宿のビルの会議室を借りて、人が集まりやすくしました。やり方も、その場で選歌をする。今、「塔」はどういうやり方ですか。あらかじめ詠草を送って、自宅で選をする？

栗木——いえ、私が出ているさいたま歌会、東京歌会は原則的に選はしません。無記名の歌稿をその場で受け取って順番に批評します。

高野——僕らもその場で詠草を受け取ります。以前は詠草を出した人に郵送して、その中から前もって選をして、当日集まりましたが、それでは緊張感がないからやめて、その場で三十分間ぐらいで、五、六十首の詠草を読んで、必死になって選びます。

栗木——東京歌会にはそんなにたくさんの人が出席されるのですか。

高野——ええ。六十人ぐらい集まります。選歌を提出したあと、集計に三十分くらい時間がかかるので、その間、つなぎで宮先生の歌についてのレポートみたいなのを編集部の人が交代でやっています。今年（二〇一六年）になってからは「作歌入門コーナー」みたいな、作歌に直接役に立つようなことを三十分くらいしゃべる。そうすると集計が終わっているので歌会を始めるという方式です。

歌会では歌の批評だけやれ、無駄話はするな

栗木——歌会はやはり高点歌から批評するんですか。

コスモス短歌会編集部みな様
かねてより、宮柊二生誕百年を機にと、考
えて居りました件に就き申し上げます。
一、このたび、次期編集人、コスモス発行
人を左記の如く変更一任致したいと存
じます。
一、編集長は八月号から高野公彦氏にお願
い致します。
一、併せて発行人も引受けて頂きたく存じ
ます。
一、宮英子の名前が必要ならば顧問とし
て、編集後記、奥付など末尾にお使い
下さい。
一、発行人、編集人が変更した後も、編集
事務室は柊二が建てたものですから、
引き続きコスモス存続の限りご使用頂
います。
平成二十四年五月一日
宮英子

宮英子氏の「コスモス短歌会編集部みな様」

高野――点は最後に発表します。批評は一番から順にやっていきます。

栗木――六十人くらい参加されると、一時から五時くらいまでかかりませんか。

高野――かかりますね。司会者が一首について三人くらい批評を当てます。僕がやかましく「今の発言は第一評者と同じ内容だ。そういうのは時間の無駄だから、「第一評者と同じです。意見はありません」で済ませてくれ」と、批評の仕方を厳しくチェックしています。

栗木――「桟橋」にも伺ったことがありますが、そういうことをおっしゃってましたね。

高野――ええ。野放しじゃない。ガミガミ言うんです。

栗木――勝手に自分のことをしゃべる人がい

ますしね。

高野——それはもうとんでもないことでね（笑）。三か月に一度くらい、批評が始まる前に「前にも何度か言ってますが、ある歌を批評する場合、例えば犬の散歩している歌を採った時に、私も犬が好きで、私の買っている犬は○○で、何年前から飼い始め、私も近所を散歩してますとか、そういう話はやめてくれ。歌の批評だけやってください」ということを言っています。放っておくと無駄話が多くなる。

栗木——そういう時は高野さんが途中で割って入ったりされるんですか。

高野——そうです。「ちょっと待ってください」ってね。

栗木——それはすごいですね。私も「ちょっと待て」と言いたくなりますが、傷つけるかなあと思って、結局、野放しになるんです。でも、長い目で見るとそれが歌会の質の高さにつながるわけですからね。

高野——そうです。何度かガミガミ言ってると、しだいに余分なことは言わなくなります。楽しようとする人は「前評者と同じです」と言いますね（笑）。

選者派遣制度

栗木——出前選者制度を高野さんが編集人になってから採り入れられたそうですが。

高野――ええ。各支部と編集部の交流を密接にするために、編集部の人は要請があったら支部の歌会に行って、歌会を開いて批評する。遠ければ一泊する。一泊する時は懇親会もやるんですが、出前で行った人は地元の人といろいろな話をして、編集部に対する要望があれば必ず聞いておき、それを次の編集会で必ず報告してもらう。そういうことで始めました。

栗木――「塔」も昔から選者派遣制度はありますが、「塔」の場合は要望があったところではなくて、東京とか関西は選者が常時だれか出ているからいいけれど、そうじゃないところは、向こうが何と言おうと派遣するんです。

高野――要請がなくても派遣するんですね。

栗木――そうなんです（笑）。選者は今、十人くらいいますが、一人、年二回くらい、しかも遠くへ行くんです。

高野――選者が十人だと、少ないから大変ですね。「コスモス」の選者は二十数人います。冗談ですけど、人数が多いから「コスモス」の選者を派遣しましょうか（笑）。

栗木――来てほしいですね（笑）。大変ですよ。交通費は編集部で持ってくれますが、トータルして二十か所くらい、だれかが行くとなると、ものすごい経費がかかります。だから一時、かなり絞り込んだんです。新しい支部だけに行くとか。でも、そうすると「不公平だ」と言う支部が出てきて……。

高野——選者に対する謝礼は？
栗木——ゼロです。
高野——「コスモス」も同じですが、選者を呼ぶ時は、基本的には交通費も宿泊費も支部で持ってもらいます。「コスモス」では出さない。
栗木——ああ、だから、要望したところになるんですね。
高野——そうです。費用を編集部で出すと、大した要望の強さがないのに「来てくれよ」と軽く呼ぶということになって、そんなのはよくない。ただ、難点は小さな支部が講師を呼べないことです。
栗木——ええ。ですからプラスマイナスありますけどね。

八十歳定年制を守る

栗木——他に、新しくされたことがありますか。
高野——「新カレードスコープ」という名前でやっていますが、写真入りでその人の近況を知らせるページ。さらに、小島ゆかりさんと小島なおちゃんが交代で書く「二人で味わう古典和歌」。古典に触れる文章が長らくゼロになっていたので。
栗木——前に、国文学者の小野寛さんが書いておられましたね。

高野――ああ、「万葉ことば考」。ずっと書いてくださっていたのですが、三百回か四百回かで一応完結になりました。昭和三十年代の終りごろ、「コスモス」は「抒情の源流をたずねて」という「万葉」「新古今」の歌などを取り上げた古典和歌鑑賞のページがありました。全部で四ページかな。三人くらいで合評方式で書いていました。僕らは二十代のころ、それを読んで勉強したんですよ。今はとりあえず一ページ、交代で二人で書くという方式です。なおちゃんもしっかりと書いています。

栗木――いいですね。若い人の目から見た古典の採り入れ方が新鮮です。

高野――ええ。あとは、一ページものの軽い読み物、「日本語こぼれ話」です。日本語の最先端のあたりの話題で、例えば「神ってる」という言葉が最近流行っていますが、それについて書く。ただし、必ずどこかで短歌と結び付けて書く。それは桑原正紀・大松達知・田中愛子の三人が交代で書いています。そういう小さな欄をいくつか新設しました。

栗木――選者を新しくどうするかということも大変ではないですか。

高野――そうですね。八十歳になると必ず引退ということになっているので、二、三人やめると二、三人補充する。ここ二、三年は八十になる選者がいないから大丈夫です。あと五年後、僕は八十歳で無事、引退です。

栗木――エッ、そうですか。特例で、八十五までとか。

高野――特例を作るとその規則は終りだから特例ナシです。

栗木――ということは、八十になったら高野さんは「コスモス」の最高責任者を辞められるんですか。

高野――もちろん。選者も辞めるし編集部も辞める。一会員になります。そういう制度がないと、辞めたくない人がいるんです。だから、それ（八十歳定年）はいい制度なんです。「塔」はいいですね。選者の方はまだ若いから。

栗木――まあ、そうですね。でも、「塔」も八十になったら選者は辞めます。みんなまだ若いですけど。

高野――うらやましいですよ（笑）。

（如水会館　２０１６・12・21）

【第12回】

第十四歌集『流木』、第十五歌集『無縫の海』

本所あたりの大家さんの顔、小高賢氏逝く

栗木――いよいよ最終回となりました。第十四歌集『流木』は平成二十二（二〇一〇）年から二〇一二年までの作品を収めています。また、第十五歌集『無縫の海』はふらんす堂の「短歌日記」という企画で、二〇一五年丸一年間の作品を収めています。その二歌集の間の、二〇一二年後半から二〇一四年終りまでの二年半くらいの歌がまだ歌集にはなっていません。その間の時期のことについては総合誌に掲載された作品に添って伺いたいと思います。

二〇一四年二月十日に小高賢さんが急逝され、歌壇のみんなが驚かされる悲しい出来事があったのですが、小高さんとはかなりお親しかったですね。

高野――ええ。わりに親しくしていただいて、お酒を飲みに行ったこともよくありました。小高氏は交際範囲が広く、いろいろな人とつきあっていらっしゃった。

栗木――社交的な方でした。小高さんは、昭和五十三年の「かりん」の創刊メンバーです。四十年近く前ですね。編集者と作家というつながりで馬場あき子さんに誘われて短歌を始められた。高野さんとは「かりん」創刊のころから交遊があったのですか。

高野――すぐではないですが。及川隆彦さんが「高野さんと小高氏を最初に引き合わせたのは私だ。会った場所は飯田橋の喫茶店だ」と教えてくれました。駅のすぐ前の喫茶店です。今はもうないと思います。

栗木――それは何かの企画の打ち合わせですか。

高野――いや、及川さんにそう言われても、なぜ会ったかは覚えてないんです(笑)。前にも言いましたが、僕はだいたい誰とどこで会ったか、あまり覚えてないんです。

栗木――私が初めて小高さんとお目にかかったのは平成元年です。私が現代歌人協会の新会員になって、その年の忘年会に出た時です。私は岐阜に住んでいたので、「これから新幹線で帰るんだけれど、神保町から東京駅までどう行けばいいのかしら」とチラッと言ったら、小高さんが、それだったら何とか線の一番前の車両に乗って、どこそこで乗り換えてと、立て板に水みたいに事細かに、さりげなく教えてくれました。ああ、東京の人ってこんなにスマートなのかと思って、いっぺんに好きになりました。神保町の小高さんの事務所にもよく行きました。

高野――僕も二、三回、行きました。一度は泊まったんです。どこか近くの居酒屋で飲んで、さらに彼の事務所で飲んだのかな。影山一男君が、「帰りましょう」と言ったらしいんだけど、僕は酔っ払って動かないので、そのまま毛布をかけて二人とも帰っちゃった。つまり置き去りにされました（笑）。気が付いたら、あ、なんか違うところに寝ているなと思って、ハッと目が覚めた。彼もよく飲むし、飲んでなくても話は面白いですが、飲んでもいろいろ面白い話がいっぱいできるので、彼と会うのが楽しかったですね。

栗木――二月に訃報を受けて、すぐお作りになられたと思うのですが、「短歌往来」二〇一四年四月号の「墨東の大人」という一連に小高さんの死を詠んだ歌がありました。〈小高賢急死の電話羽田にて受けたり森有礼の逝きし日〉、これは空港で、ですか。

高野――そうです。宮崎の牧水賞の授賞式に行くので、朝、羽田に行った時に誰かからの電話で訃報を知ってびっくりしました。僕は、事柄にもよりますが、何か関心がある場合はすぐ歌を作るんです。東日本大震災の時もそうですし、小高氏が亡くなった時も、間を置いて作るのではなくて、これもすぐ作った歌です。

栗木――だから現場性があります。森有礼は明治の人で、教育制度の基礎を作ったという人ですね。

高野――ええ。明治時代の大インテリの一人です。その日が森有礼の命日だということが頭の中にあったので、小高氏を詠むには森有礼と並べて歌にするのが一つ敬意を表したことになるだろうと思って。

栗木――森有礼は薩摩藩士でした。暗殺されていますね、国粋主義者に。日本の近代を動かして、ドラマティックな亡くなり方をした人とたまたま亡くなった日が同じだった。「大人(うし)」は尊称でして、小高さんはいかにも大人という風格がありました。

高野――ええ。江戸生まれの人だというイメージも強いので、それで「大人」という言葉も合いそうな気がして使ってみました。

栗木――〈焼鳥で飲む小高氏が眼鏡とれば本所の大家(おほや)さんのやうな顔〉、落語に出てきそう(笑)。小高さんに『本所両国』という歌集がありますし。

高野――一緒に焼鳥屋で飲んでいた時に、眼鏡を外して顔を拭いたりするでしょう。眼鏡を外した顔ってあまり見たことがないんだけど、その時、アッ、どこかの大家さんに似ているって(笑)。そして、小高氏が東京下町生まれというイメージが僕の頭の中に強くあるので、すぐそういうふうに連想したんです。本所あたりの大家さんって、あんな顔が多いんじゃないかな。

まだまだやりたいテーマがあったのに

栗木――小高さんは数々のいい仕事をされました。〈小高編『現代の歌人１４０』身まかりて君のたましひ光る〉、『現代の歌人』は最初「101」を出して、その後「140」ですね。『近代短歌の鑑賞77』も出されて、今でも重宝に参考にしています。

高野――便利ですねえ。特に「近代」のほうは他にあまり類書がないから貴重な本です。あれは分担執筆ですね。小高氏以外に分担した人は、草田照子さん、大島史洋さん、影山君も書いています。何人か書いていますが、大半は小高氏と仲のいい人で、一緒に読書会をやっていた人たちじゃないかと思います。

栗木――〈時代性とぼしき歌を批判せり後入斎にあらざる君は〉、「後入斎」は初めて知った言葉です。

高野――僕もどこかで出会った言葉で、それをメモしておいて、いい機会があったら使いたいと思ってね。後入斎とは、物知り顔に後からああだこうだと口を出す人のことをいうみたいです。

栗木――尻馬に乗るというか。

高野――そうですね。「何とか斎」と言うからには、いかにも学問がありそうな人だけれど、後から入ってきたやつで、「偽者の学者」という感じの言葉だろうと思います。小高さんはそういう人じゃない、最初からちゃんとした自分の考えがあって、時代性の乏しい歌はダメなんじゃないかということを時々書いたりしていた。

栗木――軸のぶれない人で、社会詠についても吉川宏志さんや大辻隆弘さんとかなり激しく論争をしました。古いとか何とか言われながらも、彼は批判は批判で真っ向から受け止めて、貫いてましたよね。

高野――そうです。僕も小高氏から、〈やはらかきふるき日本の言葉もて原発かぞふひい、ふう、みい、よ〉(『天泣』)、こういう歌い方では本当には反原発の歌にはならないんじゃないか、みたいなことを書かれたことがあります。目茶苦茶に批判されたわけではないのですが。

栗木――この歌は原発に対する違和感をやわらかい言葉で照射した歌だと思います。評価の高い歌で、よく引用されますよね。

高野――小高氏から見るとああいう穏やかな歌い方ではダメなんだということなんでしょう。

栗木――まあ、うまく歌える人への嫉妬があったかもしれません(笑)。

高野――いや、いや。そんなことはない。

栗木――ご本人もそこはわりと素直に、自分はみんなから「お前は歌が下手だ」と言われるのはわかっていると。だから、技巧で何か作り上げようとする歌は自分は作れないからこそ見抜けるんだよと言ってました。

宮柊二さんに関する本も、「コスモス」以外では小高さんがいちばんたくさん書いておられます。

高野――そうなんです。これは余談ですが、三省堂の『現代短歌大事典』の宮柊二の項目は小高氏が書いています。最初、僕が書く予定だったのですが、僕は宮柊二について何度か書いているし、僕が書くより小高氏に頼んだほうがいいんじゃないかと思ってバトンタッチしました。「コスモス」以外の人で宮柊二をよく知っている人です。

小高氏は宮柊二と上田三四二に関心があった。あと、近藤芳美はどうなんでしょうね。本は書いているけれども、関心の度合いの強さで言うと、さほど強いとは言えないような。

栗木――そうですね。宮柊二のほうが関心が深い。同時代性や社会背景も加味しながら。上田三四二の評伝『この一身は努めたり』もいい仕事でした。上田さんの小説などについてもかなり厳しく、会話が全然書けてないとか。

高野――そうか、彼は小説にも関心があるから。安岡章太郎のことも書いているし。彼は自分では小説は書いてないのかな。

栗木――そういえば聞いたことはないですね。ひっそりと恋愛小説を書いていたりして（笑）。満州にも興味があったと言ってましたね。満州開拓団、満州帝国、満州鉄道とか、ああいうことについて資料を集めているとチラッと言われてました。「偲ぶ会」で奥さんの鷲尾三枝子さんもちょっとそんなことをおっしゃってましたね。「まだまだやりたいテーマがあると言ってました」と。雪のずいぶん降るお葬式でした。

明子夫人の急逝

栗木——小高さんの訃報が二月十日でした。その年の六月二十三日に奥様の明子夫人がすい臓がんで亡くなられました。病名がわかってすぐ亡くなられたのですか。

高野——いや、病名がわかったのが前の年、二〇一三年の八月でした。何日だったか正確には覚えていません。それまでずっと糖尿病で、薬を飲んだり、血糖値を測るとか、病院にも定期的に行ってました。糖尿病のことばかり、頭が行ってたので、がんは逆に発見が遅れたみたいです。糖尿病をやってなければもっと早く発見できたかもしれないですけど。運が悪かったですね。

栗木——それで入退院を繰り返しておられたんでしょうか。

高野——そうです。糖尿病の時は通院していただけです。あるとき非常に体調が悪くなって、精密検査をしたら糖尿と無関係のところが悪いのが発見されました。でも本人の意志で、がんの手術をしないことにしたので、じわじわと悪くなっていくんです。だから、通院していたけれど、だんだん入院する期間が長くなって、ときどき家に帰って来て、また入院するみたいな感じでした。本人は覚悟していたみたいです。

栗木——奥様の訃報も「歌壇」二〇一四年九月号の「玄水」の一連の中で、突然知りました。

私の記憶では、奥様が入院なさった歌をその前にも「コスモス」で拝見したことはあるのですが。

高野——あまり妻の病気の歌は作っていません。

栗木——まさか重篤なご病気とは全く知らなくて、「玄水」の一連で「六月二十三日、膵臓ガンにて妻死す。以後の折々の歌。」という詞書を読んで、エッと思ったのですが。

高野——「コスモス」の人には全く知らせてないです。だから、みんなびっくりしてました。浦安市の大きな病院に入院していたんですが、「影山さんだけには知らせてほしい」という家内の希望で、浦安在住の影山氏には知らせました。彼はときどき見舞いに来てくれました。

栗木——「玄水」の〈妻亡き夜みづから茹でてやはらかきモロッコいんげん食へば悲しも〉、「モロッコいんげん」という具体にとても切ない思いが籠もっていまして、「みづから茹でて」だから、それまでは高野さんはほとんど炊事はなさらなかったのでしょうね。

高野——ええ、炊事経験ゼロです。若いころ、インスタントラーメンにお湯をかけて食べるくらいで、それは料理じゃないですね（笑）。その程度しかしたことがなくて、いんげんを茹でるなんてことは初めてです。亡くなってから何日か後、こういう自炊をぽちぽち始めて、そんな歌が出来たんです。でも、こういう歌を作ると、自炊して、いろいろなものを自分で作って食べているんだろうと誤解されるかもしれませんが、いまだに何も作れない。ただ、食材を買いに行って、茹でたり電子レンジで加熱して食べる程度です。魚は刺身は買うけれど、自分で煮魚、焼き魚はまだできないんです。

栗木――レシピブックを見ながらということは。

高野――あ、それはできないですねえ。しょう油を大サジ1杯とか、ああいうのを見ただけで金縛りにあったような気がする（笑）。レシピというのは作れる人のための案内書ですね。

「四十八キロの妻生きて死す」

栗木――〈十トンの恐竜もゐしこの星に四十八キロの妻生きて死す〉、悲しいとか空しいとか一言も歌われていないけれど、四十八キロの命のかけがえのなさが伝わります。どこからこの発想が来るのかなあと思いました。

高野――家内は小柄で、体重も四十キロ台でした。病気になってからは四十キロ以下になりました。今現在の地球上で十トンの生き物はいるかな。水中生物は別として、地上の生き物で十トンのものはいないでしょうね。カバなんて重そうだけど十トンはなさそうですね。それで、いちばん大きな恐竜を持ってきたのです。時間は違うけれど、同じ地球の上に重量級と軽量級の命があって、生きて、死んだということを歌にしてみました。

栗木――「玄水」はお酒ですが、僧侶の世界では「酒」とあからさまに言えないので、「玄水」

と言って飲んだわけですね。そこに神聖な気分、手向けるという感じもあるのかなあと思います。〈むくげの白、綿雲の白　この夏の時空（じくう）に浮かぶ妻の骨の白〉、哀悼の白がこの世のいろいろな白に籠められています。

『無縫の海』に〈出歩かず贅を好まずコーラスと碁を楽しみし六十九年の生〉、奥様の納骨式に際しての歌です。奥様は旅行したり買い物をしたり、そういうことはお好きではなかったのですか。

高野――ええ。旅行はゼロ、嫌いみたいでした。嫌いというか、自分の住んでいる町に地下鉄の駅があるのですが、地下鉄に乗らない。自転車で行ける範囲しか行動しない。自転車でどこへ行くかというと碁会所へ行くだけ。あと、コーラス部がマンションにあって、トレーニングルームで練習していたのかな。だから、とにかく遠くへ出かけるのがいやだったみたいですね。

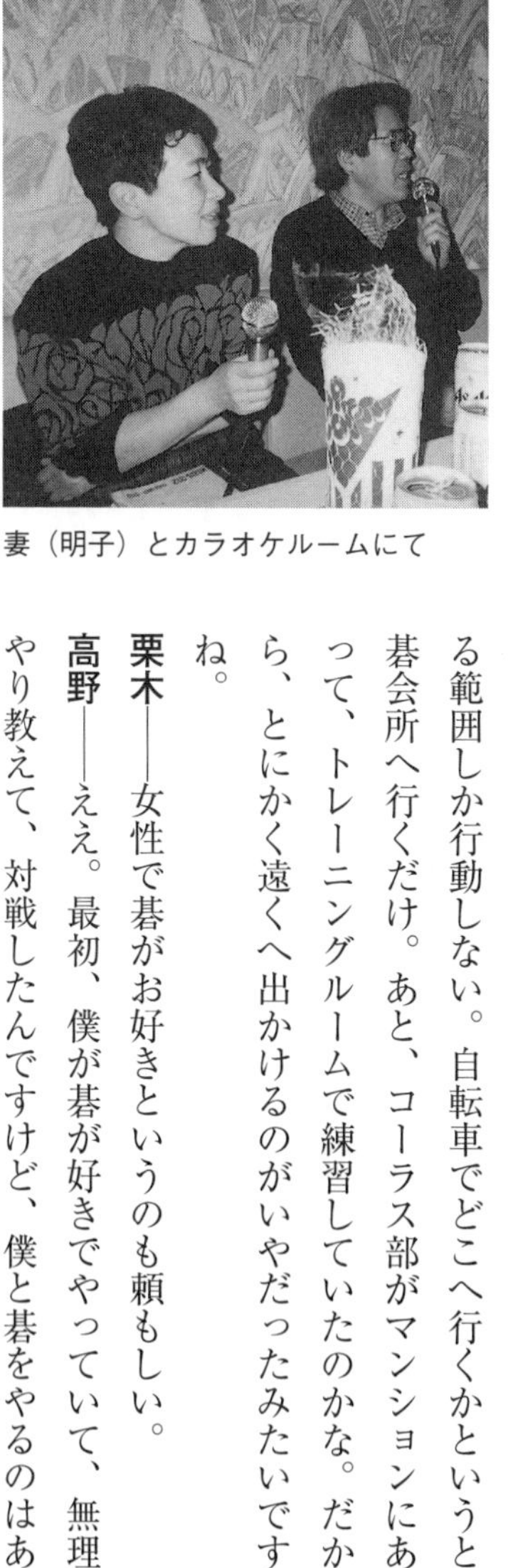
妻（明子）とカラオケルームにて

栗木――女性で碁がお好きというのも頼もしい。

高野――ええ。最初、僕が碁が好きでやっていて、無理やり教えて、対戦したんですけど、僕と碁をやるのはあまり気乗りがしなかったみたいです。

栗木――なぜですか。高野さんは将棋もお強いし。

高野――いいえ、強くないんですよ。奥村さんに負けた時はすごくショックでね（笑）。短歌は勝ち負けがないからいいんですけど、短歌でもし勝ち負けがあって奥村さんに負けたら、やめちゃいますね（笑）。

栗木――奥様は自分が勝ってしまうと高野さんに申し訳ないと思われたのでしょう。

高野――いや、僕とやっていたころはまだ初心者で、僕のほうが強かったんです。だから、多分、あまり勝てないから面白くなくてやめたんじゃないかな。そのうちだれか、碁の友だちができたんじゃないですか。それで碁会所へ行って、楽しくなったみたいです。

栗木――影山さんによると、仲のいい御夫婦なんだけれど、ある時たまたま奥様がお怒りになって、大根で高野さんを叩いた。それを目撃したとか（笑）。

高野――ああ、それはわりに初期ですね。結婚して二、三年くらいの時です。僕もそのころ自分勝手なことをやってたんで、向こうも腹に据えかねたんでしょう。

栗木――子どもの面倒も見ずにひとりで遊んで、みたいなことでしょうか。

高野――あ、そうそう。今だったら顰蹙を買うけれど、僕らのころは、子どもが生まれても、男性が子どもの世話をするケースは少なかった。今はそれでは済まないですね。僕は昔、子どもは放ったらかしだし、夜遅く帰ってきたりするし、それに食べ物に文句を言ったりしたんですよ。今から考えると罰当たりですね。それで向こうも業を煮やして、手元にあった大根で僕の頭を殴った（笑）。

栗木——そこが可憐だなあと思って。スリッパでひっぱたくとかではなくて、大根というのが可愛らしい奥様だなあ。子どもさんがまだ小さいから泣くじゃないですか。すると、「うるさいっ」と高野さんが怒るので、奥さんが子どもさんを抱いて外に連れ出しておられたのが、気の毒だったたって影山さんが言ってました。

高野——ああ、そういうことがあったと思います。結婚してボロアパートに住んでいたころです。

栗木——本当にかけがえのない奥様を亡くされて……。

「桟橋」終刊、「灯船」「COCOON」創刊

栗木——同じ二〇一四年十月に、前にもちょっと伺いましたが「桟橋」が一二〇号となり、三十年一回も欠かさずに刊行し、歩みを終えました。終刊号に「桟橋」に因んで「橋」という題詠で皆さんが一首ずつ寄せておられます。その高野さんの歌がとても印象に残りました。〈渡り来し橋を燃やさば退路なし退路なきは良し橋を燃やさむ〉、橋を渡り切って振り返らずに行

こうというのではなく、燃やしてしまう、戻れないんだぞという、これはかなりの決意ですね。

高野――決意というか、「棧橋」の同人たちを意識して作った歌です。もう「棧橋」はないんだ、何か作りたければ皆さん方でどうぞやって下さい、僕はやらないと。僕なんか年寄組だから若い人が自主的にやったほうがいいということで、年寄りを引退させるためもあるんです(笑)。

栗木――どうしても頼りにしてしまいますから。

高野――その後、「灯船(とうせん)」と「COCOON」の二つが出ました。「COCOON」は若い人たちだけだから性格がはっきりしていますが、「灯船」は僕より若い人たちだけでやるのかと思っていたら、そうじゃない人も入っています。入りたいという人は拒まずという考えらしいですが。

栗木――上限はないわけですね。

高野――ないんでしょう。昭和二十年より前に生まれた人が少しいると思います。

栗木――桑原正紀さん、鈴木竹志さんという実務能力の高い、歌の力もある方が責任者になっておられます。「COCOON」のほうは、一九六五年以降生まれが集まった、と大松さんが創刊号に書いておられる。

高野――そちらは若い世代だけでやっているから、まあ、いいんですけど、両方に所属している人もいるようだし、規定がはっきりしてないんです。

栗木――でも、両方に歌を出すということは意欲があるというか。

高野――片方だけで十分だと思うんですがねえ。でも、「ＣＯＣＯＯＮ」が雑誌を出す回数がまだ少ないんです。年に一回か二回だから。

栗木――これまで（二〇一七年一月）で二冊ですからね。誌名の「ＣＯＣＯＯＮ」は「般若心経歌篇」に収められている歌から取っています。小島ゆかりさんがかなり編集協力で力を貸していらっしゃる。

高野――ええ。小島さんは所属はしてないけれど、顧問みたいな立場にいるんじゃないですか。「ＣＯＣＯＯＮ」の批評会をやる時は小島ゆかりさんも出るようです。

「桟橋」終刊号（2014.10.20）

「灯船」は「四号から年に四回にしたい」と書いていますし、「ＣＯＣＯＯＮ」は年に二回くらいが目標だったと思うのですが、もう少し多く出したほうが活動が活発になるんじゃないかな。年に四回くらい出すと活発な感じがしますね。（追記。現在は二誌とも季刊）

「桟橋」は高野さんの道場だ

栗木――「桟橋」の終刊号では外部から何人かが原稿を寄せておられます。篠弘さんがすごく丁寧に、いいところを挙げておられます。「創刊する時期がよかった」と書いておられたのにハッと思いました。というのは、創刊は昭和六十年で、翌年十二月に宮先生が亡くなられていますが、宮先生が亡くなった後だとなかなか出しにくかったでしょう。

高野――ええ。ああだ、こうだ、いろいろなことを言われる。

栗木――同人誌の創刊は悪いことではないのですが、やはりいろいろなことを考慮してしまうところがあるのですが、第八号まで刊行したところで宮先生が亡くなられた。そこに篠さんが言及なさったのは慧眼だなと思いました。それと、人選が難しいけれど、情に流されて、あの人もこの人もではなくて、思い切って年齢できっちりと区切ったところもよかったと書いてあります。

高野――時には情に流された部分もありますよ、多少(笑)。でも、若い人を大事にしました。若い世代でいい歌を作る人が出てきたら、あの人を入れようとこっちから誘ったり。向こうから「入りたい」と言ってくる場合もありましたし。

栗木――七十二首とか九十六首とかの大作主義もよかった。

高野——ええ。「コスモス」だと十首出して三首か四首か五首くらい載るだけです。それは選を受けて表現を磨くという点ではいい場所なのですが、それだけでは本人が自由にのびのびと作りたい歌を作るということはできない。そういう場を作りたいと思って「桟橋」を作りました。ですから、無選歌で最低十二首出ます。一ページが同人一人ひとりの部屋だから、自分の部屋を好きなように使っていいということです。最高が九十六首です。これは数人がやりました。もし、それ以上やるとしたら一〇八首かな。

栗木——すごいですね、除夜の鐘。

高野——煩悩ですね(笑)。百首近辺になると、数えるだけでも大変です。何首作ったか、自分でもわからないですよ。

栗木——毎号、批評会をなさって、出席すれば必ず自分の歌がそこで懇切な批評を受けられる。それは励みになりますね。歌論や作品合評も充実していたので、歌だけではなく文章を書くことでも修練の場となりました。

高野——ええ。「コスモス」本誌は四ページ以上の評論を載せる場があまりなくて。そういう場がないと誰も書かない。評論なんて依頼されないとなかなか書かないですよね。だから、僕が無理やり依頼するわけです。

栗木——そこで鍛錬を積むと、例えば総合誌から依頼が来た時も、自信になりますよね。

高野――ええ。ふだん鍛錬しているから。確か「棧橋」が出てわりに早いころ、愛知の島田修三氏が「あそこは高野さんの道場だ」と言うんです。多少、皮肉も込めてたのかもしれませんが、今考えてみれば確かに道場みたいな感じですね。

栗木――そうですよ、真剣勝負の場というか。

高野さんが終刊号で「思い出の自作一首」として〈母一語われ一語して病室の裏山にゆらぐ竹群見をり〉を挙げておられます。昭和六十年一月に「棧橋」が創刊して同じ年の三月にお母様が亡くなられた。

高野――ええ。個人的なことですけれど、「棧橋」創刊の準備を始めたころ、母親の具合が悪くなり危なくなってきていたのです。だから、母親の最後の時期と「棧橋」の創刊のころは重なっていますね。この歌は、松山にある病院の裏側に竹藪があったんですね。無口になった母がその竹藪を眺めている。やはり病気が重くなると人間、誰でもそうですが無口になります。

栗木――ええ、しゃべるだけでも体力を使いますからね。

高野――気持ちが常に落ち込んでますから、無口になるということが即ち死に近づきつつあるという一つの表れだと思った。母が無口だからこっちもあまりはしゃいでいるわけにいかないので、「母一語われ一語して」ということになります。これ、実は高濱虚子に〈彼一語我一語秋深みかも〉という俳句があるんです。だれか自分の友だちみたいな人が一言言って、それに答えて自分が一言言って、秋が深まってきたことよ、という句です。それを踏まえて作った歌です。

栗木――高野さんの個人史と「桟橋」の歩みの重なる原点を見たような気がしました。

高野――「桟橋」の創刊号は奥村さんの家に集まって発送しました。宛名を書いた封筒に雑誌を入れて、それを自転車などに載せて近くの郵便局に持って行く時に、母親が松山でもう危ない状態だということを考えていました。そういう状態で創刊号を発送しました。

後列　母と祖母。前列　妹と私（高野氏）
昭和19年撮影

詞書のおもしろさ、『無縫の海』

栗木――では、第十五歌集の『無縫の海』の歌について伺います。ふらんす堂が何年か前から、歌人一人、俳人一人、一年間毎日、ふらんす堂のホームページに作品を載せて、翌年に単行本にしていますが、その企画を高野さんが引き受けられた。この年、二〇一五年、短歌は高野さん、俳句は片山由美子さんでしたね。これは基本的に詞書と短歌あるいは俳句とのコラボレーションのかたちです。高野さんはあまり詞書を多用されるタイプではないのですが、『無縫の海』はほとんどの歌に詞書がついています。この間合いがまた絶妙で、楽しいと思いながら拝見していました。

高野——詞書がつくのが前提だったので、毎日つけています。詞書があるのも、面白い面もあるかなと思いました。でも、基本的には、人の歌集を読んでいて詞書が多いと読むのが面倒になりますね。だから、長い詞書はやめようと思いました。そして、歌と無関係なことも書いています。歌といつも関係があるのもまた、読む方も窮屈でしょう。気楽に楽しく読んでもらうためには詞書と歌がつねに密接な関係にないほうがいいという考えです。むろん、ときどき歌と関係のある詞書を付けてますけれど。

栗木——一月二十七日火曜日は「サラリーマン川柳が面白い」ということで、「豆まきをしたのに家に鬼がいる」と、ほろ苦いユーモラスな川柳を紹介しながら、歌のほうは〈喫緊(きつきん)といふ語を好む議員群のトップの彼がめざす戦争〉、「喫緊」とは差し迫って大切なこと。ちょっと脅すみたいな感じで、「喫緊の課題ですから」とか言いながら、戦争に向けてのいろいろな法案をつくって着々と布石を打っていく。詞書の緩さに対して、短歌の方は鋭い訴えが込められています。こういう対比は絶妙だなあと思って拝見しました。

高野——わりに生真面目な歌ですし、「喫緊」なんて言葉も出てきて深刻な問題を歌にしているので、詞書は少し「ゆるめのもの」のほうがいいでしょう。サラリーマン川柳が好きなもんですから（笑）。

栗木——その川柳を若き女性歌人に教えたら、即座に「ゴミ出しをしたのに家にゴミがいる」という句を作ったとか（笑）。これは「コスモス」の若い方ですか。

高野——ええ、片岡絢さんです。

栗木——冴えてるなあ。言葉ってこういう柔軟で豊かな側面があるけれども、政治の言葉ってなんて貧しいんだろうと思います。その対比が無理なく伝わってきて、こういう技は高野さんしかできないなあと思いました。

高野——この「短歌日記」の企画、次の年は栗木さんがなさったけれど、栗木さんは詞書と歌の関係はどう考えましたか。

栗木——詞書は短く。だから、けっこう説明になってますねえ、私の場合は。

高野——歌と関連がある内容の詞書ですか。

栗木——ええ。「荒川の土手を散歩した」とか、風景を入れたり。

高野——例えば歌を作る時に、自分の日常生活をべったり歌にするような人の場合は、歌だけ読んでいればその人の私生活がわかるけれど、そうではない人、多少写実的な要素はあるけれど、もう少し幻想的なものとか、社会性のある歌とか、いろいろな歌を作っている人、歌集を読んでも私生活はあまりよくわからないような人の場合は、私生活が詞書で出てくると、それはそれで面白い。あ、この人はこんな生活をしていたのかと。

栗木——ちょっと近寄れますよね。

高野——ええ。だから、歌人によってはむしろプライベートなことをちょこちょこっと詞書で出すのも面白いんじゃないかな。「どこそこへ行ってラーメンを食べた」とあったら、オッ、この人はラーメンが好きだったのかとか。詞書にはそういう面白さもあるんです。

『河骨川』で毎日芸術賞、『流木』で読売文学賞を受賞

栗木——この時期、『流木』で読売文学賞を、その前の歌集『河骨川』でも毎日芸術賞を受賞なさっています。この二つの賞は、新聞社が主催する賞ですが、短歌という枠の賞ではなくて、文学という分野の中で、詩人や小説家の選考委員にも評価されて選ばれたということで、特別な思いがおありでしたか。

高野——ええ。読売文学賞はそれより前に栗木さんが受賞されましたが、その授賞式の時に、選考委員で選評をしていたのが井上ひさしさんでしたね。井上さんの作品は好きで、わりによく読んでいましたが、その時に初めて本人を見ました。名前だけ知っている著名人に、生で「会う」というより「見る」ことができる、それが面白いですね。いろいろなジャンルの著名

な人がそこにたくさん集まっていらっしゃるのが、まず珍しい。毎日芸術賞の時、同時受賞者の中に谷村新司がいました。「昴」を歌いましたね。

栗木——そうです、そうです。生で聴いて感動しました。高野さんのお蔭で聴けたあと思って。

毎日芸術賞贈呈式（前列左端が高野氏）

高野——亡くなった歌舞伎俳優の坂東三津五郎さんもいました。歌人は偉い人でも生で見る機会は多いのですが、別のジャンルの人は生の本人は見る機会があまりない。こういう賞の時はそういう人が何人もいるので、なかなか嬉しいですね。「あっ、いるいる」って（笑）。

栗木——私も読売文学賞を戴いた時に、演劇部門で唐十郎さんがおられて、カッコいいなあって見てました。

宮英子さん逝去、九十八歳

栗木——そういう晴れやかなことがあった一方で、二〇一六年六月には宮英子さんがお亡くなりになりました。初めて会われたのは昭和三十九年で、それ以来だから、五十年以上のお付き合いですね。宮先生との交遊の倍以上ですね。

はるかに長い。

高野――ええ、そうです。宮先生と接したのは二十数年ですから。

栗木――山西省の旅にも一緒に何度も行かれたり。月に二回くらい、顔を合わされましたか。

高野――ええ。編集会の時は必ず行って、宮英子さんも必ず同席された。校正とか他の仕事でもお目にかかることがあるから、月に二回くらいお会いするというのが普通ですかねえ。だから、一年で言うと二十数回。五十年だと千回くらいお目にかかっていることになります。

栗木――親戚だってそんなに会わないでしょう。

高野――そうですね。親戚とはほとんど会わない。数えてみると宮英子さんとはすごくお会いしていることになりますね。

栗木――英子さんは全幅の信頼を高野さんに置いておられたわけです。「コスモス」二〇一五年十一月号が追悼号で、高野さんの五首、英子さんの挽歌が載っています。〈宮夫人、滝口英(えい)子(こ)、宮英子(ひでこ)それぞれの名で艶(えん)でありし人〉〈宮柊二また宮英子歌人には聖骸布(せいがいふ)なし歌があるのみ〉、名成り功を遂げた方だけれど、そういうことよりも、いい歌があるということですね。何よりの追悼の歌だなあと思います。追悼号を編むにあたって、いろいろと皆さんで考えられたのでしょうか。

高野――ええ、一応、僕が中心になって、編集会でみんなで相談しました。案を作って、いろいろな人に依頼して、無我夢中でしたね。

栗木——手厚い年譜を載せ、追悼特集のページに、英子さんが二〇一四年十月に書いた「コスモス」二〇一四年一月号用の詠草の原稿の写真を載せておられます。きれいな字できっちり書いておられますね。

高野——筆跡を写真で出そうということで、編集部に残っていた詠草の原稿で、いちばん最後のものを捜して載せました。もっとお元気だったころは流麗な、きれいな字だったのですが、これを見ると、ああ、もう字が傾いているなあと。

栗木——でも、九十代後半でいらしたでしょう。

高野——ええ。九十八歳でした。

栗木——九十八歳でこういうきっちりとした字を書かれた。ワイン片手のお写真もいいですねえ。

高野——写真はいろいろあるんです。どの写真を見ても、チャーミングできれいな人でした。

栗木——ええ、本当に。七月に偲ぶ会が行われ、私も呼んでいただいたのですが、あの時は英子さんの若いころからの写真が各テーブルに飾られていて、どれもどれもきれいな写真でした。紫がお好きでしたね。偲ぶ会でいただいた写真は現代短歌大賞を受賞なさった時の一枚ですね。ご挨拶も気丈にされて。紫のスーツが素敵でした。スーツはオーダーされたんだけれど「娘たちが勝手に色を決めて、私は本当は違う色がよかったのよ」と。でも、すごくお似合い。

あまり出しゃばらなかった英子さん

栗木――英子さんの思い出はいろいろおありでしょうが、いちばん印象的なことは何でしょうか。

高野――そうですねえ。いろいろありますが、いちばん最初にお目にかかったのが昭和三十九年八月でした。日にちは覚えてないのですが、初めて宮先生のお宅に伺ったら、宮英子さんが冷たいお茶を出して下さった。その時に初めて見て、きれいな人だなあと思った。声もきれいですし、しゃべる言葉とか、しぐさとか、そういうものが品があって艶のある人という感じがしました。

あとは、いろいろな人が言ってますが、駄洒落をよく言われましたね（笑）。とくに宮柊二先生が亡くなった後、止める人がいないので駄洒落言い放題という感じでね。A級、B級、C級で言うと、B級かC級ぐらいの駄洒落ですね。

栗木――いやいや、なかなかウイットに富んでました。おみ足が悪くて、階段を下りるのが危ないと言われて、「私、くだらない人」とか。

高野――僕の判定ではそれはC級です（笑）。もうちょっと知的なのがB級で、A級はもっとレベルが高い。レベルが高くても、かえってA級は笑えないんです。あ、なるほどと思って感心するだけ。だから、B級やC級ぐらいがちょうどいいんですよ。その駄洒落がお好きだというこことと、山西省の旅行を宮英子さんが企画してくださって、あちこち見学できたのが幸せなことでした。山西省ではお酒が飲める宮英子さんの底力を見せられました（笑）。

栗木——酒豪ですねえ。

高野——ええ。普段でも編集部の人たちで飲むことがありますが、ワインがお好きで、たくさん飲める人でした。

一方、地味な仕事もなさっていました。「通信コスモス」のページがありますが、これは「コスモス」の会員の雑報的なことが載っているページです。宮英子さんがお元気でいらっしゃったころ、そのページに「コスモス資料室」と題して、「コスモス」会員のだれそれが歌を「歌壇」何月号に何首出したとか、これこれというエッセイを書いたとか、そういう情報を載せていました。外部の雑誌などに文章や短歌を載せた人は「コスモス」編集部に知らせてくださいと告知してある

宮英子さんと、コスモス全国大会（山口）にて。2005年11月13日

のですが、知らせる人はあまりいないんです。結局、ほとんどは宮英子さんが主な雑誌を見て、拾い出して記録しています。あれを三十年くらいなさっていたと思います。

栗木――申告した分だけ載せているのかと思っていましたが、そうではなかったのですね。

高野――ええ。九十歳近くになられた時、「しんどいからやめさせてもらいます」と言って、おやめになりましたけど。

栗木――「コスモス」の方たちはいろいろなところで活躍しておられるから、全部を探すのは大変ですよ。

高野――ええ。総合誌は全部に目を通し、総合誌に近いようなもの、要するに「コスモス」に送られてくる雑誌で、誰かが何か書いていそうなものはよく目を通しておられました。このことはあまり知られていませんが、「コスモス」会員からするとありがたいことでした。

栗木――お幸せな生涯だったなあと思います。

高野――そうですね。自分の好きな宮柊二という人と結婚して、家庭を作って、みんなを支えて、「コスモス」という雑誌が成長していって、宮先生がご病気になられたら介護をされ、亡くなられた後はじわじわと自由を満喫なさって。

栗木――歌人としても、そこから前へ出て行かれましたね。それまでは遠慮されていたのでしょうか。

高野――ええ。宮柊二という存在が一つの重しになっている面があったと思います。例えば破調の歌を作ると、「なんだ、君はこんな歌を作って」と、多分、怒られたんじゃないかと思います。だから、宮柊二先生が生きていらっしゃるころはあまり破調の歌はなかったと思います。亡くなられてからはじわじわと自由に羽搏くという感じでしたね。

今は一人なる夕餉

栗木――『無縫の海』の歌で新しい世界だなあと思ったのは、料理、さっき「料理ではない」とおっしゃいましたが、台所に立っている歌とか買い物をしている歌がふえて、でも、それも必要に迫られてというのではなくて、楽しみながらやっていらっしゃるような感じもします。

高野――料理は作れないのですが、よく食材を買いに行きますね。食材といっても、大体、調理されているものを買って、電子レンジで加熱して食べるだけです。

栗木――電子レンジはお使いになるんですか。

高野――ええ。電子レンジはさすがに僕でも使えます(苦笑)。自分で作れる物といえば、野菜サラダくらいです。買ってきたレタスを洗って、好きな大きさに千切って、深い大きな皿に入れて、あとは胡瓜を一本、洗って、細長くなるように刻んで、あと、三つ葉かセロリを切って入れるなど何種類か入れて、ポン酢をかけて食べます。その程度です。

栗木——ドレッシングは何種類か使われますか。

高野——いや、それも面倒だから、ポン酢でね。

栗木——〈一人なる夕餉を終へて俎板の使はなかつた裏も洗へり〉、私も毎日俎板を洗いますが、「裏も洗へり」とは思わない。これは男の炊事だなという感じです。

高野——僕は自炊の初心者だからこういう歌が出て来たんでしょう。

栗木——〈ひそかなる秋の音せりゆで卵冷やしてコツと指で叩けば〉、ゆで卵はお作りになるんですね、タイマーをかけて。

高野——ええ。料理というほどではないですが、小鍋に水と卵を三個くらい入れ、加熱して、十分くらいタイマーをかけて、出来上がったら水で冷やして殻を剝いてそうめんの中に入れるとか、サラダに入れたりもします。

栗木——ゆで卵はゆで上がったらすぐ水で冷やすと殻がきれいに剝けるんです。そのまま置いておくと、殻と身がくっついて剝きにくいんです。「冷やして」と詠まれてますから、ちゃんとやっている人の歌だと思いました。

歩きスマホは本当に迷惑

栗木——スマホはもともとお嫌いだという歌がありましたが、〈歩きスマホ自転車スマホ須藤真帆二十八歳交合スマホ〉、ついに「須藤真帆（すどうまほ）」と命名されました（笑）。

高野——須藤真帆を略するとスマホになるから。スマホを批判するために、須藤真帆という仮名の若い女性を利用したわけです。

栗木——〈二十八歳交合スマホ〉って、歩きスマホとかはありますけれど、ついにここまで来たかと（笑）。でも、笑えないかもしれない。

高野——僕はスマホが嫌いなわけではないんです。アイパッドミニを活用してますし。でも、スマホを歩きながら使うのは嫌いです。嫌いというか、人の邪魔になるから迷惑です。

栗木——危ないですものね。

高野——いやあ、使っている本人が危ないのは仕方ない（笑）。でも、向こうからスマホを見ながら歩いてくるから、放っておくとぶつかるし、向こう向きに歩いている人はのろのろ歩くから、それも邪魔くさい。人の迷惑を顧みないところが嫌いなわけです。だから、スマホはいいんですが、歩きスマホが嫌いです。自転車スマホはもっと危ない。今は増えてますね。片手運転だけでも危ないのに。

栗木——歩きスマホも罰則を作るべきです。

高野——僕が考えたのですが、今歩いて使っているなというのが察知できる機能を作る。その場合、画面にげんこつが飛び出してくる、そういうスマホしか発売してはいけない、という法律を作る。

栗木——そういう発想がいいですねえ。ヒートアップしていくところが高野さんのステキなところです（笑）。以前にも鴨が嫌いで鴨の戒名を考えたり。感情だけではなく、そこに言葉の技を絡ませながら怒るところが余人の追従を許さない境地です。ぜひこれからも、その路線を突き詰めて行っていただければ。

高野——キレる老人と言われそうですね。

栗木——どんどんキレてください（笑）。

いろいろうかがって、たいへん勉強になりました。一年間、ありがとうございました。

高野——いえ、こちらこそ、ありがとうございました。

（ＫＫＲ東京　２０１７・１・24）

【特別編】

高野公彦氏へ20の質問

①日課にしておられることはありますか。

例えば「毎朝、散歩してます」なんて言うといかにも日課でカッコいいんですが、そういうものはないですねえ。強いて言うとベランダで飼っているメダカを眺めて餌をやること。これは必ず実行します。僕にとっても楽しいので。そして、ときどき水も換えます。

②座右の銘がありましたら教えてください。

今、「歌壇」の口絵で面白いことをやってますね。四文字熟語。佐佐木幸綱さんは「毎日乾杯」。あれはいいなあ。僕は、四文字熟語ではなく、座右の銘とも言えないんですが、ときどき思い出すのが「人間本来無一物」、この言葉が好きですね。赤ん坊は裸で生まれてきて、最後も無一物で死んでいく。あの世に財産を持って行けない。無一物と同じ意味で「するすみ(匹如身)」という大和言葉があります。

③生まれ変わるとしたら男と女とどちらがよいですか。

一晩考えてもどちらがいいとも言えないと思いますね。でも、女の人は楽しそうだから、面白そうだな。化粧などをして、「うふふ」とか言って、ぼやぼやしている男をだましてやるとか（笑）。

④寝付きはよいほうですか。

僕は極めて寝付きがいいんです。毎晩お酒を飲んでいるせいかもしれません。いつも布団の中へ入って一分以内に眠ってますね。酒の力で眠っているのかもしれません。酒を飲まないで寝る時もたまにあります。健康診断の前の日とか。それでも三十分も眠れないみたいなことはないですね。いつの間にか眠っているという感じです。

⑤よく見る夢がありますか。

似たような夢を繰り返し見ますね。夢って、楽しい夢がないでしょう。怖い夢とか厭な夢が多いですね。例えば、どこかに用事があって、知り合いの人たちと一緒に旅館みたいなところに泊まって、用事が済んで駅に行って電車に乗って帰ろうと、みんなが荷物を持ってぞろぞろ出発していった。自分も行かなくちゃと思って歩いて行くけど旅館の出口が見つからない。旅館がやけに広くなって、いろいろな部屋がいっぱいあって、あちこちの部屋を通過しながら、出口を探してどんどん歩いているんですが、逆に駅がどんどん遠くなるみたいで、いつまでたってもたどり着けない。切符を買ってあるから何時何分までに駅に行かなくては、と焦る。そういう状態の夢をよく見るんです。

⑥漫画とかコミックはお読みになりますか。

今は読んでませんが、子どものころは父親が「週刊朝日」を取っていたので、そこに出ていた「ブロンディ」というアメリカの家庭漫画、チック・ヤングという人の原作だったと思いますが、それを読んでました。

その後、中学生のころは大多数の少年がそうであるように手塚治虫の「鉄腕アトム」を読みました。どきどきしながら手塚治虫の家にファンレターを出したことがあります。雑誌に住所が出てたのです。宝塚市のどこかでした。もちろん返事は来なかったですけど。

その後はあまり読まなくなって、四十代になってからかなあ、谷岡ヤスジが好きになって、読みました。アナーキーでね。上品か下品かというと、どちらかといえば下品な感じ。まあ面白いので読みましたね。「週刊漫画」という週刊誌に連載をしていたので、そのころは毎週、その雑誌を買ってました。谷岡ヤスジを読むために。

あとはもうちょっと遅れて吉田戦車です。「伝染るんです。」が無類に面白かったです。あの人、ものすごくシュールなんです。かわうそくんとか、斎藤さんというカブトムシみたいなのが出てきたり。でも、ああいう人はそのうちネタが切れちゃうんでしょうね。今はエッセイを書いているだけで、漫画はやめているみたいです。昔の新聞の漫画は面白いから、サトウサンペイのとか、あとは「サザエさん」みたいなもの。よく読みました。

⑦好きな映画は何ですか。（海外、日本それぞれに）

映画はそんなに観てないのですが、ひところよく観たのは「座頭市」と「悪名」。面白かったです。勝新太郎の出るのが好きで。田宮二郎も好きでね。「座頭市」は今でもテレビでときどき再放送をやってますね。面白いです。

海外の映画はもっと観ないですけど、若いころはブリジット・バルドーとか、ああいう人が出ていると観に行きました。女優を見に行くという感じでね。映画として覚えているのはバルドー主演の「軽蔑」です。原作はモラヴィアという人でした。女性が徹底的に金持ちの男を軽蔑するという映画で、強烈な印象を受けました。映像もきれいでしたし、当時、流行りだったのはミケランジェロ・アントニオーニ監督とか、ジャン＝リュック・ゴダール監督などの映画でしたね。難解な映画が多かったですね。あと、アラン・ドロンの映画もよく観ました。「太陽がいっぱい」とか。でも、洋画はそんなにたくさんは観てないです。

⑧好きな音楽は何ですか。（海外、日本それぞれに）

クラシックは僕はあまり理解力がなくてね。僕が好きなのは、知ってる人は少ないと思いますが、タンジェリン・ドリームというバンドです。ヨーロッパのバンドだと思うのですが、シンセサイザーを演奏するだけです。神秘的、宇宙的な感じの音楽です。昭和四十年代でしたが、レコードを買ってきて、それを繰り返し聴きました。

タンジールはアフリカ大陸の北の端っこの町です。対岸がスペインです。だから、アフリカ大陸で最も北の方で、最もヨーロッパに近くて、だけど、自分たちはアフリカにいて何かを夢見ているというのが「タンジールの夢」です。そういうバンドがあったのですが、今はどうなったのか。曲名は二つくらいしか覚えていません。「リコシェ」「ルビコン」とか。ボーカルがないし、シンセサイザーだけですが、その音が好きでよく聴きました。

それを聴いていたのが三十代のころで、四十代になるとごく普通に中島みゆきとかユーミンとか、これもよく聴きました。この二人が好きでした。

⑨宝物はありますか。

うーん、あまりないですねえ。文鎮はいくつか持っているけれど、集めているというほどではないし。宮先生に書いて戴いた「ただ一人己なりと覚悟し給へ」の色紙が宝物といえば宝物です。（第6回に掲載）。

⑩ご自身の好きなところを一つ教えてください。

好きなところはあまりないなあ。まあ、酒を飲んで暴れないこと、でしょうか（笑）。

⑪ご自身の嫌いなところを教えてください。

気が短いこと。あまり表には出さなくてもしょっちゅう頭に来ているんです（笑）。電車に乗ったりすると、もうイライラのしどおしです。

⑫もしも、時間を巻き戻すことができるならば、何歳の時に戻りたいですか。

中学三年生のころに戻りたい。中学二年生のサカイ・カヨという女の子が好きで、その子がどうなっているか、見たいなと思います。写真もないから、どういう顔だったかもおぼろなんです。ただ、その子の顔を見るとドキドキしていました。

⑬今までで一番怖かった体験は何ですか。

ものすごく怖かったのが、ベトナムに行った時、サイゴン（現在のホーチミン市）からバイクで行った郊外に、反米戦争を起こしていた人たちがいろいろな施設を作っていたのですが、その一つに地下壕があった。というより地下の道路網ですね。道路の下、そっちからこっちへ地下の道で通じているんです。あちこちに何キロもそういうのを掘って、敵からはどこにいるか見えないように行動していたんです。

その地下道を観光客のために一部分、体験させてくれるんですが、地下道に這い込むと、真っ暗で、狭くて、ものすごく怖い。人が一人やっと這いながら進むだけで本当に怖かったですね。道がまっすぐでなく鉤の手になっていて、ところどころに小さなランプがついてるだけ。

真っ暗なところは本当に怖かったですね。

⑭短歌に関わらないことで、何かお好きなことや、ストレス解消の方法にしていることがありますか。

テレビでお笑い番組を見ますね。例えば志村けんの「バカ殿」なんか見ます。二時間ぐらいやっているので、ぼんやりした時はそれを見ます。とにかくゲラゲラ笑えますね。それから漫才も見ます。サンドウィッチマンとか、パンクブーブーとか、ナイツも面白いですね。お笑いが好きです。

⑮これから始めてみたいと思っておられることはありますか。

うーん、料理ですかね。まず、みそ汁です。男の料理教室みたいなところに行くと金縛りにあうから、だれかに作るのを見せてもらうと真似してできると思うんです。台所って狭いから、一人が作っているのをなかなか見られないでしょう。だから、もうちょっと広い台所で、誰かに作るのを見せてもらってね。一度見ると、見様見真似で何とかなるでしょ。それから炒め物をしてみたいな。肉を炒めるとか。

⑯今までで一番印象的だった社会的出来事は何ですか。

幾つもありますけど。ちょっと特殊なことなのですが、昭和三十年のころ、アメリカの大リーグのジョー・ディマジオという選手がマリリン・モンローと結婚して日本に来ました。その時に広島を見学したんです。マリリン・モンローが見たいと言ったかどうかは知らないけれど、マリリン・モンローが広島を見たんです。僕はその時にまだ広島を見てなかったから、自分はモンローより広島を見るのが遅れてしまったということで、ちょっと衝撃を受けました。あのモンローに負けた。いかにも社会的なものに関心のなさそうな人より自分は遅れていると。

それで、昔「群青」に「金髪のマリリンよりも」という長歌を作ったんです。五七五七五とはなってなくて、古代歌謡みたいな、別の言い方をすると宮先生の「朱鷺幻想」みたいな、それよりも不規則の度合いがもっと激しくて、長歌と言えないようなものです。ただ、どの歌集にも入れてないので、もっと推敲して、将来自分の歌集に入れたいと思っています。

⑰現在の日本について、思っておられることをお聞かせください。

安倍さんは、ちょっと危ないなということ。それから、安倍さんであろうとなかろうと、元首が誰であろうと、今の日本はちょっと嫌だなと思うのは、社会全体が便利さを追い求めていてどんどん便利になっているのですが、便利になることが人間の幸福につながってないような気がするんです。日本の社会がかえってイライラしたような、いら立った人間関係になっている。これは不幸な方向へ行っているんじゃないかな。世界との競争というのがあるからなかなか難しいんでしょうけれど、便利さの追求はほどほどにしてほしい。それより人間関係をもっと滑らかにしてほしい。傍若無人な人間が今、増えていると思うんです。歩きスマホもその一つですけれどね。

⑱短歌は、いつ作っておられますか。（時間帯、場所など）

お酒を飲んだ後は作れないですけど、それ以外は、やはり締め切りが近づいてくると、「さあ、やらなくちゃ」という気持ちになるので、朝起きて、ご飯を食べた後、「じゃ、ちょっと作ろうか」というので、午前中作って、午後も作ったりします。でも、夕方になると歌を作るのはやめて、晩酌ですね。昔は逆に、夜、よく作ってました、それも深夜に。宮先生の言葉で言えば、昔は「多く夜の歌」ですが、今は「多く昼の歌」です（笑）。

⑲ながく歌を続けてこられた立場から、あらためて短歌の魅力とは何か、お聞かせください。

作った時に、五七五七七で自分の言いたいことが一応言えることですね。作品としてレベルが高いか低いかは別にして、ある満足感を得ますね。それがいい。何か一つの物を作ったという感じでね。作るだけで、ある喜びを感じることができるので、それが僕は今でも作り続けていられる一番大きな要素だと思います。

⑳短歌の未来について、どのように予想なさっていますか。

未来ねえ、うーん、わからないですね。まあ、短歌はもうちょっとわかりやすくなってほしい。例えば斎藤茂吉の歌を見ると単純で、わかりやすい。茂吉の場合、永井ふさ子に関するような歌は、ある部分、隠した作り方をしていますが、それは特殊であって、ふだんはあまりわかりにくい歌は作ってないと思うんです。単純でわかりやすい、それで、いい歌を作る。しかし、そういう作り方で、いい歌は難しい。だから複雑にしてしまう。あるいはわざとわかりにくくしたりする。それは一種ごまかしじゃないかと思う。なるべくそういうふうにしないで、我慢して、単純でわかりやすい歌を作りたいのですが、自分でそう言いつつ、自分の歌はそうなっているかなと、ふと心配になります。

僕の考えは、古代に発生した短歌というもの、五七五七七というものが一つの生き物として存在して、各時代のいい作品が生まれると、それを食べてエネルギーにする。それで五七五七七という目に見えない生き物が生き延びてきた。現在も短歌という、形のない、目に見えない生き物が、良質の短歌だけを食べて生き延びてゆく。訳のわからない歌は食べないで捨てられてゆくと思うのです。だから、どの歌も質の良くない、食べ物にならないような歌ばかりだと、そこで短歌が滅びるかもしれない。でも、まだ短歌は生きている。短歌という生き物が、現代の作られている短歌の中でいいものだけを選んで生き延びようとしている。

例えば紀貫之の歌でも定家の歌でも、いい歌として短歌という生き物の中の内部に取り込まれた。それ以外の短歌もたくさんあったと思うのですが、作られた短歌が全部残っているわけではなくて、一部分だけ残っている。つまらない歌は捨て去られる。

では、どういう歌を作ればいいのか、それはわからないですけどね。今、時評を書いている人の顔色を窺って短歌を作るようではダメでしょうね。

結社については、今、若い人は人との接触があまり好きじゃなくなっているみたいで、自分の家で一人で好きなことをするということですが、まあ、それで短歌がダメになることはないと思うのです。ただ、人間として誰とも接触しないで、自分一人で何かをやるなんて、短歌でなくても、何をやったってちょっとダメなんじゃないかな。余計なお世話かもしれませんが。

人間は人々と接触しながら幸福を獲得できると思うのです。自分一人になったら、自由だけれど、それは本当の幸福ではないんじゃないか。煩雑なものを捨て去っているだけでしょう。面倒なことを抱えながら他人と接触して生きてゆくところに、本当の人生の幸福があるんじゃないかと思うのです。


（ＫＫＲ東京　２０１７・１・24）

インタビューを終えて

これまで高野氏の著書はすべて贈っていただいており、そのつど丹念に読んできた。高野作品の熱心な読者である、と自認していたのだが、インタビュアーを務めることになって読み返すと「こんなに凄い歌があったのか」「歌の鑑賞のこの濃やかさにようやく気付いた」といった発見の連続であった。勝手にファンを名乗ってきたが、じつは短歌や文章の魅力を充分に理解できていなかったのではないか。そんなふうに考えると、急に不安になった。だが、途中で心持ちを切り替えることにした。読み返すたびに新たな感動に出合うということは、氏の作品がそれだけ重層的な奥行をもっているという証である。読者の前に何度でも新しい表情を見せてくれるのだ。ならば私も初心に還って、憧れの歌人に向き合ってみようと思った。

こんなふうに書くと、いかにも悲愴な決意をもってインタビューに臨んだような印象を与えるかもしれない。だが実際にはじまってみると、インタビューは毎回とても楽しかった。ひとえに氏の人柄のお蔭である。短歌の言葉遣いやしらべに対して述べるときには折々に厳しい口調になるものの、基本的にはまことに温厚で誠実。ユーモア精神の持ち主であり、しばしばアッと驚くようなお茶目な一面も見せてくださる。失礼な質問にもけっして嫌な顔をせず、丁寧に答えてくださった。つたない聞き手である私は何度も救われたのである。

インタビューを終えた今は、「高野公彦という存在」の総体としてのすばらしさを再認識している。氏は、歌人としてつねに日の当たる道を歩んできた（それは現在も変わらない）。だが、本人はじつに無欲な人物で、どちらかといえば受身の立場を保ってきたと言ってよい。インタビューの中でも、しばしば「目立つことを好まない」「たまたま運がよかったから」といった発言が出てくるが、それは謙遜や韜晦ではなく、本心であろう。そんなふうに飄々として短歌に関わってきた氏が長きにわたって第一線で活躍し、指導力を発揮し、短歌界に多大な影響を与え続けているのは、なぜなのか。それはやはり、「表現者・高野公彦」の自然体のエネルギーの大きさに拠るもの、としか言えないのではなかろうか。才能と努力と人格は、運命さえもいつの間にか味方につけてしまうことがある。そのことに、しみじみと気付かされた。

毎月のインタビューの終了後には、次回の打ち合わせを兼ねて喫茶室でお茶を飲んだ。本阿弥書店の奥田氏と私はケーキセットに目を輝かせていたが、高野氏はケーキを召し上らず、いつもハーブティーであった。たしかお気に入りは、カモミールティー。ハーブの香りに包まれながら短歌のあれこれを語り合うのは至福のひとときであった。そこで氏からうかがったことは、（インタビューではないので）本書には収められていない。私だけの宝物である。

栗木京子

あとがき

つい数日前のことだが、短歌の仲間と一緒に奄美大島へ二泊三日の旅行をした。そして、奄美市住用（すみよう）地区にある大規模なマングローブの森に行き、住用川でカヌーを漕いだ。年齢七十五歳、しかも初めてのカヌー体験なので、すいすいと進まなかったが、それでも自分の操るパドルで川の水面をゆっくり進んでゆくのは爽快だった。ここはいわゆる汽水域なので、漕ぎながら郷里の河口の汽水の匂いを思い出した。また瀬戸内海を行き来した船乗りの祖父のことを、ふと思ったりした。

†

「ぼくの細道うたの道」は、第1回から第12回まで平成二十八年六月号〜翌年五月号の「歌壇」に連載された。さらに連載終了後、「歌壇」六月号に特別編として「高野公彦氏へ20の質問」が掲載された。この合計十三回分の文章を一冊にまとめたのが本書である。

ごらんのようにすべて栗木京子氏のインタビューによって成り立っている。栗木氏は毎回丁寧に下準備をして、さまざまな質問を用意してくださった。私は尋ねられた事柄に答えるだけで、楽だった。知的な栗木氏だが、ときおり砕けた発言をしてくれるので、笑いも生まれ、愉しい会話となった。

　芭蕉をもじった「ぼくの細道うたの道」は、私の生まれ育ちや、短歌との出会いや、宮先生夫妻との接触や、その後の短歌との関わりなどについて、普通にしゃべるような言葉で話している。四国山脈から流れくだって瀬戸内海にそそぐ肱川の河口の小さな港町に生まれた日賀志康彦という少年が関東に出てきて、やがて高野公彦という短歌の好きな人間になって自分の歌を探し求め、短歌に深入りしてゆく様子が、本書の中心的な流れである。もしこの一冊の本に何らかの価値があるとすれば、それはすべて栗木氏の巧みな問いかけが引き出してくれたものである。心より感謝したい。

　連載を発案し、進行してくださった奥田洋子氏、また書籍化に力を尽くしてくださった沼倉由穂氏にも御礼申し上げたいと思う。

八月二十八日

高野公彦

コスモス叢書第1130篇

高野公彦インタビュー ぼくの細道うたの道

二〇一七年十月十七日 第一刷

編著者 高野 公彦

発行者 奥田 洋子

発行所 本阿弥書店

東京都千代田区猿楽町二―一―八 三恵ビル

〒一〇一―〇〇六四

電話 (〇三) 三二九四―七〇六八 (代)

振替 〇〇一〇〇―五―一六四四三〇

印刷・製本=三和印刷

定価はカバーに表示してあります。

ISBN978-4-7768-1343-9 C0092(3059) Printed in Japan